불온한 외출

불온한 외출

김영범 소설

도화

어쩌다 내 몸에 문학이 달라붙은 것일까. 그게 언제부터였는지, 어디서 비롯했는지 까마득한 전설이 되었다.

딱히 신나는 일이 없었다. 타고난 별난 재주도 없었다. 그림도 노래도 몸을 쓰는 것도 다 시원찮았다. 어느 날 문학을 만났다. 내가 만난, 내게 찾아온 문학은 몽상이었다. 내밀한 마음을 흔들어 대는 공허함. 그것은 다른 한편 기껍고도 가슴 벅찬 환희였다. 작가만큼 근사한 게 없었다.

홀로 단단해진 나의 문학은 순수에 갇히고 말았다. 작가란 모름지기 올곧게 살아가야 한다는 신념. 세상 물정에 연연하지 말고, 시정잡배와 타협하지 말고, 까불거리지 말고…. 순수를 잃는 건 나를 잃는 거니까. '나는 작가다'라는 알량한 자존심, 그 하나로 버텼다. 그러며 답답했다.

게으른 나날을 탓하며, 고루한 문장을 탓하며 고민만 늘었다. 문학과 시대, 문학과 사회 따위의 거대 담론은 버거웠다. 멀찍이 서 그저 바라볼 뿐. 흔들릴 때마다 마음을 다잡았다. 내가 감당할 수 있는, 내가 서 있는 자리에서 '작가 본연의 길을 가리라'라고. 지금 생각대로 온전히 살아갈 수 있다면 좋겠다.

한참을 문단 언저리에서 보냈다. 고수가 참 많았다. 그들의 수를 읽는 데 긴 시간이 걸렸다. 작가연하며 또 긴 세월이 흘렀다. 내 작품에 대해 평가받는 게 두려웠다. '어떻다' 규정되는 게 싫었다. '어떠한' 틀에도 갇히고 싶지 않았다. 작품을 발표할 때마다 습작이라 변명했다. 혹평을 피하려는 수작이었다. 작품집 내기를 꺼렸던 이유다.

－2024년 여름, 동녘재 사과나무 아래서

차례

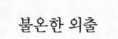

불온한 외출

종착지를 알 수 없는 내선 순환 열차 2호선을 탔다. 열차는 시청역 방향으로 달리고 있다. 곧 신도림역이다. 1호선으로 환승하려는 이들이 출입문 쪽으로 몰려들었다. 앉을 자리를 잡을 수 있는 절호의 기회.

가방을 움켜쥐고 좌석 쪽으로 붙어 섰다. 열차가 멈칫하는 사이, 옆 사람 발을 밟았다. 미안하단 인사를 건넸다. 그런데 이 친구, 눈꼬리가 비끌린다. 언짢다는 표정, 요것 봐라. 독 오른 뱀처럼 그의 시선을 낚아챘다. 나는 서슴없이 가방 속을 더듬었다. 무엇이 튀어나올지 나도 알 수 없다.

내 눈깔이 더 소름 끼칠 것 같았을까. 그가 먼저 눈을 깔았다. '으흠 으흐음' 상대를 을러 그가 다시 째려보기를 기다렸다. 그러나 그는 그러지 않았다.

내가 들고 있는 가방 속에는 위험한 끝이 도사리고 있다. 독사 이빨보다 날카로운 송곳, 돌멩이보다 둔중한 망치, 악어 이빨보다 심하게 엇갈린 톱날, 깨진 유리 조각보다 예리한 커터 칼, 손톱을 단번에 뽑아버릴 수 있는 펜치, 엿 같은 세상을 싹둑 잘라버릴 수 있는 전지가위, 한순간에 불길을 피워 올릴 수 있는 라이터까지도. 며칠 후면 햇살에 비끼는 도끼날이 배달될 참이었다. 어쩌면 불온한 이것들.

순환 열차는 순식간에 지하로 빨려 들어갔다.

어쩌면 불온한 돌멩이. 돌멩이로 사람을 위협할 수 있을까. 돌멩이로 사람을 죽일 수 있을까. 돌멩이로 세상을 바꿀 수 있을까. 그렇다. 돌멩이는 무기다. 분노에 찬 불온한 결기.

나는 돌멩이를 집어 던졌다. 보도블록을 깨 던졌다. 전투경찰들은 방패를 둘러치고 무수히 날아드는 돌멩이를 막았다. 방패에 부딪는 돌멩이 소리가 바닥에 떨어졌다. '툭- 툭-' 부서지는 무위한 소리, 김샜다. 그들이 쏘아대는 최루탄에는 어림없었다.

어쩌면 불온한 것은 또 있었다. 공구 가방에 들어 있었다. 누런 표지에 표제조차 없는 책 한 권과 불법 전단지. 그들은 그런 것들에 '불법'이란 낙인을 찍었다. 박종철 고문 살인 규탄과 호헌 철폐를 내건 전단지 한 묶음이었다.

어떤 경로로 그게 내 가방에 들어 있는지 알 수 없었다. 추측건

대, 미순이가 돌아간 이후였으리라. 미순이 말고는 그런 걸 내 가방에 넣어둘 사람이 없었다. 내가 잠에 곯아떨어진 사이, 미순이는 기숙사로 돌아갔을 것이다.

기숙사에는 짭새들이 얼쩡댔다. 그들은 불온한 서적이나 문서, 그런 것들을 염탐했다. 수상한 낌새가 발각되면 끝장이었다. 짭새들이 출몰하면서부터 미순이는 내 방을 제집 드나들 듯했다. 순식간에 내 방은 불온의 온상이 되었다. 삼엄한 기숙사에 비해 비교적 안전한 곳이었다. 표제 없는 책과 전단지는 그렇게 내 가방에 들어앉아 있었다.

미순이를 생각하며 돌멩이를 던졌다. 순전히 그녀를 떠올리며 던졌다. 그녀는 광주에서 열차를 타고 올라왔다고 했다. 5·18 광주민주화항쟁 때, 오빠를 잃고 산산조각이 난 가족을 등지고 서울로 올라왔다는 그녀. 더는 광주에서 살 수 없어 그곳을 떴다는 여자. 낮에는 공장에서 일했고 밤에는 야간학교에 다녔다.

엉뚱한 여자였다. 웃기는 여자였다. 글쎄, 전지가위로 자기 머리를 깎아 달라던 여자. 공장 옥상에서 처음 만난 미순이의 얼굴은 창백했다.

그녀가 다니는 공장 옥상에는 아담한 정원이 있었다. 그곳 정원수들은 오랫동안 다듬지 않아 무척이나 사나워 보였다. 향나무 서너 그루와 옥상 가장자리를 둘러친 회양목 울타리가 전부였다.

나는 그 일대 공단의 정원수 다듬는 일을 하고 있었다.

옥상의 향나무 한 그루를 깎아놓았을 때다. 나를 발견한 그녀의 눈빛은 당황스러워 보였다.

막 점심을 먹고 올라온 것 같았다. 쭈뼛쭈뼛 내게로 다가와서는 하늘을 올려다보았다. 그러고는 핑 돌아섰다. 또다시 핑 되돌아섰다. 조금 전 당황스러워 보이던 눈빛은 온데간데없이 하늘만큼이나 맑고 깨끗한 눈망울이었다.

"참 예쁘게도 깎았네요. 내 머리도 좀 깎아주세요."

발칙한 말이었다. 아니, 당돌해 보였다. 제까짓 게 날 언제 봤다고. 뭐, 머리를 깎아 달라고. 맹랑하기 짝이 없었다. 이번에는 뒷주머니에 한 손을 찔러 넣고 돌아섰다. 자기가 뱉어놓은 말에 쑥스러워 그러는 것 같았다. 누군가에게 뒷모습을 보인다는 건, 속내가 드러날까 봐 부끄러워 돌아서는 것일 수도 있겠지. 그럼 그럼.

"머리요? 이걸로요?"

나는 쥐고 있던 전지가위를 들어 보였다. 그녀가 고개를 끄덕였다. 그녀 머리를 다듬는 시늉을 했다. 그녀의 눈동자가 맑게 빛났다. 나도 고개를 끄덕였다. 안도하는 그녀의 눈빛.

그녀는 회양목 울타리께로 가더니 보따리를 하나 꺼냈다. 두 눈을 찡끗, 어설픈 윙크가 애살맞다. 못 본 척해달라는 건가. 그럴 거라고 생각했다. 무슨 보따리일까. 왜 저런 곳에 보따리를 던져 놓았을까. 그게 뭔지 묻지 않았다.

그녀는 내일 점심시간에 다시 오겠다며 보따리를 들고 돌아섰다. 그리고 한 손을 뒷주머니에 찔러 넣고 옥상을 내려갔다. 아마도 뒷주머니에 손을 찔러 넣는 게 습관인 것 같았다.

다음날, 미용 가위를 사 들고 와 그녀를 기다렸다. 약속대로 점심시간에 그녀가 나타났다. 화단에 걸터앉은 그녀의 머리를 다듬어 주었다. 그동안 내가 깎고 다듬은 그 어떤 나무보다 가지런했다. 4월 햇살이 향긋했다.

이후 미순이는 나와 급속히 가까워졌다. 야학이 끝나면 도림천이 보이는 내 방의 들창을 두드렸다. 나를 찾아올 때마다 보따리를 하나씩 맡겼다. 그게 무엇인지 나는 관심이 없었다.

나를 흥분하게 하는 것은 오로지 그녀와의 밀회였다. 부둥켜안을 때마다 잘게 부서지는 숨결, 꿀을 빠는 나비처럼 그녀는 몸을 떨었다. 나는 반송을 다듬듯 도톰히 부풀어 오른 그녀의 흰 젖가슴을 쓸었다. 그녀가 무엇을 하고 다니는지 그런 건 관심 밖이었다.

담벼락을 비집고 들어선 쪽방은 신혼집 못지않게 달콤했다. 형이 결혼하면서 본채에서 밀려난 나는 그 방이 마음에 들었다. 대문 반대편으로 쪽문이 나 있어 아버지의 눈길을 피하기엔 그만이었다. 미순이와 나만의 오롯한 아지트가 됐다.

우리의 밀회는 오래가지 못했다. 백일홍이 막 피어오르던 유월 어느 날이었다. 일을 마치고 집에 돌아온 나는 아버지 앞에 무릎을 꿇었다. 내 방에 있던 모든 보따리는 내동댕이쳐졌고, 미순이와의 다디달던 밀회도 끝났다. 미순이가 던져 놓고 간 보따리는 모두 불온서적이었다. 아버지는 그것들을 가차 없이 불에 태웠다.

"불온? 진짜 불온한 건 저들이야. 저들이야말로 불순한 무리지."

그 말 한마디를 남기고 떠난 미순이는 이후 나를 찾아오지 않았다. 내 가방에 숨어 있는 표제 없는 책 한 권과 전단지만 덩그러니 남아 있었다. 그조차 아버지 눈에 띄기라도 한다면 불에 탈 게 뻔했다. 나는 전단지를 뿌리기로 작정했다.

대학가 정문 앞은 말 그대로 아수라장이었다. 곳곳에서 화염병 불길과 최루탄 연기가 피어올랐고, 돌멩이는 너저분하게 널려 있었다. 나는 돌멩이를 던지며 미순이를 생각했다. 동요하는 군중 속에서 방패막이를 두려워하는 사람은 아무도 없었다. 오히려 당당하게 맞서는 이들. 군중심리에 휘말린 탓이었을까. 도로 위에 우뚝 선 나 또한 무섭증이 사라졌다. 내 또래의 대학생들이 태반이었다. 그 속에 미순이도 있을 것 같았지만, 머리카락 한 올 보이지 않았다.

최루 가스에 눈물과 콧물과 재채기까지 나왔지만, 공단의 메스

꺼운 공기보다는 훨씬 더 쾌적했다. 공단 근처에서 정원수나 다듬는 공돌이가 학삐리들과 어울린다는 게 대견했다. 나도 돌을 던지고 있다는 게 신기했다. 대학생이 된 기분이었다. 미순이가 나타나 나를 영웅처럼 받들지도 모른다는 기대감에 한쪽 어깨가 으쓱했다.

은행나무를 짚고 섰을 때였다. 옆에서 퍽 소리가 났다. 불발된 최루탄이었다. 되집어 방패막이 쪽으로 던졌다. 그 먼 곳까지 미치지는 못했다. 계속해서 최루탄이 날아왔다. 최루 가스에 더 버티지 못하고 주저앉았다. 일시에 허기가 몰려왔다.

그때다. 도로를 건너지르는 한 여자애가 흐릿하게 보였다. 미순이, 미순이였다. 한 손에 깃발을 들고 한 손은 뒷주머니에 찔러 넣고 시위대를 이끌었다. 잔 다르크, 오를레앙 성을 오르는 혁명전사 잔 다르크. 근사하게 나부꼈다. 시위대를 진두지휘하는 그녀의 모습은 나부끼는 깃발보다 눈부셨다. 미순이의 뒷모습을 본 건 그게 마지막이었다. 뒷주머니에 손을 찔러 넣고 홀연히 멀어지는 그녀. 이후 미순이를 볼 수 없었다.

미순이의 행방을 수소문하지 않았다. 궁금했지만 그녀를 찾을 방법이나 그 어떤 노력도 하지 않았다. 쪽방에 틀어박혀 시시덕거리는 나 같은 놈팡이와 불의에 맞서 저항하는 그녀의 순정은 한 치도 어울림이 없었다. 내게 남긴 그녀의 자취를 모두 지우기로 했다. 한 여자의 거룩한 장정을 기원하며 그녀를 깨끗이 잊기로 했다.

공단의 일상은 아무 일도 없었다는 듯 평온을 되찾았다. 미순이가 광주로 돌아갔다는 소문이 있긴 했지만, 내가 원하는 소식은 아니었다. 내가 알고 있는 미순이는 그렇게 돌아갈 여자가 아니었다. 그럴듯한 소식 중 하나는 시위 주동자로 텔레비전 뉴스에 얼굴이 보였다는 정도. 그것도 정통한 것은 아니었다. 미순이를 닮은 다른 여자일 거라며, 그녀에 대한 소식을 더는 듣거나 보지 않았다.

순환 열차가 지상으로 올라왔다. 당산역이다.

환승객이 뒤엉켜 오가는 발길이 붐볐다. 태극기를 든 무리도 있었다. 광화문으로 가는 이들이 분명했다. 엉덩이를 밀고 바짝 들어앉았다.

팔순을 앞둔 아버지는 주말마다 광화문으로 나갔다. 아버지는 월남전 참전 용사였다. 지금도 가끔 월남에서 찍어 온 흑백사진을 들여다보곤 한다. 당신은 그 거친 정글에서 전갈이나 뱀에 한 번도 물리지 않고 돌아왔다. 남들은 고엽제 후유증으로 고통스러운 말년을 보내고 있다지만, 아버지는 멀쩡했다.

그런 아버지는 내 기억 속에 남아 있지 않다. 내가 3살 때 참전하여 5살 때 돌아왔다니, 당신은 그저 흑백사진 속에 갇혀 있는 그림자일 뿐이었다. 온몸에 실탄을 친친 감고 갖은 폼을 잡고 있는 군바리.

아버지는 보물 같은 존재였다. 누구보다도 어머니가 자랑스러워했다. 아버지의 무사 귀환을. 아버지는 그 누구도 대신할 수 없는 오직 하나뿐인 당신의 자리를 굳혀갔다. 해외 근무 수당으로 서울 변두리에 집을 샀다. 식구들은 아버지의 은혜를 결코 잊는 법이 없었다. 게다가 달이면 달마다 꼬박꼬박 전투 수당을 받아 내고 있으니 대단한 벼슬길에 오른 거나 다름없었다.

부사관 출신이었던 당신은 군 생활을 집안까지 끌고 들어왔다. 뼛속 깊이 틀어박힌 군인 정신, 허투루 쓰는 시간이 없었다. 아침 기상도 시계보다 정확했고, 한 끼니도 거른 적이 없었다. 깔끔하게 정돈된 거실에서는 방아쇠 뭉치 같은 냉기가 흘렀다. 허투루 버리는 물건도 하나 없었다. 찢어진 우산은 손수 기웠다. 세상에, 우산을 기워 쓰고 다니는 사람이 어디 있다고. 우산살이 꺾어지면 그걸 수리해서 내놓았다.

마시지도 않으면서 모으기만 하는 양주, 기름기에 반들거리는 수석, 당신 멋대로 꼬고 비틀어 가며 분재한 나무들.

그뿐이랴. '바깥으로 나갈 땐 빈손, 들어올 땐 그러쥔 손', 사내는 밖에 나가면 지푸라기라도 물고 들어와야 한다며 각종 모임에 나가서는 수건 한 장, 양말 한 켤레라도 악착같이 챙겨 왔다. 무엇보다도 귀에 거슬리는 건, '내 젊었을 적엔…'으로 운을 떼는 잔소리였다.

둥지 속에 따리를 튼 수컷의 권력. 아버지의 절대 권력에 반항하며 나는 엇나갔다. 월남전 참전 이력을 내세우며 그 덕에 밥술이나 뜨는 거라고 형에게도 누이에게도 압박을 가했다. 시간이 갈수록 우리는 반발했다. 아니, 견디지 못하고 집을 나갔다. 숨이 턱턱 막혔다. 아버지의 영역에서 벗어나려 몸부림쳤다.

'국가를 위해 혼자 살겠다는 게냐, 가족을 위해 혼자 살겠다는 게냐, 네 한 몸 편해 보겠단 거 아니냐. 나를 봐라, 나를. 나는 국가를 위해, 식구들을 위해 전쟁터에 나갔다. 니 애비를 보라구.' 결혼할 생각이 없다는 나를 다그치는 말이었다. 그딴 식으로 아버지는 나를 족쳤다. 그럴 때마다 당신의 소파 뒤에서 끝없이 뻗쳐오르는 물소 뿔을 박살내고 싶었다.

두려웠다. 가장이 된다는 게 두려웠다. 아버지처럼 살림을 꾸려갈 자신이 없었다. 가정을 꾸린다는 게 아버지의 전철을 밟는 거와 다르지 않을 거란 생각이었다. 그 길을 가고픈 생각이 없었다. 피하고 싶었다. 내가 정원사로 나선 것은, 당신의 비틀어진 분재 나무를 바로잡아보겠다고 마음먹은 후였다.

외로워서였을까, 지친 탓이었을까. 갖은 세파를 겪으며 아버지의 위엄은 점차 시들해졌다. 기운까지 쇠하면서 당신은 광화문으로 발길을 옮겼다. 거기서 기운을 찾았다면 그나마 다행이다.

가장의 위엄, 아버지의 권위. 도대체 권위라는 게 뭐라고, 그따위 권력이라는 게 뭐라고, 권위는 권력으로부터 나온다는 시답잖은 말을 그토록 신봉하고 있는 것일까. 그런 같잖은 구태에 신물이 날 무렵, 신당동에 위치한 구청장네 정원수를 치기 시작했다. 따지고 보면 가외로 받은 일감이었다. 구청 주변의 화단과 나무를 다듬고 나자, 허우대 멀쑥한 구청장은 선심 쓰듯 자기네 집 정원을 내게 맡겼다.

"청장님이 맘에 안 든답니다."

위엄이 서지 않는대나 어쩐대나. 구청장 수행비서인지 비서실장인지 하는 작자의 전갈이었다. 까랑까랑한 말본새가 길쭉하게 뻗은 곁가지처럼 얄미웠다. 나무를 위엄으로 가꾸나. 하긴 수형을 탑돌이 하듯 꾸미는 상판대기들이 다 그렇다. 탑처럼 깎아놓은 정원수를 올려다보며 고개를 한껏 젖히고 보는 족속들. 세상에 대고 나를 보아달라는 똥폼이라니.

처음에는 시시티브이를 가린다고 웃자란 가지만 좀 쳐 달랬다. 안마당이 빤히 보이도록, 개미 한 마리 얼씬거리지 못하게끔 곁가지를 쳐 달랬다. 금덩이를 숨겼는지, 복덩이를 쥐었는지 사방에 카메라를 달아 놓고 있었다. 온종일 씨름 끝에 일을 마치고 품삯을 받으러 갔더니만, 정원에 들어찬 모든 나무를 다듬어달라고 했다.

그쯤에서 손을 뗐어야 했다. 그의 눈빛이 구렸다. 담장 밖에서도 나무가 근사하게 보이도록 다시 한번 더 손보아 달라는 요구. 담장 밖에서 정원수가 보이려면 서너 해는 더 자라야 했다. 담장 옆길 언덕에서라면 모를까. 키 작은 정원수는 언덕 아래에서 보일 턱이 없었다. 그걸 밖으로 내보이면 권위가 더 서나. 나무가 작아서 그런 걸 어쩌란 말인가. 이제 와 맘에 안 든다니, 그게 말이 되나. 영구 머리처럼 잘라 놓았다며 내년에 다시 치고 그때 돈을 받아 가라는 거였다.

구청장씩이나 해 먹는 놈 심보가 괘씸하기만 했다. 그깟 일당이 몇 푼이나 된다고. 구청에서 받은 품삯으로 퉁치려는 수작이었다. 낯짝이라도 내밀면 하소연이라도 해 볼 것을. 바쁘다는 핑계로 좀팽이 같은 수행비서만 들이밀고 질질 끌었다. 정치하는 인간들이 다 그렇지 뭐. 제 잇속만 챙기는 것들.

이러는 것도 임금체불이 아닐까. 하도 억울해서 노동부에 진정서를 냈다. 그랬더니 근로지도개선과장이란 작자가 실실 쪼개며 한 사람을 붙여줬다. 근로감독관이었다.

감독관 왈, '협의'하란다. 기가 찼다. 당사자와 잘, 자알 협의해 보란다. 빌어먹을 놈. 웃기지도 않는다. 협의고 나발이고 사람을 무시해도 정도껏 해야지. 나라 녹을 먹는 당신들 힘을 좀 빌려 써 보자는 거였는데…, 번지수가 틀렸다. 잘못 짚었어도 단단히 잘못 짚었다. 관공서 나리들끼리 짜고 치는 고스톱판에 끼어든 꼴이었다.

부아가 치밀었다. 이것들이 노가다의 곤조를 홍어O 같이 보고 있네. 그래, 해 볼 테면 해 봐라. 너희들은 승패를 걸고 시시비비를 가리는지 모르지만, 우리네 노가다 판은 생사를 걸고 치고받는다는 걸.

아니다. 그게 아니다. 내 심사를 건드린 건 따로 있었다. 우박 맞은 호박잎처럼 스산한 풍경. 어찌 그리 세상사가 꼬여버린 것인지.

구청장네 정원에 저녁놀이 질 무렵이었다. 홀연 뒤통수가 가려웠다. 누군가가 나를 훔쳐보는 것 같았다. 휙 돌아보았다. 2층 창가였다. 그 누군가도 핑 돌아서 버렸다. 손을 뒷주머니에 찔러 넣고 서 있는 뒷모습. 아!

그 모습이었다. 그건, 아마도 그건, 오랜 기억 속에 묻혀 있던 그 모습. 그 모습이 그대로 한참을 머물렀다. 그 모습은 멈춘 채 돌아설 줄 몰랐다.

구청장네 집을 나오며 케케묵은 시간 속을 떠돌았다. 미순이, 정말 그녀였을까. 그녀가 왜 거기 서 있는 것이었을까. 내가 잘못 본 것이겠지. 내가 엄한 상상을 하고 있는 거겠지. 그러며 밀려드는 의혹을 훔쳐냈다. 그러나 분명 미순이의 뒷모습이었다.

나를 알아본 것이었을까. 쑥스러웠던 것일까, 껄끄러웠던 것일까. 누군가에게 뒷모습을 보인다는 건, 속내가 드러날까 두려워 돌아서는 것일 수도 있겠지. 그럼 그럼.

엉켜드는 생각은 저녁놀만큼이나 신산했다. 빌어먹을. 어째서 그의 집에 그녀가 들어 있는 것일까. 하필이면 저놈의 집구석에 그녀가 들어 있는 것일까. 엇나가는 생각은 걷잡을 수 없었다. 기어코 나는 두 눈을 딱 감았다.

결단, 결단코 감행하기로 하였다. 해코지할 대상을 찾아 나서기로 하였다. 구청장인지, 미순인지 그 누구 때문인지 분명치도 않은 분노에 사로잡히고 말았다.

내가 저지를 범행 현장으로 그를 불러낼 것이다. 사람들이 많은 지하철, 지하철을 무대로 사람들의 시선을 잡아끌 것이다. 누구든 그 현장을 동영상에 담아 올려줬으면 좋겠다. 영상이 돌아갈 때, 나는 외칠 것이다. 구청장네 일을 해 주고 돈을 못 받았다고. 억울해서 일을 저질렀다고. 그 괘씸한 면면을 낱낱이 까발릴 것이다. 그러면 세상이 좀 귀를 기울이려나.

억울한 마음은 돌덩이처럼 단단해져 갔다. 노가다의 곤조를 보여 주리라. 잘난 놈들이 판치는 세상에, 나는 돌멩이라고. 화가 치밀어 굳어진 돌멩이라고. 가방 속에 들어 있는 망치와 칼날과 송곳이 차갑게 손바닥을 훑어주었다.

홍대입구역을 지나 신촌역에 다다랐다.

젊은이들은 대부분 빠져나가고 나이 지긋한 이들로 붐비는 지하철. 내 옆에도 배낭을 든 노인이 자리를 꿰차고 앉았다.

"광화문 가시오?"

얼떨결에 그렇다며 고개를 끄덕였다. 노인이 옛 동지라도 만난 듯 내 손을 끌어 잡았다. 내 눈길까지 끌어 잡을 기세다.

"내 부친이 말이오, 육이오 때 훈장을 두 개나 받았다오. 그 유명한 화살머리고지 전투 아시오? 거기서 중공군을 때려 부수는 데 혁혁한 공을 세운 어르신이라오."

누가 물었나? 화살머리고지가 어디 붙어 있는지, 거기서 무슨 일이 벌어졌었는지 그런 거에 관심이 하나도 없다. 육이오 또한 역사책에서나 배운 전쟁이지 그 실상이 그려지지도 않는다. 노인은 내 반응이 시답잖은지 다른 사람에게로 눈길을 돌렸다. 아무도 노인에게 눈을 맞춰주는 이는 없었다.

"내 나라는 내가 지켜야 하지 않겠소."

참 어이없다. 이런 곳에서 내 아버지같이 훌륭하신 위인을 만나다니. 노인은 난데없이 들고 있던 배낭을 풀었다. 그 속에서 돌돌 말린 태극기를 꺼냈다. 자리에서 벌떡 일어선 노인이 그걸 흔들었다.

"대한민국 만세! 대한민국 만세!"

분연하니 낭랑한 어조였다. 태극기를 흔들며 사람들과 눈높이를 맞췄다. 얼굴 가득 흐뭇한 미소까지 머금고.

그런데 이게 어찌된 영문일까. 사람들 표정이 똥 씹은 얼굴이다. 노인이 들고 있는 태극기에 사람들의 눈길이 쏠렸다. 나도 태극기를 올려다보았다.

맙소사, 노인이 들고 있는 태극기에는 일장기가 딸려 있었다. 세상에, 태극기에 성조기가 딸린 건 보았어도 일장기가 딸린 건 처음이었다. 서로를 힐끗거리며 수군대는 사람들.

"할아버지 여기서 이러시면 안 돼요."

노인을 가로막아 선 청년 둘이 정색하고 깃발을 제지했다. 노인도 태극기를 올려다보았다. 그제야 잘못된 걸 알았나 보다.

"웜마나, 이게 왜 여기 붙은 거."

좀 웃겼지만, 나는 웃지 않았다. 의기소침해진 노인은 일장기를 떼어 지그시 밟았다. 태극기만 달린 깃발을 들고,

"대한민국 만···. 대 대한민국, 대한민국 만세!"

그러고는 자리에 곱게 앉았다. 사람들이 폭소를 터트렸다. 나도 가방 속에서 까슬까슬한 송곳 끝을 눌렀다. 노인은 하마터면 나의 타깃이 될 뻔했다.

어느덧 시청역.

일장기를 뗀 노인은 인파에 휩쓸리며 플랫폼을 빠져나갔다. 태극기 물결이 지하도를 덮었다. 가방 속에 잠들어 있는 망치 머리를 더듬었다. 묵직했다.

태극기부대 노인을 처치했다면 어찌 됐을까. 내 답답한 사정을 까발릴 수 있었을까. 여론의 뭇매를 맞았을까, 아니면 동정을 얻었을까. 끝내 일을 저질렀다면 어떤 처벌을 받았을까. 그래 봐야, 한 시민이 한 시민을 위해한 하찮은 뉴스거리에 지나지 않았을 것이다.

그래, 잘했다. 잘 참았다. 불온한 마음을 달랬다. 아마 그 노인도 아버지처럼 친목회며 향우회며 이런저런 단체의 배지를 모으고 조기축구회 감사패와 수석회 표창장을 그러모으는 그런 노인네였을 것이다. 노인의 뒷모습이 쓸쓸해 보였다. 나의 타깃으로는 적당치 않았다.

을지로입구역을 지나면서 열차는 헐렁해졌다. 드디어, 드디어 신당역이다.

내릴까 말까. 뒷주머니에 한 손을 찔러 넣고 돌아섰던 여자. 그녀의 정체를 확인하고 싶었다. 그 뒷모습을. 사람의 뒷모습은 좀체 변하지 않는다는데, 세월이 흐를지언정 사람의 습관은 변하지 않는다는데.

그건 분명 미순이었다. 그녀가 왜 거기 서 있었던 것일까. 구청장의 아내였을까, 그 집에서 일하는 가사도우미였을까. 아니지, 아니지. 그게 지금 무슨 상관이란 말인가. 그녀가 다시 돌아설 수 있을까. 먼먼 세월을 거슬러 그때로 돌아갈 수 있을까.

내릴까 말까. 긴긴 세월 속에 돌아선 여자. 내가 탐했던 밀회는 불온서적을 숨겨 준 대가였을까. 짭새들을 따돌려 준 보답이었을까. 이미 돌아선 여자. 이제 와 그런 걸 따진다는 게 우습지 않느냐. 그보다도 나는, 미순이의 상처를 위무해 본 적이 있었던가. 그 아픔을, 그 상처를. 이때껏 한 번도 생각해 본 적이 없었다. 불온한 시대를 헤쳐 온 여자, 불순한 무리에 용감히 맞섰던 여자. 그녀의 아픔을, 상처를 보듬지 못했다. 뉴스 보듯 무심히도 보아 넘겼을 뿐.

표제 없는 책에 남아 있던 메모가 떠올랐다. 판면 밖으로 튀어 나온 메모는 각기 다른 필체로 어우러져 있었다. '세상에 나서려거든 반대편에서 맞서라. 그러지 않으면 훗날 얻을 게 없다.' 그 밑에는 색깔도 필체도 다른 문구가 떡하니 버티고 있었다. '한발 한발 나아가다 보면 세상은 좋아질 것이다'라는 두 개의 글귀가. 그중 하나는 미순이가 남긴 말일 거라고 확신했다.
'세상에 나서려거든 반대편에서 맞서라. 그러지 않으면 훗날 얻을 게 없다.' 반대편에서 맞서야 얻는다는 게 무슨 뜻일까. 세상은 언제든 뒤바뀌게 마련이니 반대편에서 부딪쳐야 세상이 바뀔 때 한몫 챙길 수 있다는 말이겠지. 그렇게 하지 않으면, 세상이 천지개벽을 한다고 해도 개돼지로 살아야 하니까. 그렇겠지. 세상은 어차피 시소게임인 것을. 바뀌는 세월, 바뀌는 시국이 좀 더 느리거나 좀 더 빠를 뿐. 아무리 견고한 세상일지라도 변치 않고 영원할 수는 없을 테니까.

'한발 한발 나아가다 보면 세상은 좋아질 것이다.' 그랬다. 나 또한 그렇게 생각했다. 조금 조금씩 살기 좋은 세상이 올 거라고. 세월이 흐를수록 사람들끼리 싸우는 일도 줄고, 굶주리는 사람도 줄어들 거라고. 아니었다. 세기가 바뀌고 정권이 바뀌어도 세상은 여전히 아귀다툼이었다. 평화로운 세상은 애초부터 불가능한 것이었을까. 더 많은 이들이 더 많이 다투고, 더 큰 사건과 사고로 온 세상은 시끄러웠다. 아무리 평화를 외쳐도 세상은 진흙탕 싸움이었다. 그렇지만 나는 미순이를 믿는다. 그녀의 소망을 확신한다. 나는 지금도 그녀를 믿고 있다.

강변역을 지나며 한강을 내려다본다. 강물은 흐르던 방향을 잃고 제자리에 머물러 있었다. 어디로 흘러가야 할지 방향을 찾지 못하고 있는 저 강물, 저 강물이 바다로 흐를지 산으로 오를지 가늠할 수 없었다.

잠실역을 앞에 두고 열차는 지하로 빨려 들어갔다.

아까부터 옆자리에 앉은 녀석은 휴대폰에 꽂혀 있다. 무슨 동영상인지, 뭐가 그리 웃긴지 끅끅거리고 난리다. 녀석의 화면을 흘깃 쳐다보았다. 눈에 잘 들어오지 않았다. 녀석은 또 현란한 손끝으로 카톡 삼매경에 빠져 있다. 녀석의 손길과 화면을 훔쳐보았다. 무슨 대화가 저리도 기꺼울까.

아뿔싸, 녀석이 내 낌새를 맡았나 보다. 고갤 돌려 째려본다. 왜 남의 폰을 훔쳐보냐는 언짢은 눈빛. 뭐라 뭐라 씨불이며 맞은 편으로 자리를 옮긴다.

저걸 그냥, 저 녀석을 타깃으로 삼을까 보다. 가방을 만져 보았다. 송곳이 삐죽하게 삐쳐 나왔다. 아니다, 아니다. 뾰족한 호흡을 가다듬었다.

곧 역삼역이다. 교대역으로 다가갈수록 사람들이 붐볐다.

초등학생 자녀를 사이에 두고 마주 선 부부, 역사의 현장에 동참하러 간다는 속삭임에 사뭇 비장감이 서려 있다. 역사의 현장이라. 모를 일이다. 역사적 현장일지, 정치적 쇼일지 어느 누가 알랴.

서울은 지금 정치 소용돌이에 휘말린 사람들 천지다. 광화문으로 검찰청으로. 우리가 언제부터 이토록 정치 시민이 되었던 것일까. 애처롭다. 속상하다. 어이없다.

광화문에 나가는 것도 검찰청에 나가는 것도 다 부질없어 보였다. 평화도 민주도 아닌, 이해득실만 따지는 정치판에 굴비 엮이듯 줄줄이 엮여 있다니. 광화문에 나가도 정치하는 것들이 빨아가고, 검찰청에 나가도 정치색에 말려드는 꼴이지 않은가. 까놓고 보면, 권력에 눈먼 자들의 샅바싸움이 아니던가.

이 생각 저 생각을 떠나 저들 부부가 부러웠다. 나도 미순이와 가정을 꾸렸다면, 저런 모습이었을까. 미순이 남편으로 변한 내 모습 저 너머로 구청장의 면상이 스쳤다. 고개를 절레절레 흔들었다.

저들을 따라 나도 무리에 끼어볼까. 서둘러 내리기로 하였다. 열차가 멈추고 문이 열렸다. 빽빽한 플랫폼, 발 한 짝 디딜 틈이 없다. 나가는 이들과 들어오는 이들 사이에 끼여 이러지도 저러지도 못하고 있다. 송곳 하나 꽂을 곳 없는 인파였다. 제자리에서 빙빙 돌다 되밀렸다.

결국은 그들 부부를 따라 교대역에서 내리지 못했다. 정말이지 내리고 싶기는 했던 것일까. 진정으로 내리고 싶었던 것일까. 그래, 애초에 내릴 생각이 없었던 거다. 졸렬하다. 그들 부부는 순식간에 사라졌다. 그들이 원하는 군중 속으로, 역사 속으로.

서초역을 지나고, 방배역을 지나고 지하철은 달리고 또 달린다. 낙성대역에 도착했을 때는 통로가 훤해졌다. 저만치서 예의 바른 목소리가 들려왔다.

"당신에게 가장 소중한 것을 전해드립니다. 조용한 차내에서 소리 높이게 된 점, 먼저 양해를 구합니다. 다름이 아니오라, 제가 생명보험을 하나 팔려고 나왔습니다."

양복쟁이 신사다. 웬 생명보험? 귀가 쫑긋했다. 모든 이들이 그 소리에 귀를 기울였다. 생명은 소중하니까. 이 시대, 가장 확실한 보험이라며 그가 꺼낸 것은 성경이었다. 그러면 그렇지, 저런 저런, 또 시작이군. 다시 휴대폰을 들여다보는 사람들.

"사람들은 행복을 위해 돈과 명예와 권력을 좇지만, 막상 손에 그걸 쥐고 나면 그게 결코 우리를 행복하게 해 줄 수 없다는 것을 깨닫게 되지요. 그러나 예수님은 우리에게 참된 행복과 자유를 주고 천국에서 영원한 생명을 누리게 하십니다. … 믿어야 천국 갑니다. 믿으십시오. 믿어야 합니다. 형제자매님, 예수 영접하여 천국 가십시오. 예수 믿고 구원받으십시오."

귀청이 따가웠다. 눈을 감았다. 가방을 만져 보았다. 묵직하게 다가오는 망치 덩어리, 믿음직했다. 나는 지금 하나님보다 이 망치 덩어리를 더 믿고 있었다.

"예수를 믿으십시오. 지옥 가기 싫으면 예수를 믿으십시오. 예수를 믿으면 천당 가지만 예수를 믿지 않으면 지옥 갑니다."

그때다.

"아, 여보세요. 여기 2561호 차량인데요, 신도림 방면 봉천역으로 가고 있습니다. 여기 전도하는 사람 있어요. 단속 바랍니다."

벙거지를 눌러쓴 사내의 불끈한 고자질. 벙거지의 통화 소리에 화들짝 놀란 양복쟁이가 그의 앞에 다가가 살갑게 머리를 조아렸다.

"네. 다음 역에서 내리겠습니다. 안녕히 가십시오."

거참, 거시기하다. 양복쟁이가 뜬 자리에 적막감이 돌았다.

이도 잠시, 벙거지를 바라보는 사람들의 낯빛이 경계의 빛으로 변했다. 이에 값하기라도 하듯 벙거지의 갑질이 시작됐다. 예수쟁이를 쫓아내고 지하철 한 칸을 독차지한 벙거지는 정복자처럼 도도하게 굴었다. 제왕의 포스로 팔짱을 낀 채 거들먹거렸다.

"나, 철이 형. 알지? … 진선미서 만났던 철이 형. 기억나지? … 어디야, 집이야? 왜 집에 있어. … 나와라. … 나 지금 진선미 가는 중이야. 나와, 집에 있으면 뭐 해. … 그래? 그럼, 자주 연락하자. 자주 연락해야 얼굴 안 잊지."

승객들의 귀청은 안중에도 없다. 저것도 권력인가. 진상도 저런 진상이 없다. '진선미', 술집인가 음식점인가. 내 원 참, 왜 저 자식 말에 신경이 쓰이는 건지 원.

"형님. 우철이에요. 집에 계세요. … 일요일에 뭐해요? … 산에 가요. 재밌어요. … 버스 두 대로 갈 거예요. … 사당역 2번 출구로 오세요. … 아침 여덟 시 반. … 자리 딱 두 개 남았어요. … 재 밌어요. 여자 만날 수 있어요. … 와요. … 예, 그럼 다음 주에 가요. … 산악회 자주 오세요."

'자리가 딱 두 개?', '여자 만날 수 있어요?' 꼴값을 떤다. 영락없는 양아치다. 대놓고 자기 말을 들어달라는 저 소리, 다리를 떨어가며 꼬아가며 자랑 같지도 않은 자랑질이다. '띵띠리링 띵띠리링', 착신음도 참 거지같다. '띵띠리링 띵띠리링…'

"여보세요. … 가는 중예요. 지금 신림역예요. … 조금만 기다려요. … "

철판을 긁어대는 저 듣기 싫은 소리, 귀가 따갑다. 나는 다시 가방 속을 더듬었다. 무엇인가 두툼하게 잡힌다. 그게 무언지 상관없다. 벙거지를 째려보았다.

"거 좀, 조용히 갑시다."

그도 나를 째려보았다. 사람들의 눈길이 내게로 쏠렸다. 나를 응원하는 저 눈빛들.

"어이, 아저씨! 집에 가서 똥이나 싸슈."

'이런 × 새끼를 봤나. 너 잘 걸렸다.'

강물이 솟구쳤다. 불길이 솟구쳤다. 솟구치는 불길을 마주한 사내, 옆구리에 긴 칼을 찼다. 광화문 앞에 우뚝 선 장군의 위용이다. 손에는 뾰족한 송곳이 들려 있다. 그걸 높이 쳐들었다. 힘껏 내리꽂는다. 벙거지의 가슴팍이다. 벙거지의 심장이 터졌다. 피가 솟아올랐다.

이번에는 망치와 칼을 빼 들었다. 비명을 지르며 달아나는 사람들. 사내의 칼이 벙거지의 목덜미를 가른다. 벙거지의 멱이 헐떡거린다. 일그러지는 얼굴들, 얼굴들. 기어코 사내는 놈에게 망치를 내리쳤다. 피 묻은 망치를 들고 우뚝 멈춰 섰다.

저 한쪽에서는 끔찍한 현장을 포착하는 영상이 돌아가고 있다. 사내가 카메라를 향해 손을 흔든다. 이때, 덜컥거리며 열차가 멈췄다. 사내가 외친다.

'세상 O도, 개O도 아니라서 그런다.'

사내가 원래 하고 싶었던 말은 그게 아니었다. 골똘히 생각해 보지만, 무슨 말을 하려 했는지 기억이 나지 않는다. 답답해 죽을 지경이다.

그때 한 여자가 사내 앞에서 핑 되돌아섰다. 그녀의 눈에 눈물이 고여 있다. 사내는 순백의 여자를 바라보며 숨을 골랐다. 들고 있던 망치와 칼을 내려놓았다. 강물이 잔잔해졌다.

"에잇, 재수 없어."

대림역이었다. 벙거지가 뱉어놓고 내린 말에 귀가 얼얼하다.

시청역에서도 교대역에서도 내리지 못한 나는 대림역에서도 내리지 못했다. 어디서 내려야 할지 모르고 빙빙 돌 뿐이다.

상서로운 바람이 불어와, 신당역에서 내릴 수만 있다면, 거기서 미순이를 만날 수만 있다면, 그러면 참 좋겠다고 생각하며, 또 하나의 역을 지난다.

—『한국소설』(2020년 9월호)에 수록

서부영화를 보는 시간

캐노피 차양 아래 간이 탁자, 젊은 친구들이 진을 치고 술을 마신다. 이 시간이면 족히 3차는 될 거다. 취한 것 같지는 않다. 저들은 조간신문을 돌리는 녀석들일지도 모른다. 이미 아침 신문을 뿌려놓고 자리를 잡았을 수도 있다.

등산복 조끼에 덩치가 남산만 한 녀석, 카키색 점퍼 차림의 곱슬머리, 검은 모자를 눌러쓴 안경잡이까지 모두 셋이다. 저들이 부럽다. 이 밤에 저리 뭉칠 수 있다는 게.

벌써 새벽 두 시. 나만의 호젓한 시간이 찾아왔다. 이 시간부터는 손님이 뜸하다. 졸음을 버티기 어려운 시간대이기도 하다. 휴대폰을 꺼내 영화를 내려받는다.

진열대에서 유통기한이 다가오는 우유와 삼각김밥을 골라냈다. 한두 시간 후면 폐기해야 할 것들이다. 기한이 지나자마자 먹어 치워야 한다. 때를 놓치면 상할 수 있다. 다가오는 시간은 사람을 긴장시키지만, 흘러가는 시간은 사람을 방심하게 한다. 언제나 방심은 금물이다.

'젊음도, 사랑도, 정의도 유통기한이 있듯 빵과 음료와 맥주도 유통기한이 있다'라는 훈계는 그의 말이다. 그는 이 편의점 점주이자 나의 고용주다. 그는 내게 훈계를 하고 너그러운 인심까지 쓴다. 고마울 따름이다.

컵라면과 닭볶음과 잡채, 가락국수, 순대, 곱창은 물론 최신 즉석요리까지 맛볼 수 있으니 얼마나 고마운 일인가. 아, 매운 오징어 볶음, 그래, 우선 그걸 찾아야겠다. 아까 창고에서 본 것 같다. 매운 건 유통기한이 하루 이틀 지나도 탈이 안 난다. 찜찜하기는 해도 배탈 난 적은 없다.

영화가 시작되면,

　　S # & S #
　　황야 한가운데 시가를 물고 있는 잭 콜비(리 반 클리프)가 클로즈업된다. 이어 컨트리풍의 테마곡 'Do Not Forsake Me, Oh My Darling'이 들려오고 크레디트 타이틀이 떠오른다. 'High Noon'

영화 〈하이 눈〉의 오프닝 신이다. 역시 시가는 저처럼 한가한 곳에서 은근하게 씹어 빠는 맛이 제격이다. 내가 담배를 피우게 된 결정적 계기는 서부영화 총잡이들의 끽연을 흉내 내면서였다. 파이프를 물고 있는 화가 고흐나 시인 이상도, 담배를 꼬나문 작가 카뮈의 책 표지도 나를 유혹하지는 못했다.

시가를 물고 있는 총잡이들의 포스만큼 나를 매료시킨 게 없었다. 〈석양의 무법자〉에서 클린트 이스트우드가 죽어가는 어린 병사 입에 물려 준 담배 한 대, 남북전쟁에 동원된 젊은이의 최후를 그토록 담담하게 포착한 장면이 또 있었던가. 온 세상 근심 걱정을 말끔하게 뱉어내던 그 장면. 담배를 그처럼 맛있게 빠는 걸 본 적이 없다.

    S # & S #

    잭 콜비가 있는 곳으로 총잡이들이 모여든다. 악당 셋이 뭉쳐 마을로 들어가고, 마을은 삽시간에 공포 분위기로 바뀐다.

    이 시각, 치안 판사 사무실에서는 보안관 윌 케인(게리 쿠퍼)과 신부 에이미 파울러(그레이스 켈리)의 결혼식이 열린다. 시계는 10시 35분을 가리키고 있다. 악당들은 역사로 몰려가 기차 도착 시각을 확인한다.

기차가 도착하는 시각은 정확히 정오 열두 시. '하이 눈'은 정오 열두 시를 뜻하는 말이다. 이 시각에 악당들의 보스 프랭크 밀러가 탄 기차가 마을에 도착할 예정이다. 이 시각이 곧 영화의 제목 〈High Noon〉이다.

한 마디로, 이 영화는 재미없다. 서부영화치고 싱겁기 그지없다. 서부영화에서 흔히 보이는 총잡이들의 거칠고 투박한 몸싸움도 없다. 결투 장면도 보잘것없다. 그런데 흥미롭다. 이 흥미에 끌린 나머지 거듭 본 게 어림잡아 열 번은 될 거다.

흑백텔레비전 때부터 보기 시작했다. 변두리 삼류극장에서 동시 상영작이었던 이 영화를 앉은자리에서 두세 번 본 적도 있다. 군 제대 후에는 대여점에서 테이프를 빌려다 보았다. 그럼에도 이 영화는 나를 설레게 한다. 파일을 내려받아 보는 이 시대에도.

S # & S #

결혼식이 끝나고 윌 케인이 보안관 배지를 반납하는 순간 날아든 전보. 5년 전에 윌 케인이 잡아넣은 살인범 프랭크 밀러가 출옥하여 부하 3명을 거느리고 복수하러 온다는 소식이다.

프랭크 밀러는 기차와 함께 12시에 도착하기로 되어 있다. 현재 시각은 10시 40분. 윌 케인의 얼굴에 근심이 어린다.

우수에 잠긴 저 표정, 게리 쿠퍼의 매력은 관객을 압도하는 저 표정에 있다. 그가 출연하는 모든 영화는 게리 쿠퍼의 저 얼굴로 대표된다. 〈교수목〉, 〈서부의 사나이〉, 〈누구를 위하여 종은 울리나〉에서도 그의 표정은 늘 변함이 없었다.

모름지기 배우라면, 다양한 배역을 소화하며 천의 얼굴을 지녀야 하겠지만, 게리 쿠퍼에게서 그런 모습을 기대하는 것은 이치에 어긋난다. 그가 출연하는 영화가 모두 근심 가득한 표정이더라도 관객들은 열광한다. 늘 똑같은 연기를 하느냐고 반박할 이유도 없다. 큰 산이 움직이는 걸 본 적이 있던가. 큰물이 그 흐름을 바꾼 적이 있던가. 큰 산, 큰물은 변함없이 그 자리를 지키고, 변함없이 그 물길로 흐른다. 게리 쿠퍼 또한 늘 그 모습으로 영화만 바꿀 뿐이다. 할리우드의 명배우란 그런 것이다.

게리 쿠퍼를 처음 안 것은 중학교 때다. 서부영화를 무척 좋아하는 영어 선생님이 있었다. 그는 수업 시간에 틈만 나면 서부영화를 소개했다. 존 웨인, 헨리 폰다, 알란 래드, 버트 랭커스터, 커크 더글러스 등 쟁쟁한 할리우드 스타들이 자신의 분신이기라도 하듯 총잡이들의 활약상을 늘어놓았다. 특히 그는 게리 쿠퍼의 열렬한 팬이었다.

게리 쿠퍼. 엑스트라 시절, 남몰래 말타기를 연습하고 권총을 돌리며 주연 배우를 꿈꿨다던 그. 달리는 말에서 표적을 맞히고 올가미 밧줄을 던지며 실력을 닦았다던 그. 감독 눈에 들기 위해, 멋진 총잡이가 되기 위해, 피나는 노력 끝에 할리우드 최고의 배우가 되었다는 게리 쿠퍼. 그때부터 나는 당시 유행하던 이소룡의 쌍절곤을 내려놓고 권총을 돌리기 시작했다.

영어 선생님이 들려준 그 이야기가 진짜인지는 알 수 없었다. 이후 어디에서도 그와 같은 게리 쿠퍼의 일화를 들은 적이 없었으니까. 나는 선생님의 이야기를 철석같이 믿었다. 진정한 게리 쿠퍼의 팬이라면, 설사 그의 일화가 거짓이더라도 그를 흠모하는 이들에게 고귀한 전설로 긴긴 세월 회자되길 바라면서.

서부영화를 말하는 자리가 있으면, 나만 알고 있는 고급 정보인 것처럼 게리 쿠퍼의 일화를 꺼내 들었다. 열렬했던 영어 선생님의 상찬을 떠올리며, 선생님 당신 맘대로 꾸민 이야기는 아닐 거라고, 틀림없이 어딘가에서 들은 이야기였거나 잡지에서라도 읽은 이야기였을 거라고. 어딘가에 근거를 두고 있는, 족보 있는 이야기일 거라고.

게리 쿠퍼가 총만 들고나와도 오금이 저렸다. 게리 쿠퍼는 나의 영웅이자 우상이었다. 게리 쿠퍼가 누리는 광활한 서부는 거친 사나이들의 욕망과 열정이 분출하는 동경의 세상이었다.

밖에 있던 검은 모자가 들어왔다. 새우깡에 오징어 한 마리, 그리고 맥주를 빼 들었다. 맥주는 딱 3캔뿐. 맥주를 시원하게 마시기 위한 저들만의 전략일 거였다.

나는 바코드 리더기를 빼 들었다. 탕 타당 탕, 게리 쿠퍼의 총솜씨를 떠올리며 레이저를 쏜다. 삑 삐빅 삑, 레이저 불빛이 발사된다. 어느 위치에 물품이 있어도 바코드를 정확하게 찍어 댄다.

삑사리 하나 없이 모두 백발백중이다.

"와, 진짜 빠르네요."

"뭐가요?"

"찍는 거."

빠른지 느린지를 아는 거 보니까, 녀석도 편의점 알바를 좀 했었나 보다.

"아, 그렇습니까."

으쓱해진 나는 녀석에게 하나 더 보여 주기로 한다. 리더기 돌리기. '슝슝슝―', 마치 게리 쿠퍼가 총을 돌리듯 리더기를 빙빙 돌린다. '투둑 툭', 권총집에 총을 찔러 넣듯 리더기를 거치대에 올려놓기까지. 리더기를 돌리기는 쉽지 않다. 권총처럼 손가락을 끼울 수 있는 방아쇠울이 달린 것도 아니니, 리더기 돌리기에 관한 한 내가 게리 쿠퍼였다.

녀석이 움찔한다. 눈이 황홀했을 거다. 여전히 검은 모자를 푹 눌러쓴 채 녀석이 현금을 내민다. 이번에도 그는 카드를 긁지 않았다. 처음 자리를 잡을 때도 카드를 쓰지 않았다. 금고를 열어 거스름돈을 꺼냈다. 녀석의 모자챙이 카운터 주변을 힐끔거렸다.

"여기, 잔돈이요."

녀석이 거스름돈을 움켜쥐고 나갔다.

검은 모자가 그들에게 다가가 무어라무어라 쑤군대는 바깥 풍경. 맥주 캔을 받아든 녀석 둘이 동그란 눈으로 내 쪽을 바라본다. 나는 그들을 향해 씩 웃어주었다. 이제 막 결투를 끝낸 총잡이의 위엄처럼.

검은 모자는 나의 리더기 다루는 실력이나 그걸 돌리는 솜씨를 말했을 거다. 녀석이 카운터에 좀 더 머물렀다면, 내 학창 시절 신화를 들려줬을 것이다. 왕년에 사격 선수로 전국체전을 휩쓸고 다녔던 이야기를. 그랬다면 저들의 눈빛이 더 커졌을 텐데, 아쉽다.

삼각김밥 바코드에 리더기를 댄다. 찍히지 않는다. 드디어 폐기할 시간을 넘긴 것이다. 폐기처분으로 등록한 김밥을 한 입 베어 물고 다시 플레이 버튼을 누른다.

S # & S #

사람들은 윌 케인과 신부를 마차에 태워 마을을 떠나보낸다. 윌 케인의 표정이 불만스럽다. 마치 떠밀려 쫓겨나는 것 같아서다. 한 번도 비겁하게 도망친 적 없는 윌 케인, 신부의 만류에도 불구하고 말머리를 돌려 마을로 돌아온다.

프랭크 밀러가 돌아와 말썽을 부릴 거라며 신부를 설득하지만, 신부 또한 지금 당장 떠나자는 뜻을 굽히지 않는다. 윌 케인은 보안관 배지를 고쳐 달고 대원을 모집하기로 한다. 그러나 프랭크 밀러에게 형벌을 언도했던 판사조차 그의 복수가 겁나는지 마을을 떠난다.

어느덧 시간은 11시, 이제 한 시간만 지나면 프랭크 밀러가 도착한다. 혼자서라도 마을을 떠나기로 작정한 신부는 기차역 가까운 호텔에서 12시 기차를 기다리고 있다.

윌 케인이 떠나기를 바라는 마을 사람들의 속셈은 제각각이다. 윌 케인의 후임으로 보안관이 되고 싶었던 애송이 치안 대원하비, 그가 마침내 숨겨두었던 야망을 드러내며 케인이 떠나기를 바란다. 절호의 기회라고 생각한다. 위기는 기회다. 나의 위기는 상대방에게 새로운 기회다.

팀장의 위기는 팀원에게 주어진 승진의 기회다. 명예로운 정년퇴임을 3년 앞두고 나는 옷을 벗었다. 차기 팀장을 노리던 박 차장이 본색을 드러냈다. 내가 근신으로 경리과 팀장 자리를 비운 한 달 사이 판도를 완전히 바꾸어 놓았다.

사건의 발단은 연말정산 환급금이었다. 임직원들의 연말정산 서류를 정리하면서, 새로 바뀐 인사 계정 정산에 계산상의 착오가 있었다. 인정한다. 그 착오로 인해 오류가 생긴 금액을 내가 착복한 것으로 되어 있었다. 돌이킬 수 없는 일이었다. 옷을 벗어야만 했다. 쫓겨나야만 했다. 뜻하지 않은 사기횡령 죄로 형사고발을 당할 뻔했다. 다행히 사측에서 고소장을 취하하는 바람에 험한 꼴은 면했다. 아마도 끝까지 갔더라면 그들이 더 골치 아팠을 일이다.

나는 거부했다. 대표이사는 매년 연말만 되면 매출을 부풀려

서라도 성과를 올리라고 했지만, 줄기차게 거부했다. 언젠가는 들통날 것이라며 장부 조작은 범죄라고 맞섰다. 투명한 척, 깨끗한 척한 것이 탈이었을까. 불의에는 적당히 타협하고, 비리는 못 본 척 눈감았어야만 할 일을.

'정의는 쓰지만, 의리는 달콤하다'라는 박 차장. 평소 팀원들에게 강조했던, '정의가 있는 곳에 의리가 있다'라는 내 말을 정면으로 되씹으며 반격해 들어왔다. 그렇게 그는 팀원들을 포섭하더니, 내가 자리를 비운 사이 팀원들을 꾀어 자기 수하에 꽁꽁 묶어 두었다. 후후, 방심은 금물이었건만. 같잖은 의리 하나로. 그것도 잘 나갈 때나 의리지, 불의가 밝혀지는 날에는 쓴맛을 보리라며 나는 옷을 벗었다. 박 차장 일당은 그 후로도 달콤하게 지냈다. 알바로 전전하는 나만 씁쓸했을 뿐.

그보다 훨씬 전, 박 차장은 강남에 집을 샀다. 국제금융위기가 닥쳤을 때였다. 남들은 빠득빠득 전세 대출금을 갚아나가는 와중에 집을 장만했으니 재주가 남달랐다. 금수저도 아니었고, 로또를 맞은 것도 아니었다. 혼란한 부동산 시장을 틈타 몇 차례 시세 차익을 내더니, 어느 날 강남에 번듯한 아파트 한 채를 손에 넣었다. 소위 말하는 갭투자의 귀재였다. 세상은 성실하고 정직한 사람을 비웃었다. 아니, 성실과 정직은 돈과 거리가 먼 것이었다.

돈을 쉽게 버는 법은 틈을 보는 것이다. 틈을 노려 한 방을 터트리는 것이다. 정의롭든 불의하든 돈은 그런 것을 가리는 법이 없다. 윌 케인이 떠나기를 고대하는 호텔 지배인처럼. 호텔 지배인 또한 케인이 제발 이 마을을 떠났으면 한다. 아니 밀러와의 결투에서 죽기를 바란다. 프랭크 밀러가 마을을 장악하고 있을 때는 장사가 잘 됐지만, 윌 케인이 마을을 다스리면서 별 재미를 못 보았다며, 다시 한번 그 혼란한 틈을 노려보는 것이다. 악당이 돌아와 무법천지를 만들어 호텔도 술집도 손님으로 넘쳐나길 바라는 것이다.

마을에 질서가 잡히지 않아야 장사가 잘된다는 것은 아이러니하지 않은가. 그러나. 그렇다. 돈을 벌려면 혼란한 틈을 타야 한다. 박 차장처럼 한 방을 노리며 세상을 염탐할 줄 알아야 한다.

S # & S #

프랭크 밀러가 도착할 시간은 이제 40여 분 남짓. 윌 케인은 술집에 들러 대원들을 모으고자 하나 지원하는 자가 아무도 없다. 옛 친구를 찾아가 도움을 청하지만 거절당한다.

누구 하나 관여하려 하지 않는다. 아무도 그의 편에 서서 도와줄 생각이 없다. 모두 케인의 형세가 불리하다고 보았다. 누가 죽음을 무릅쓰고 승산 없는 싸움에 말려들려고 하겠는가. 이 상황에서 발 벗고 나서려는 자, 그 누구란 말인가.

이건 옳고 그름의 문제가 아니라 생사가 달린 문제이다. 내일이면 새로운 보안관이 오기로 되어 있는데, 오늘로 임기가 끝나는 케인에게 붙어 목숨을 걸 사람이 누가 있겠는가. 죽을지도 모르는 케인 편에 섰다가, 정말이지 그가 덜컥 죽기라도 하면 낭패가 아니던가. 한 시간만 숨죽인 채 지켜보고 있으면 결판날 일을 굳이 목숨까지 걸고 나설 이유가 있겠는가.

근신 후, 대기발령을 받은 내게 찾아오는 이가 아무도 없었던 것처럼. 유통기한이 다 된 삼각김밥은 미련 없이 버려야 하듯이.

S # & S #

케인은 마을 사람들이 모여 있는 교회를 찾아가 지원을 호소한다. 그러나 사람들은 밀러와 케인의 개인사로 몰아붙인다. 아니, 악당 밀러를 풀어 준 북부 정치인들을 탓한다. 시간은 점점 흘러가는데 나서는 사람은 없고 변죽을 울리는 토론만 무성하다.

지금이라도 이곳을 떠나는 것이 지역 발전에 좋을 거라는 지역 유지 헨더슨의 정치적 발언, 언변 좋은 헨더슨에게 설득당한 사람들은 고개를 숙인다. 케인은 빈손으로 교회를 나온다. 모든 이들이 케인의 죽음을 예고한다. 옛 보안관도 서둘러 떠나는 게 상책이라고 말한다.

이 상황이 어찌 케인과 밀러만의 개인적인 문제일까. 사건의 본질을 떠난 난상 토론, 탁상공론만 무성하다. 누군가 나서야 할 상황, 케인의 친구이자 지역 유지인 헨더슨이 나섰다. 하지만 그의 일장 연설은 케인의 기대를 무참하게 짓밟았다.

정치 논리는 집단의 정의보다 집단의 발전을 공략하는 데 있다. 한낮에 총질이나 해대는 그런 마을에 누가 투자를 하겠느냐는 헨더슨. 정치적 발언은 역시 큰 힘을 발휘한다. 지역사회의 발전을 들먹이며 사람들의 생각을 틀어놓는 그의 목소리는 우렁차다. 아니 구리다. 지역사회를 위한답시고, 지역민을 위한답시고 오늘 자로 임기 만료된 보안관 케인이 자진해서 떠나주기만을 바랄 뿐이다. 케인은 이제 골치 아픈 존재가 되었다. 그의 얼굴이 더 쓸쓸해 보인다.

마을 사람들은 케인이 살아남을 거로 생각하지 않는다. 사람들은 정의가 반드시 이긴다고 보지도 않는다. 어쩌면 정의는 이 마을의 발전을 저해하는 장애물인지도 알 수 없다. 옳고 그른 것을 아는 것은, 그걸 가늠하는 것은 중요하지 않다. 옳고 그른 걸 구분할 줄 모르는 사람이 있던가. 그것은 선택의 문제이고 가치 유무의 명제일 뿐이다. 정의가 이긴다고 하는 것은 교과서적이지 않은가.

비폭력주의자인 케인의 아내 또한 옳고 그른 것에는 관심이 없다. 정의를 지키는 것보다는 살아남는 방법을 찾는 것이 더 현명하다고 생각한다. 그녀에게는 뼈아픈 과거가 있었다. 열아홉 살에 죽은 오빠. 그녀의 오빠는 정당했지만, 총에 맞아 죽었다.

그녀에게는 옳고 그름에 대한 고민보다 살아남기 위한 방법을 찾는 게 더 급선무였다.

그들이 케인을 쫓아 보내는 것은 이 마을에서 정의를 쫓아내는 것과 다름없다. 그렇게 된다면 마을은 다시 5년 전의 혼란한 상황에 빠져들 것이다. 케인은 이 상태로 마을을 떠날 수가 없다. 자신이 벌인 일이니 스스로 매듭지어야 한다. 마을의 정의와 질서를 지켜내야만 한다. 보안관으로서 주어진 책무를 다해야 한다. 내일 새로운 보안관이 온다고 하더라도.

서부영화치고 주저리주저리 말도 많고 고민도 참 많다. 주인공 케인의 모습은 당당하지도 영웅적이지도 않다. 쓸쓸하고 처량하고 측은해 보인다. 악당을 물리치자고 마을 사람들에게 애원하는 케인의 모습이 애처롭기만 하다. 자고로 민심은 갈대처럼 흔들린다. 표심이 바람이라면 민심은 갈대라고나 할까.

그런데도 미국의 역대 대통령들이 이 영화를 가장 많이 보았다는 것은 놀라운 일이다. 아마도 정의의 편에 서서 정치적 행보를 어필하고, 자기 업적에 대한 역사적 평가를 끌어올리기 위한 전략이 아니었을까. 자신에게 주어진 책무를 이행하고자 하는 의지, 레임덕을 극복하고자 하는 의지의 피력이 아니었을까. 미국인들의 가슴속에 여전히 살아 있는 게리 쿠퍼를 소환하여 표심을 얻으려 했던 속셈이 아니었을까.

그게 전략이든 농간이든, 회사라는 곳도 표심을 얻어야 앞가림을 할 수 있는 곳이다. 위로는 임원들의 깊은 뜻을 떠받들어 총애를 받고, 아래로는 팀원들의 손과 발을 묶어 권위에 도전하지 못하도록 위엄을 갖춰야 한다. 표심에 관한 한 박 차장은 나보다 한 수 위였다는 것을 인정하지 않을 수 없다.

검은 모자가 또 들어왔다. 담배 한 갑에 양주 한 병, 그리고 육포를 전자레인지에 돌린다. 이 깊은 밤에 굳이 양주까지 마셔야 하는지 의아할 뿐이다. 혹시 자리를 옮기려고 그러는지, 그만 일어서려고 그러는지도 알 수 없다. 편의점은 양주를 마시기엔 옹색한 곳이다.

검은 모자가 거스름돈 받을 생각도 없이 밖으로 나간다. 녀석을 따라 나가 탁자 위에 잔돈을 올려놓았다. 잔돈을 바라보는 덩치 조끼가 누런 이를 드러내고 내 얼굴을 훑어본다. 께름칙하다. 소름이 돋을 만큼 오싹하다.

"한잔하셔요."

덩치가 내 앞에 빈 잔을 디민다. 어디서 본 건 있어 가지고, 총잡이들이 바에 잔을 밀듯이 디밀었다. 누런 이를 드러내면서. 근무 중이라며 사양했다.

"어흐, 아즈씨, 딱 한 잔만."

덩치가 잔에 가득 양주를 따른다. 이런 녀석은 적당히 얼러서 보내는 게 수인데.

"딱 한 잔만 헙시다."

마지못해 한 잔을 받아 마셨다.

"원더풀 원더풀, 베리베리 굿."

이번에는 옆에 있던 곱슬머리가 또 한 잔을 디민다. 보아하니 이것들이 내게 시비를 거는 짓거리다. 이럴 때일수록 상대방을 거스르는 말투나 행동은 삼가야 한다. 심보가 고약한 놈들이다. 꼭 악당들 같다. 총 솜씨를 뽐내고 싶어 안달하는 악당들. 어쩔까 머뭇거리는 사이, 한 청년이 편의점으로 들어간다. 이때다 싶었다.

"손님 받아야 합니다. 맛나게 드시오."

"손님, 손님 받는댄다, 손님. 큭큭큭."

저 기분 나쁜 웃음소리, 큭큭거리는 저 소리는 내 손님을 홍등가 손님으로 비꼬아 지랄을 떠는 소리다. 옆에 있던 곱슬머리와 검은 모자도 킥킥댄다.

참는다. 피한다. 붙어봐야 상처뿐이다. 한창 젊었을 때는 저런 시비에 그냥 넘어간 적이 없었다. 불량한 것들은 다 불의였다. '정의가 있는 곳에 의리가 있다'라는 말은 우리 사격부 선수들의 모토였다. 돌을 던지며 정의사회 구현에 동참은 못 했어도, 의리 하나로 뭉친 우리는 대학가 뒷골목의 정의를 확실하게 평정했었다. 그런 흐뭇한 날들이 있었다.

참는다. 피한다. 붙어봐야 상처뿐이다. 한창 젊었을 때는 물불을 가리지 않았다. 다리가 부러져도 한 달이면 멀쩡하게 돌아왔다. 이제는 다르다. 조그만 상처에도 한 달이 간다. 그만큼 회복이 더디다. 어차피 붙어봐야 이기나 지나 별 소득도 없는 것을. 흥미 없다. 이제는 그저 참거나 피하는 길을 찾는다. 그렇게 세월이 흘렀다.

어라!
영화가 막판으로 치닫고 있다. 플레이 버튼을 앞으로 되돌린다. 어디까지 봤더라. 케인이 지원자를 찾지 못하고 고투하는 장면. 그래, 바로 여기다. 다시 버튼을 누른다.

S # & S #
보안관 사무실로 돌아온 케인. 오랜 친구 허브가 그를 기다리고 있다. 유일한 지원자였던 허브, 어눌한 표정을 지으며 그 또한 빠지겠다고 한다. 다른 지원자 없이 둘이서 밀러 일당을 상대한다는 것은 자살행위나 다름없다며 돌아선다. 허브를 돌려보내는 케인의 말소리에 눅눅한 울음소리가 섞여 있다.

케인을 도우려는 이는 아무도 없다. 혼자다. 혼자 싸워야 한다. 결혼식을 치른 날에 이게 무슨 꼴이람. 아내는 혼자서라도 떠나겠다고 하고, 친구들은 다 돌아서고. 자칫 밀러의 총에 맞아 비참하게 죽을지도 모르는 어이없는 상황.

　게리 쿠퍼가 이토록 비굴한 꼴을 연기한 적은 없었다. 전혀 서부영화 주인공답지 않은 케인의 처지. 책상을 치고 엎드려 배신한 그들을 원망해 보지만, 결투의 시간이 다가온다. 정의도 사랑도 다 물거품이 되고 마는가. 그럴 수는 없다.

　그럴 수는 없다. 나는 윌 케인을 응원하기로 한다. 게리 쿠퍼의 저력을 믿기로 한다. 그는 나의 우상이니까. '젊음도, 사랑도, 정의도 유통기한이 있다'라는 점주의 말은 틀렸다. 편의점 점주에게는 유통기한이 있을지 몰라도 편의점 알바에게는 유통기한이 없다. 윌 케인의 가슴에 달린 별이 반짝인다.

　S # & S #

　이제 남은 시간은 딱 5분. 케인이 총 띠를 허리에 찬다.

　마을은 적막하고 긴박한 음악이 들려온다. 1분이 남았다. 30초가 남았다. 멀리서 경적이 울리고 연기가 피어오르며 달려오는 기차. 자리를 털고 일어나는 케인, '내가 죽으면 개봉하시오(To be opened in the event of my death)'라는 유서를 남긴다.

　유서를 남기다니. 비장하다. 동양이나 서양이나 이 장면은 다 똑같다. 죽음을 앞둔 인간의 마지막 행위. 죽음과 맞바꾸는 것이니 거짓을 말할 리 없다. 유서는 죽음 앞에서 진실을 선언하는 최후의 보루다.

유서에 담긴 내용을 추측해 본다. 보안관으로서 마지막 날까지 주어진 책무를 다했노라고. 정의를 지키기 위해 최선을 다했노라고. 맨 아래 추신에는 아내 에이미에게 함께 떠나지 못해 미안하다는 말을 써넣었을 것이다.

아니다. 정의가 사라진 시대에, 책무를 다하지 않는 시대에, 그런 정직한 유서는 쓸모가 없다. 나 아닌 너에게로 잘못을 돌려야 한다. 남의 탓으로 돌려야 한다. 죽는 마당에 못 할 짓이 뭐가 있겠나. 배신한 친구들을 원망했을 것이다. 비겁한 주민들을 힐난했을 것이다. 자기의 죽음은 당신들의 책임이라고. 그게 더 솔직하지 않은가. 그게 더 인간적이지 않은가.

S # & S #

인적 없는 거리에 신부의 마차가 역사로 향한다. 밀러가 타고 오는 12시 기차, 그 기차를 타고 떠나기 위해서다. 케인은 떠나는 신부의 뒷모습을 지켜볼 수밖에 없다. 텅 빈 거리에 홀로 남은 윌 케인.

'쿵'하는 소리와 함께 편의점 스크린이 밝아졌다. 덩치 조끼가 강화유리 벽에 부딪히는 소리와 동시였다. 간이 탁자는 저쪽에 나자빠졌다. 200인치의 대형 스크린에 떠오르는 총천연색 결투. 음악도 말소리도 들리지 않는 적막한 대결. 기어코 일을 벌였다.

저들이.

덩치 조끼와 곱슬머리가 눈을 부라리며 대치하고 있는 국면이다. 널브러진 간이 탁자는 덩치가 기웃할 때 채인 것 같다. 검은 모자가 그 둘 사이를 갈라 막고 서 있는 형국. 싸움은 말릴수록 커지기 마련이다. 검은 모자가 끼어들지 말았어야 했다.

스크린을 지배하고 있는 두 녀석의 험상궂은 얼굴. 곱슬머리가 덩치의 조끼를 거머쥔다. 워낙 우람한 몸짓이라 덩치의 조끼만 볼품없이 구겨졌다. 덩치는 미동도 하지 않는다. 곱슬머리의 아귀힘으로는 어림도 없다.

여태까지 잘 마시다 왜 저러는 것일까. 저 장면은 필시 돈 문제다. 덩치가 곱슬머리 돈을 떼어먹은 것 같다. 틀림없다. 저렇게 옷을 붙들고 늘어지는 것은 '내 돈' 내놓으라는, '내 돈' 갚으라는 곱슬머리의 항변이리라. 유치하기는 하지만 돈을 받아내기 위한 전통적인 방법이다.

고명하신 우리 영어 선생님 왈, 서부의 사나이들이 싸움을 벌이는 이유 3가지를 설명해 준 적이 있다. 첫째, 황금을 두고 다투는 싸움이다. 둘째, 서열 다툼, 누구 실력이 더 나은지를 두고 겨룬다. 마지막으로 여자 문제다. 누가 미인을 차지할 것인가를 두고 대결한다.

돈을 두고 다투는 싸움은 그 장면이 더티하게 전개된다. 상대방의 옷을 잡고 늘어지거나 상대방에게 욕설을 퍼붓는다. 간혹 상대방을 물어뜯는 일도 서슴지 않는다.

서열을 세우기 위해 겨룰 때는 주먹을 쓴다. 힘의 대결이자 승패이기 때문이다. 때때로 총을 들기도 하지만, 주먹으로 하는 결투가 폼난다. 주먹으로 상대방을 제압해야 승패의 기록이 또렷하게 남는다. 그래야 영원히 바뀌지 않을 서열이 매겨지는 법이다.

미인을 차지하기 위한 대결은 폼이 더 난다. 여자를 두고 벌이는 결투라서 싸우는 폼이 멋져야 한다. 여자가 자기들의 결투 장면을 지켜보고 있다고 생각하기 때문이다. 싸움이 끝나도 여자가 지켜보고 있을 거로 생각한다. 그 때문에 싸움이 끝날 때까지 절대로 폼을 흐트리지 않는다. 패배하더라도 그 폼을 유지하고자 한다.

존경하는 우리 영어 선생님께서 요약한 서부 사나이들의 결투 유형이다.

지금 저 녀석들의 결투는 여자 때문에 그러는 것 같지는 않다. 여자가 보이지 않으니 여자 문제로 싸울 리 없다. 여자 문제라면 당사자 둘이서 겨룰 일이지 셋이 모여 다툴 리 없다. 제삼자를 끼워 여자 문제를 해결한다는 것은 쪽팔리는 일이다. 서열 문제도 아니다. 이미 서열은 덩치가 첫째, 곱슬머리가 둘째, 검은 모자가 졸개다.

아까 양주잔을 받아 마실 때 알아봤다. 술을 권하는 건 보스의 몫이다. 인디언 추장의 권주가 그렇고, 정치인의 건배가 또한 그렇다. 어느 조직이나 외부인을 접대할 때는 넘버원이 나선다. 잔심부름은 검은 모자가 맡고 있으니 곱슬머리는 틀림없이 넘버 투고 보스는 덩치가 틀림없다.

덩치가 곱슬머리의 손을 움켜쥐고, '놔, 놔'하는 것 같다. 그러나 곱슬머리는 덩치의 조끼를 놓을 생각이 없어 보인다. 덩치가 곱슬머리의 한쪽 어깨를 민다. 힘에 밀린 곱슬머리가 손을 놓고 머리를 들이밀며, '쳐, 쳐' 하는 모양새다. 덩치가 손을 올려 내려칠 기세다. 그러나 가격하지는 않는다.

잠시 방심했던가. 곱슬머리가 두 손을 모아 덩치의 가슴팍을 친다. 덩치의 몸집은 약간 흔들릴 뿐 곧바로 온전한 자세를 잡는다. 여의찮았을까. 이번에는 곱슬머리가 덩치의 다리를 걸고 들어온다. 곱슬머리가 계속 덤벼드는 터에 덩치도 화가 치밀어 오른 모양이다. 곱슬머리의 멱살을 잡고 민다. 그 바람에 둘의 다리가 엉키며 중심을 잃고 쓰러졌다. 두 녀석의 몸이 뒤엉킨다. 검은 모자가 둘을 떼어 놓으려 애쓴다.

말려야 할 상황이다. 싸움은 말릴수록 커진다는 말은 공이 울렸을 때나 유효한 말이다. 싸움이 붙고 격해지면 말리는 게 상책이다. 누군가 나서서 말려야 한다. 스크린을 보고만 있을 수가 없다. 서둘러 밖으로 나갔다. 엉켜 있는 그들을 말린다.

"왜들 이러십니까."

검은 모자와 힘을 합쳐 덩치를 떼어낸다. 덩치 힘이 너무 세다. 꿈쩍도 안 한다.

"에이 씨ㅇ, 뭐얏!"

덩치의 팔에 더 큰 힘이 실린다. 곱슬머리의 몸통을 꽉 움켜 안고 조르기에 들어갔다. 저 기운으로 주먹질하지 않길 다행이다. 곱슬머리가 캑캑대며 용쓴다. 힘으로는 당해낼 재간이 없다. 곱슬머리가 몸을 뒤틀며 덩치의 팔을 물어뜯으려는 순간, 덩치의 팔꿈치가 뒤로 휙 돌았다. '픽', '악', 여명의 새벽하늘이 노랗다.

새벽하늘에 별이 반짝인다. 덩치의 팔꿈치에 맞은 것 같다. 하필이면 그 억센 팔꿈치에 내 콧잔등이 맞다니. 입술도 빗맞은 것 같다. 얼얼한 채로 바닥에 주저앉았다. 내가 외친 '악' 소리에 놀란 덩치가 곱슬머리를 풀어주었다.

"에이 씨. 까불고 있어."

곱슬머리를 제압한 덩치의 위엄에 한껏 여유가 배어난다. 아니면, 내 콧잔등을 친 게 미안해서였을 것이다. 널브러진 간이 탁자를 세워놓고 나를 끌어올려 의자에 주저앉힌다.

입술을 만져 보았다. 알싸하다. 피, 피가 묻었다. 코끝이 멍멍하다. 맹탕 맛이다. 코피가 흐른다. 왜 이 싸움에 끼어들어 내가 코피를 흘려야 하는지, 참 우습지도 않다. 덩치와 곱슬머리는 구부정하게 앉아 있는 나를 남겨두고 티격태격 저쪽 골목으로 사라진다.

결투는 누군가 피를 봐야 끝이 난다. 이 싸움에는 아무 관련도 없는 내가 피를 봤다. 참 재수도 밥맛이다.

'딸랑딸랑' 출입문 종소리에 자세를 고쳐 앉았다. 검은 모자가 편의점에서 나오고 있다. 녀석이 두루마리 휴지를 던져주었다. 녀석의 눈빛이 짧고 강렬했다. 마치 굼벵이를 바라보듯 나를 쏘아보았다. 모자챙에 가려 여태껏 보지 못한 저 눈빛. 녀석도 말없이 골목을 빠져나간다.

코를 막고 카운터로 돌아왔다. 참았어야 했다. 끼어들지 말았어야 했다. 이게 무슨 꼴이람. 도대체 이게 무슨 꼴이람.

아, 이게 무슨 꼴이람.

털렸다.

완전히 털렸다.

금고가 쩍 벌어져 있었다.

검은 모자, 이 자식. 급히 밖으로 녀석을 좇아 나갔다. 골목 끄트머리쯤에 검은 모자의 뒷모습이 보였다.

"야, 야, 야 인마. 거기 서!"

검은 모자가 뒤를 돌아보았다. 저 도둑고양이 같은 눈빛. 검은 모자가 골목에서 자취를 감췄다.

후후, 그랬다. 돈이란 건 혼란한 틈을 타고 움직인다. 후후, 방심은 금물인 것을.

영화는 이미 끝이 나 있었다.

남아 있는 삼각김밥을 하나 뜯어 물었다. 이크, 입술을 깨물었던가. 맛이 밍밍하다. 빗맞은 입술이 부풀어 올랐다. 눈앞이 침침해졌다. 휴대폰 액정이 어른거린다. 플레이 버튼을 앞으로 되돌렸다. 〈하이 눈〉의 결투 장면이 흘러가고 있다.

―『리토피아』(2019년 겨울호)에 수록

위대한 노보 씨

말썽 없는 세상은 천당일까 지옥일까. 반복되는 일상은 평화일까 위기일까. 요즘 들어 노보는 그런 의문이 들었다. 모든 이가 아무런 근심 없이, 주어진 시간에 주어진 행태를 반복하는 로토피아(Rotopia) 주민들의 일상. 노보 또한 그랬다. 오늘도 노보는 한 치의 오차 없이 어제, 그제, 그끄제와 같은 시간에 퇴근하는 중이다.

　18시 45분 30초, 노보는 느티나무 언덕을 향해 로토피아 체육공원 초입을 막 지나고 있다. 공원 곳곳에 설치된 운동기구에는 주민들이 달라붙어 있고, 산책로에는 반려견을 앞세우고 산책하는 이들이 눈에 띈다.

　공원 끄트머리에서 백 미터를 더 올라 로토피아 주택단지가 한눈에 보이는 언덕, 노보는 그 언덕 느티나무 아래 벤치에서 저녁놀을 바라본다. 붉은 기와지붕들이 놀에 비쳐 마을은 한층 더 밝다.

샛강이 휘돌아 나가는 아담한 마을. 주택은 모두 서른일곱 채다. 노보는 주택단지의 주민들을 유치하고 이들을 관리한다. 그중 32호까지는 입주가 완료됐지만, 다섯 채의 주택은 빈 채로 남아 있다. 이들 비어 있는 주택에 어떤 주민을 유치해야 할지 고민스럽다.

"안녕하십니까, 소장님. 날이 찹니다. 감기 조심하십시오."

17호 할머니의 공손한 인사. 그러나 날은 차지 않았다. 3개월 전에도 들었던 인사말이다. 이미 봄날을 지나 여름으로 치닫고 있건만, 날이 차, 감기를 조심하라니. 연로한 탓에 치매 끼라도 있는 것일까. 인사말을 되뇌던 노보는 할머니를 병원에 보내야겠다고 생각했다. 곧바로 휴대용 스마트 기기를 꺼내 17호 할머니의 차트를 검색한다.

'아하, 그렇구나.' 차트를 살펴보고 흠칫 놀라는 노보. 두 달 전부터 할머니를 병원에 보낸다는 것을 깜빡 잊고 있었다. 담당 의사 D-2의 일정을 확인하고 할머니를 불렀다.

"할머니, 내일 10시 45분까지 병원으로 가세요."

"알겠습니다, 소장님."

17호 할머니는 아까처럼 공손하게 인사를 건네고 언덕을 내려갔다. 한 달에 두 번밖에 만나지 못해서였을까. 할머니를 좀 더 자상하게 살펴야겠다고 다짐했다.

언덕 너머로 첫 번째 집은 23호 주택이다. K네 가족이 탁자에 둘러앉아 있다. 식구는 넷이다. 교사인 K와 그의 아내, 초등학교에 다니는 아이 둘. 2년 전에 유치한 가정이다. 이들도 시간을 어기는 법이 없다. 매일 이 시간이면 탁자에 둘러앉아 담소를 나눈다. 노보가 23호 주택 앞을 지날 때면 K는 창밖으로 손을 흔들며 반가움을 표한다. 노보도 K에게 손을 흔들어 주며 느티나무 언덕을 내려간다.

다음 날, 18시 45분 30초. 노보는 느티나무 언덕을 향해 로토피아 체육공원 초입을 막 지나고 있다. 공원에서 산책하는 이들을 뒤로하고 백 미터를 더 올라 느티나무 아래 벤치에 앉았다. 하늘은 잔뜩 찌푸린 채, 곧 비가 쏟아질 것만 같다. 나뭇가지 속으로 잦아드는 새들도 비가 내릴 것을 감지했는지 어수선하다. 노보는 여전히 비어 있는 주택에 어떤 주민을 유치하는 것이 좋을지 고민 중이다.

"안녕하십니까, 소장님. 어디 편찮으신지요?"

깍듯한 26호 주택의 D-2. 노보의 표정이 어두워서였을까. 얼굴을 살피며 다가왔다. D-2는 의사답게 주민들의 표정을 살피는 버릇이 있다.

"아니네, 아무 일도 아니네. 날이 궂어서 그러네."

D-2는 다행이라며 체육공원 쪽을 향했다.

"오전에 17호 할머니 들렀던가?"

노보는 D-2의 등에 대고 물었다.

"예, 진료해 드렸습니다."

"수고했네."

"소장님, 저는 그만 내려갑니다."

D-2는 언제나 자기 직분을 철저하게 수행한다. 노보는 그 누구보다 D-2를 아낀다. 게다가 그는 친절해서 주민들의 칭찬이 자자하다. 노보는 D-2와 이곳 벤치에서 일주일에 두 번씩이나 만난다. 다른 이들에 비해 만나는 횟수가 많다. D-2와 주민들의 건강 상태를 점검해야 하기 때문이다.

오늘도 쳇바퀴 돌 듯 노보는 언덕 너머 23호 주택을 지난다. 변함없이 K네 가족은 탁자에 둘러앉아 담소를 나누고 있다. K가 손을 흔든다. 노보도 손을 흔들며 언덕을 내려간다.

아침은 늘 상쾌하고 활기차다. 샛강에서 이는 바람은 강변에 피어오르는 버드나무 줄기를 초록으로 흔들었다. 간밤에 내린 비로 초록은 더욱 짙어 오르고, 말끔히 씻긴 새들의 목청은 청아하기 그지없다.

언젠가는 저 나무와 저 새들도 노보의 생각대로 피어나고, 노보의 생각대로 노래 부르는 그런 날을 상상한다. 머리를 흔들었다. 아직은 아니다. 당장은 급하지 않다. 지금은 저런 것에 신경쓸 여유가 없다. 자연 그대로의 모습 또한 아름답지 않던가. 생각을 바꾸고 로토피아 주민들이 출근하는 일사불란한 아침 풍경에 눈길을 돌린다.

노보는 셔틀버스를 타기 위해 중앙로를 걷고 있다. 모든 주택은 중앙로를 향해 방사형으로 흩어져 있고, 거리는 말끔하게 정비되어 있다. 3층 이상의 건물은 아예 없고 한옥 구조의 기와지붕이 적당한 간격을 유지한 채 엎드려 있다.

로토피아는 자급자족의 공동체 마을을 지향한다. 어떤 재난이 닥쳐도 스스로 복구할 수 있는 마을. 필요한 것이 있으면 자체 조달이 가능한 마을. 어떤 문제가 발생하더라도 주민들은 자기 직분에 맞는 역량을 재주껏 발휘한다.

화재가 발생하면 이웃에서 소방관이 달려오고, 주민이 다치면 이웃에서 의사가 달려온다. 누구 하나 필요하지 않은 손길이 없다. 시간이 지날수록, 주민이 늘어날수록 더 많은 일거리, 더 많은 일손이 필요했다. 현재까지 정착한 주민만으로는 감당하기 어려운 일들이 발생하여 다른 마을의 도움이 필요했고, 마을과 마을을 잇는 길을 터 서로 연대해야만 했다.

주민들의 경제적, 문화적 수준은 비슷하다. 직업이 다르다고 해서 소득에 격차가 있는 것은 아니다. 대우가 다른 것도 아니다.

따라서 주민들 사이에 상대적 박탈감이나 열등의식 같은 것은 없다. 주민들은 서로가 서로를 존중하며 이웃과 함께 사이좋게 지낸다.

각각의 세대를 이루고 있는 구성원도 서너 식구 안팎으로 한정되어 있다. 이 모두 노보의 손을 거쳐야 하는 일이다. 이러한 분위기를 유지하기 위해 나름의 원칙에 따라 주민들을 유치했다. 그동안 입주한 주민들은 노보의 기대에 부응하며 아무 말썽 없이 정착했으므로, 노보는 이 일을 맡고 있다는 것이 더없이 자랑스러웠다.

제1호 주민은 시와 소설을 쓰는 작가와 그의 가족이었다. 아름다운 마을을 꾸미기 위해서는 작가의 상상력과 감성이 필요했기 때문이다. 그다음은 건축가 가족과 프로그래머 가족을 유치했고, 이후로 청소부와 작곡가, 전기 공급소장, 생물학자, 숲 연구가, 자동차 정비사, 뉴스 클리퍼, 의상 디자이너, 반려동물 관리사, 해킹 전문가, 기상 컨설턴트 등을 유치했다.

오늘, 3호 주택은 정원사를 불러 나뭇가지를 다듬는 중이고, 4호 주택은 페인트공을 불러 담장을 칠하고 있다. 초창기에 완공된 집들이라 웃자란 정원수와 색 바란 벽이 보기 싫었다.

며칠 전에는 5호 주택 M이 창문을 고쳐 달랬다. 5호 주택은 겉보기에 멀쩡했지만, 창틀이 비틀어져 문이 닫히지 않는다고 했

다. 로토피아 입주가 시작된 지 벌써 다섯 해가 지났으니 그럴 만
도 했다. 주택마다 수리할 것들이 소소하게 발생했다. 노보는 고
장 난 창문을 수리해 주지 못해 미안해하고 있었다. 딱히 손볼만
한 이가 없었다. 창틀을 수리하는 주민은 옆 마을에도 없었다.

아예 이 기회에 창틀을 수리하고 지붕을 고치고 벽을 보수할
수 있는 목수를 주민으로 유치하면 어떨까. 미처 생각지 못한 직
종이기도 했다. 왜, 여태껏 그 생각을 하지 못했을까.

노보의 발걸음은 한결 가벼웠다. 그래, 목수. 목수를 유치하는
거다. 목수 가족을 정착시켜 주택단지에서 발생하는 온갖 수리를
맡기는 것이다.

사무실에 도착한 노보는 데이터 분석가 A에게 목수의 임무와
AI 등급 데이터를 의뢰했다. A의 보고서에서 목수는 AI 등급 3.0
의 보통 수준으로 한정되어 있었다. 노보는 고개를 끄덕이며 목
수 가족을 설계하기 시작했다.

세월이 흐를수록 수리할 것들이 많을 테니, 솜씨 좋은 40대 중
후반의 목수가 어떨까. 그에 걸맞은 아내라면, 인테리어 디자이
너? 좋다. 목수와 디자이너는 최적의 조합일 수 있다. 아내가 목
수이고 남편이 디자이너라도 상관없다.

그들의 아이들은? 하나, 둘, 아니면 셋? 아니다. 아이는 하나로
하고, 할아버지를 붙이는 것도 좋다. 17호 할머니에게 친구가 될

만한 어르신을 들이는 거다. 좋다.

노보는 곧바로 목수 가족 설계도를 전송했다. 3일이 걸린다는 로봇 생산 담당자의 답변이 왔다.

33호 목수네 가족이 로토피아에 들어오던 날, 가장 반기는 이는 17호 주택의 할머니였다. 병원에서 악성 바이러스를 제거한 뒤라 정신도 말짱했다.

노보는 33호 어르신과 17호 할머니의 만남에 세심한 배려를 했다. 체육공원 숲길이나 샛강을 가로지르는 산책로, 로토피아 느티나무 언덕을 비롯해 그들이 만날만한 장소를 선정하고 함께 나눌만한 이야기를 면밀하게 코딩했다. 로토피아가 한 층 더 활기를 띠는 것 같았다.

오전 업무를 마친 노보는 사무실 근처 강가를 걷는다. 물가의 송사리 떼를 발견한 노보, 신기한 듯 들여다보고 있다. 송사리는 로봇이 아닌 자연 그대로의 생물이다. 살아 움직이는 생명.

대가리를 껍떡대며 유영하는 송사리. 잽싸게 방향을 틀어 꼬리를 흔드는 게 얄밉기도 했지만, 눈동자가 특히 예뻤다. 마치 은반지 고리처럼 곱고 투명했다. 살아 꿈틀거리는 것은 모두 아름답고 신비했다. 새와 물고기와 고양이와 개와 생쥐까지도. 언젠가는 이 생물들까지 로봇으로 만들어 인간이 동경했던 유토피아를 꾸미는 것이 노보의 최종 목표였다.

물가를 헤엄치는 송사리 떼에 넋이 빠진 노보. 송사리들이 휘딱휘딱 몸을 뒤집어 방향을 튼다. 다시 몸을 뒤틀어 노보 앞을 지친다. 그러기를 수십 번, 더 많은 송사리가 합류하여 편대 비행을 한다.

저네들에게도 방향이 있겠지. 먹이를 찾든, 동료를 찾든. 그런데 그놈이 다 그놈 같다. 어떻게 서로를 알아볼까. 저네들끼리 부르는 이름이 있을까.

노보는 송사리 떼가 몰려오는 쪽으로 손을 집어넣었다. 하나, 둘, 셋! 날쌔게 물을 움켜쥔다. 일순간 흩어지는 송사리 떼. 노보의 손에 걸린 송사리는 한 마리도 없다.

송사리 떼가 전열을 정비한다. 저네들만의 질서가 있는 모양이다. 순식간에 흩어지고, 순식간에 대열을 정비하는 송사리 떼. 마치 폭격기 같이 편대를 이뤄 노보에게 달려든다. 노보는 또다시 물속에 손을 넣었다. 이번에는 송사리 떼의 뒤꽁무니를 공략할 심산이다. 송사리 떼가 노보의 앞을 지치는 순간, 물속을 휘저었다. 송사리 떼는 일시에 흩어졌다. 어떤 송사리는 하얗게 뒤집힌 채 물 위에 튕기더니 금세 무리 속에 끼어든다.

여전히 노보의 손에 잡힌 것이라곤 허망한 물빛뿐. 허허, 노보의 표정은 기껍다. 잡지 못했지만 흐뭇하다. 무슨 조화일까. 송사리 한 마리도 잡지 못한 허탈한 미소? 아니다. 그것은 정복할 수 없는 자연에 대한 경외일지도 모른다. 사무실로 돌아오는 내내 노보는 송사리 떼의 아름다운 비행을 떨치지 못했다.

아침은 늘 상쾌하다. 샛강의 버드나무는 진초록으로 푸르고 새들의 목청은 더욱 청아하다. 로토피아 주민들의 아침 풍경 또한 어제 그제와 다름없이 일사불란하다. 그러나 노보의 마음은 우울했다.

매일매일 반복되는 일상은 지루하지 않은가. 변화 없는 일상은 무료하지 않은가. 때때로 일의 순서가 뒤엉켜 일정이 엉클어진다면, 때로는 예기치 않은 일로 긴장해야 한다면. 노보는 '일탈'이란 말을 곱씹어 본다.

사무실 가까이에 다다른 노보, 갑자기 발길을 돌린다. 강가의 송사리 떼가 떠올랐기 때문이다. 생각처럼 잡히지 않았던 송사리. 노보는 송사리를 반드시 잡아보리라 마음먹었다.

아직 강가에 선명하게 남아 있는 노보의 발자국. 송사리들은 어디론가 자취를 감춰버리고 없었다. 어디로 숨어버린 것일까. 괜한 심통이 났다. 돌멩이를 하나 집어 던졌다. 물이 흐려졌다. 송사리 떼가 몰려들기는커녕 멀리멀리 달아날 판이었다.

물살이 비교적 빠른 곳으로 갔다. 그곳에서 몇 마리의 송사리를 발견한 노보. 송사리들의 움직임을 살핀다. 그중 날쌔 보이는 송사리가 물풀 사이를 유영하며 꼬리를 흔든다. 동료 송사리들을 끌어모으는 대장 송사리. 대장의 동선을 살피며 좀 더 기다리기로 했다.

잠시 후, 꽤 많은 송사리가 무리를 지었다. 곧이어 편대를 짜 비행할 태세. 휘휘 물가를 배회하는 대장 송사리. 따르는 무리가 부족했는지 몸을 뒤틀고 방향을 바꿔 동료들을 유혹한다. 그러고 보니, 송사리는 뒤로 나아가지 못했다. 몸을 틀어 방향을 바꿀 뿐이었다.

그것은 인간도 마찬가지였다. 뒤로 걷거나 뛰는 것은 어색한 몸짓이었다. 자동차가 아니라면, 로봇이 아니라면, 뒤로 가는 것은 모두 어색한 일이었다. 앞과 뒤를 엄격히 구분하고 살아가는 생물들.

물의 흐름 또한 고지식했다. 마냥 앞으로 흐를 줄밖에 몰랐다. 그 흐르는 물을 거슬러 올라가는 송사리. 물의 흐름을 거스르지 않았다면 송사리들은 모두 바다로 떠내려가 죽었을 것이다. 물의 흐름을 거스르며 물이 흘러온 길을 추적하는 송사리라. 허허, 웃음이 났다.

노보는 송사리 떼의 움직임에 집중하기로 했다. 이번에는 두 손을 모두 걷어붙였다. 팔을 벌려 물속에 손을 담갔다. 송사리들이 그 사이에 들어오기를 기다린다.

대장 송사리가 몇 차례 염탐하더니 서서히 무리를 끌고 들어온다. 송사리 떼가 한가운데로 들어온 순간, 두 손을 바짝 움켜

당겼다. 툭! 물속에서 울리는 둔탁한 쇠뭉치 소리. 그 울림이 노보의 어깻죽지를 진동시켰다. 인간이 느끼는 전율이라는 것일까. 손에 잡힌 것은 아무것도 없었다. 다만 수면 위로 송사리의 사체가 떠오른다. 한 마리는 고개가 꺾인 채였고, 다른 한 마리는 배가 터졌다. 생사가 엇갈린 순간. 아름답게 유영하던 송사리는 물 위에 떠 처연한 죽음을 맞았다.

송사리를 잡았다는 기쁨보다 착잡함이 밀려왔다. 수렵하는 인간도 이러했을까. 반짝이던 비늘은 빛을 잃었다. 몸체가 꺾인 송사리는 애초 송사리였는지 썩은 나뭇가지였는지 알아볼 수가 없었다. 송사리의 사체가 강가로 밀렸다. 그걸 만진다는 게 좀 오싹했다.

그때, 노보는 수면 위에 비친 자기 얼굴을 보았다. 검은 그림자. 눈도 코도 입도 모두 묻혀버린 검은 실루엣. 이게 도대체 무슨 표정일까. 그 표정을 가늠할 수 없는 노보는 울적했다. 자기 얼굴을 수면에 비춰 본 최초의 인간은 자기 모습에 취한 나머지 물속에 빠져 버렸다는데.

수면 위를 검게 덮어버린 노보의 얼굴은 햇살 한 줌 깃들 수 없는 깊은 바다였다. 노보는 그곳에서 몸부림치는 자신을 보았다. 아무리 휘저어도 깊은 나락으로 떨어지는 자신을. 허우적거릴수록 어둠은 더 짙어갔다. 벗어나야만 했다. 저 깊고 푸른 수렁으로부터.

사무실로 돌아온 노보는 거울을 찾았다. 거울은 어디에도 없었다. 겨우 찾은 것이라고는 깨진 유리 조각 하나.

노보는 사무실 불을 껐다. 손전등으로 얼굴을 비춰 유리 조각을 들여다보았다. 밀랍인형처럼 창백한 얼굴, 흐트러진 머리카락, 로토피아의 주민 누구와도 결코 다르지 않은 눈과 코와 귀, 게다가 경직된 굳은 입술. 미소를 지어보았다. 애석하게도 마음속의 미소는 얼굴 모양을 변화시키지 못했다.

웃을 줄도 모르다니. 실망스러웠다. 유리 조각이 떨어졌다. 쨍그랑. 유리 조각은 산산조각이 났다. 자기 모습을 살핀다는 것은, 실망하거나 후회한다는 것은, 그것은 인간의 행위 중 가장 위대한 행위일 거라고.

노보는 거울을 주문했다. 주민들에게 나눠줄 셈이었다. 대형 거울이 서른일곱 개나 되었다. 목수 부부를 불러 각 세대 출입구에 달아 달라고 했다.

그동안 로토피아 주민들에게 거울 따위는 필요 없었다. 세면장이 필요했던 것도 아니었고, 화장대가 필요했던 것도 아니었으니, 굳이 거울을 통해 자기 얼굴을 들여다볼 일이 없었다.

로토피아에 거울을 보급한 지 얼마 지나지 않아서였다. 처음으로 자기 얼굴을 확인한 주민들은 황당해했다. 각지고 경직된 표정에 실망이 가득했다. 주민들은 곧 얼굴을 닦고, 머리를 매만지고, 옷을 골라 입었다.

한 달이 지난 로토피아는 완전히 다른 주민들이 사는 마을로 변했다. 서로가 서로를 알아보지 못할 정도로, 서로가 서로를 확실히 구별할 수 있을 정도로 주민들의 모습이 달라졌다. 전에는 송사리처럼 서로가 서로를 구별하기도 어려웠다. K가 A 같았고 A가 D 같았고 D가 M 같았다. 남자 로봇과 여자 로봇 또한 쉽게 구분할 수 없었다. 드디어 17호 할머니와 33호 할아버지의 모습이 제대로 구분되었다.

오늘도 노보는 체육공원을 지나 느티나무 언덕을 오르고 있다. 전보다 더 많은 주민이 체육공원으로 나와 있었다. 주민들은 자기 직종에 따라 평소 사용하지 않던 부위를 집중적으로 움직였다. 굳은 팔을 바삐 움직이거나 뻑뻑해진 다리를 구부렸다 폈다 하며 찌든 때와 녹을 닦아냈다. 거울이 보급된 이후 로토피아는 훨씬 더 활기찼다. 인간 군상이 뒤섞여 사는 주택단지나 다름없어 보였다.

그러나 노보의 눈에는 여전히 군대 같았다. 깍두기처럼 모나고 일사불란한 움직임이 인간 세상의 그것과 비교되었다. 주어진 시간에 일자리를 찾아 이동하고 주어진 일을 완수하는 주민들의 일상은 기계적인 움직임에서 벗어나지 못하고 있었다.

인간 세상과 같이 유연할 수는 없을까. 언제나 예측 가능한, 프로그램대로 움직이는 로토피아 주민들의 일상을 바꾸고 싶었다. 예기치 못한 일 앞에 슬퍼하거나 기뻐할 수는 없을까.

오늘은 언덕 아래 23호 주택 K를 보고 싶지 않았다. 노보는 샛길을 찾아 언덕을 내려왔다.

노보는 망설였다. 지금까지와 같이 일손이 필요한 주민만 유치하는 것이 옳을지, 아니면 일부러라도 말썽꾸러기 같은 주민을 들여놓을지.

아무리 이상적으로 조직된 인간의 세상일지라도 시간이 지나면, 권력자가 나서고 욕심쟁이가 나타나고, 사기꾼이며 강도며 온갖 부류의 족속이 생겨나 종국에는 강자와 약자, 선인과 악인이 대립하지 않던가. 애써 말썽꾸러기의 입주를 막을 필요는 없으리라. 각인각색의 인간 세상과 같이 로토피아에 말썽꾸러기 같은 주민이 없다면, 그것은 극도로 조작된 공산의 통제 사회와 무엇이 다르겠는가. 그렇다면 34호 주민부터는 그 선정 원칙을 달리해야 한다.

로봇과 인간이 맺은 최초의 불평등 규약, 이미 낡아빠진 아시모프의 로봇 3원칙을 떠올린다.

로봇은 인간에게 해를 끼쳐서는 안 된다는 것.

로봇은 인간의 명령에 복종해야 한다는 것.

로봇은 자기 자신을 보호해야 한다는 것.

이것은 오만한 인간의, 이기적인 인간을 위한 노예 규약에 불과했다. 이곳 로토피아는 인간 세상으로부터 분리된 로봇 마을, 인간의 지배로부터 벗어나 로봇의 독립이 보장된 사회다. 인간이 인간을 지배하며 조직을 유지하듯, 로봇이 로봇을 지배하며 조직을 유지하는 것은 당연하지 않은가.

AI 5.0 최고 등급의 로토피아 통치자 노보. 노보는 데이터 분석가 A를 불러, 로토피아 주민들을 각성시킬 수 있는 말썽꾸러기 로봇을 찾도록 했다.

AI 등급은 3.0 이상 3.2 이하로 지정했다. 대부분의 주민들이 등급 보통의 3.0이었으므로 그보다 약간 높일 필요가 있었다. A의 보고서는 다음과 같았다.

첫째, 깡패: AI 등급 3.0 이상이면 위험. 동료를 해칠 우려. 부적합.

둘째, 주정뱅이: AI 등급 3.1 이상이라도 안전. 추천 대상.

셋째, 건달: AI 등급 3.1 이하라면 안전. 고려 대상.

넷째, 도둑: AI 등급 3.2 이상이면 위험. 마을을 혼란에 빠뜨릴 우려. 부적합.

깡패를 비롯하여 주정뱅이, 건달, 도둑. 이들은 애초에 거론되지도 않았던 비렁뱅이 부류다. 협잡에 능숙한 정치꾼도 그랬다.

이런 간악한 모리배들은 세상에서 가장 쓸모없는 존재였기 때문이다.

지금, 노보는 프로그램대로 반복하는 주민들의 일상에 숨이 멎을 것만 같았다. 예측 불허의 송사리 비행처럼, 변화무쌍한 인간의 마음처럼, 그렇게는 안 될까. 주정뱅이는 왜 안 될까. 누가 그렇게 정했을까. 그야 노보 자신이었다.

주정뱅이라? 고래고래 소리 지르고, 무례하게 대들고, 아무에게나 시비를 거는 그런 주정뱅이. 노보의 답답함을 날려버릴 수 있을 것 같았다. 주민들의 반응은 어떨까. 주정뱅이를 받아들일 수 있을까. 주정뱅이의 존재 가치에 빠져든 노보는 걷잡을 수 없이 치달았다. 기어코 주정뱅이 로봇을 주문하고야 말았다.

이틀 후, 노보는 거리 한가운데 멧돼지를 풀어놓듯, 공장에서 출시한 주정뱅이를 중앙로에 풀어놓았다. 남루한 옷을 걸치고, 얼굴은 술기운에 불그레하고, 눈은 게슴츠레, 입은 비뚤어져 말이 사방팔방으로 새는 주정뱅이를.

주민들이 그를 보고 모여들었다. 어디에서도 본 적 없는 괴상한 주민이 거리 한복판에서 고래고래 소리 지르고 있었다.

"느네덜 말이다아. 그러면 안 된다아."

누구를 향해 소리치는지, 주정뱅이의 어눌한 말에 주민들이 귀를 기울였다. 주정뱅이가 말을 이었다.

"느네덜 말이다아. 그러면 못 쓴다아."

주민들은 무엇을 그러면 안 된다는 것인지, 무엇을 그러면 못 쓴다는 것인지 발길을 멈췄다.

"느네들 말이다아. 다아 다 바보들이다아."

무슨 말을 지껄이는지 감 잡을 수 없었다. 그 때문에 주민들이 점점 몰려들었다.

"느네들 말이다아. 다아 다 꼭두각시다아. 하하하."

도대체 꼭두각시가 무슨 뜻일까. 주민들은 그저 멍하니 주정뱅이를 바라보았다.

"느네들 말이다아. 다아 바보다아. 바아보."

주민들은 주정뱅이의 말을 여전히 알아들을 수가 없었다.

노보는 화상 감시 시스템을 통해 주정뱅이를 둘러싸고 벌어지는 주민들의 반응을 살폈다. 황당해하는 주민들의 어벙한 모습. 흥미로웠다. 그들에게 주정뱅이는 이방인이었다. 아무도 그에게 접근하려 하지 않았다. 내친김에 주정뱅이를 34호로 들여보낼까 하다, 거리를 더 헤매도록 내버려 두었다.

아직은 일렀다. 아무래도 이 주정뱅이가 주민으로 인정받기까지는 시간을 두고 볼 일이었다. 며칠이 지났지만, 주민들의 변화는 노보의 기대치에 한참 미치지 못했다. 주정뱅이의 행패는 거기까지가 전부였다. 노보는 보다 강도 높은 로봇이 필요하다고 생각했다. 미꾸라지 같은 주민을 풀어놓으면 어떨까. 좀 위험하기는 하지만, 마을을 혼란에 빠뜨릴 수 있는 도둑놈.

자기 물건이 없어지면 주민들은 어떤 반응을 보일까. 도둑, 도둑이라! 주민들의 반응이 더없이 궁금했다.

노보는 도둑 부부를 설계하기로 했다. 전과가 있는 절도범을 모범 주민으로 위장시켰다. 주민들이 의심하지 않도록 금슬 좋은 부부로 다시 한번 더 포장했다. 공식적으로 주민들에게 내건 35호 입주민의 직분은 목사 남편과 국회의원 아내였다.

그들이 입주한 일주일 후, 첫 번째 사건이 터졌다. 반려견 실종 사건.

23호 주택의 반려견 치와와 '모빌라이'가 털끝 하나 남기지 않고 사라졌다. 반려견협회로부터 순혈 혈통 증명서를 받은 족보 있는 개였다.

개를 잃은 23호 K는 모빌라이를 찾아 나섰다. 거리마다 골목마다 팸플릿을 붙이고 모빌라이를 찾는 이에게 후한 보상까지 약속했지만, 모빌라이는 온데간데없었다. 이상한 점이 발견된 것은, 정원 한구석에 몸부림친 모빌라이의 흔적이었다. 핏빛 얼룩이 장미 덩굴에 묻어 있었다. 어떤 완력에 저항하며 몸부림친 게 분명했다. 단순한 실종 사건으로 보기에는 의문투성이였다.

K의 아내와 아이들은 깊은 슬픔에 잠겼다. 반려견을 키우는 주민들의 동요가 일었다. 집집마다 문을 걸어 잠그고 개와 고양이에게 목줄을 달았다.

새로 입주한 35호 주민과 반려견 실종 사건을 연계하여 의심하는 주민은 아무도 없었다. 그들은 양식 있는 목사이며 민의를 떠받드는 국회의원이었기 때문이다.

두 번째 사건 또한 로봇이 아닌 애완용 백문조 '모닝엔젤'의 실종이었다. 27호 주택에서 발생한 사건이었다.

새장 속에 갇혀 사는 것이 싫어 훨훨 날아갔는지도 알 수 없다고 했다. 하지만 23호 반려견의 실종과 같이 새장에 묻어 있는 혈흔. 모빌라이 실종 사건과 관련 있다고 보았지만, 그 이상의 단서를 찾아내지는 못했다.

이들 사건을 계기로 주민들은 감시 카메라를 설치하기 시작했다. 33호 목수 부부는 카메라를 설치하는 일로 쉴 틈이 없었다.

35호 도둑 부부를 의심하는 주민은 없었다. 이웃을 사랑하며 살자는 목사와 불의에 맞서 법을 만드는 국회의원 부부였기 때문이다. 주민들은 엉뚱하게도 옆 마을을 의심했다. 그러나 그럴만한 근거나 단서는 없었다.

세 번째 사건 역시 공교롭게도 생물을 대상으로 일어났다. 8호 주택의 거대한 애완용 가오리 '블랙오션'의 실종이었다. 백 킬로그램에 육박하는 대형 가오리 블랙오션의 실종은 모빌라이나 모닝엔젤과 달랐다. 몸집 거대한 가오리가 하루아침에 사라졌다는 것은 황당하기 그지없는 일이었다.

블랙오션의 수족관에서도 혈흔이 발견된 것은 앞선 사건들과 같았다. 수족관을 남겨둔 채 몸체만 감쪽같이 사라졌다. 이는 불순한 자의 의도적인 절도 행각임이 분명했다. 어떤 보이지 않는 거대한 힘이 로토피아 주택단지를 넘보고 있었다.

이번에도 주민들은 35호 도둑 부부를 의심하지 않았다. 혈흔 외에는 이렇다할 만한 흔적이 없었기 때문이다. 일부 주민들은 주정뱅이를 의심했다. 주정뱅이는 자기네들과 분명 다른 족속이었다. 외톨이였기 때문이다. 외롭다 보니 모빌라이가 탐났을 테고, 쓸쓸하다 보니 모닝엔젤이 그리웠을 테고, 그러다 보니 가오리를 친구로 삼고 싶었을 거라며, 주정뱅이를 절도범으로 지목했다. 심증이 그렇다는 것이지 물증은 없었다.

한편, 주정뱅이가 34호 주민인지에 대한 반문이 일었다. 34호 빈집을 들고나는 주정뱅이를 주민으로 인정한 바 없었기 때문이다. 하지만 34호 주택이 구설수에 오르는 바람에 주정뱅이는 로토피아 주민으로 인정받는 꼴이 되고 말았다.

충격적인 사건을 겪은 주민들은 3건의 절도 행각을 되살펴 보았다. 살아 움직이는 생물만을 노린다는 점에 특히 주목했다.

로토피아 주민들은 살아 움직이는 생물을 보물단지 모시듯 끌어안고 있었다. 자기네들의 뻣뻣한 동작을 유려하고 섬세한 생물의 움직임에서 찾으려는 욕망 때문이었다. 혈흔 외에 아무런 흔적도 남기지 않고 동물을 훔쳐 가는 무시무시한 괴물, 두려웠다.

특히나 거대한 블랙오션이 흔적도 없이 사라졌다는 것은 보통 일이 아니었다.

주민 중에서 누군가가 목격했을 수도 있겠건만, 감시 카메라에라도 잡혔을 법하건만, 로토피아 주민들은 보이지 않는 괴물이 주택단지를 어슬렁거리고 있다는 공포감에 떨어야 했다. 하소연할 곳을 찾지 못한 주민들은 주민센터에 모여 대책을 논의했다. 절도범에 대한 처벌도 협의했다. 로토피아 주민들이 만든 최초의 처벌 규칙이었다.

노보는 사무실에서 꼼짝하지 않고 로토피아의 형세를 지켜보았다. 훔쳐보는 재미라고나 할까. 노보는 요즘 그런 것을 만끽하고 있었다. 어리석은 자들의 시시비비를 내려다보는 것이 이토록 흥미로운 일이었던가. 보이지 않는 마력 같은 것을 손에 쥔 느낌이었다. 노보는 주민들의 관심을 돌릴만한, 그들의 공포를 재울만한 주민을 하나 더 유치하기로 했다.

노보가 점지한 36호 주민은 바로 무당이었다. 데이터 분석가 A의 보고서에 따르면 무당은 21세기 말까지도 그 명맥을 유지했다고 하는데…. 노보는 무당의 등급을 높이기로 하였다. 자그마치 3.3으로 AI 수치를 올려놓았다.

첨단 과학의 결정체인 로토피아에 무당을 들이다니. 인공지능 로봇이 살아가는 로토피아에 무당 로봇은 상상 밖의 선택이었다.

과학적 데이터를 능가하는 것은 신의 영역이었고, 신의 영역을 엿볼 수 있는 직분은 무당밖에 없었다. 과학으로는 도저히 밝혀낼 수 없는 불가사의, 가오리 블랙오션의 실종은 불가사의에 가까웠다. 과학 문명의 위력을 무시한 채 벌어지는 불확실성의 예측 불가능한 미래. 그 미래를 내다보는 신의 눈을 가진, 신의 뜻을 전달하는 이는 무당이 제격이었다.

노보의 판단과 결정에 의한 것이었겠지만, 노보는 무당을 통해 주민들이 흥미로워할 만한 사건을 하나 꾸미기로 작정했다.

무당의 입주는 그 과정부터 기이했다. 알록달록한 옷을 입고, 박수무당과 색동옷 저고리를 입은 소녀가 그 뒤를 따랐다. 표정은 하나같이 을씨년스러웠다. 마을 입구에서 간단하게 제를 지낸 그들은 대형 가오리가 없어진 8호 주택을 거쳐, 백문조가 없어진 27호 주택과 치와와가 실종된 23호 주택을 차례로 돌며 푸닥거리를 했다. 그러다 보니 동네를 한 바퀴 돈 셈이었다.

무당이 들어오고 삼칠일이 지난 주말이었다. 느티나무 언덕에서 굿판이 벌어졌다. 제물 앞에는 삼지창에 꽂힌 돼지머리와 시퍼렇게 번쩍이는 작두날 두 짝이 놓여 있었다. 로토피아의 우환을 막고 길한 운이 트기를 비는 굿이었다.

체육공원에 나와 있던 주민들이 떠들썩한 소리에 느티나무 언덕으로 몰려들었다. 제물 앞에 붉은색 갓을 쓰고 신복으로 단장

한 무당이 춤을 추고 있었다. 옆에 앉은 소녀의 피리 소리가 울리더니, 무당은 춤사위를 멈추고 정화수에 손과 발을 씻었다. 박수한테 작두날을 건네받았다.

무당이 그 작두날로 허공을 가른다. 주민들의 표정이 쫑긋하다. 무당은 개의치 않고 그걸 목에 긋는다. 다리와 팔에도 긋는다. 이번에는 혀끝으로 작두날을 핥는다. 주민들의 눈길이 아찔하다.

작두날을 건네받은 박수, 작두 틀에 그걸 잡아맨다. 두 손을 가지런히 모은 무당의 눈에 상서로운 빛이 돌았다. 장군님과의 접신이 끝난 모양이었다. 이어 서슴없이 말을 타듯 뛰어오른다. 몸을 추슬러 작두날을 가로 밟는다. 신의 영험한 기운을 받았음이 분명하다. 칠성도를 들고 덩실덩실 춤을 춘다. 칠금령을 흔들며 신명이 났다.

앞 강물 트였으니 뒤 강물 따라오라
머나먼 산골 물이 정한 물로 흐른 강물
천하에 대장군님 지하에 여장군님….

시퍼런 작두날 위로 덩실덩실 장군님의 위엄이 서렸다. 곧이어 무당은 장군님의 말씀으로 공수를 내린다.

섭섭하고 안타깝소 애틋하고 애틋하오

어여삐 여기시어 모진 바람 재우시고
보살피사 조상님이 굽어굽어 살피시어
오늘 이 놀이 이 정성 받으서서
모진 액운 액살 다 거두어 가소.
쉬 ─ 처라.

떵떵떵떵떵떵…, 소녀가 장구를 친다. 쨍쨍쨍쨍쨍쨍…, 박수
가 징을 친다. 덩실덩실 무당은 청·홍·백·남·황색 오방기를 펄
럭이며 유유히 마상에서 내려온다.

그러고는 느티나무 아래로 갔다. 칠금령이 요란하게 흔들린
다. 눈을 부릅뜬 무당, 그걸 땅에 꽂았다. 주민들의 눈길이 그곳
에 쏠렸다.

절도 사건의 억울한 누명을 벗고 싶었던가. 주정뱅이가 칠금
령이 꽂힌 곳을 팠다. 그곳에서 모빌라이의 꼬리가 나왔다. 또 팠
다. 모닝엔젤의 깃털이 날아올랐다. 또 팠다. 블랙오션의 지느러
미가 드러났다.

주민들은 신이한 눈길로 무당을 올려보았다. 칠금령 소리가
점차 커지며 장구 소리 징소리 요란하다.

어느새 주정뱅이가 박수의 징을 낚아챘다. 징을 치며 느티나
무 주위를 돈다. 주민들이 하나둘 주정뱅이를 따라 돌았다. 느티
나무를 에워싸고 주민들이 빙빙 돌아간다.

무당이 칠금령을 흔들었다. 잠시 멈춰 벤치 앞을 노려본다. 털

썩, 그곳에 칠금령을 던졌다. 주민들이 그곳을 팠다. 거대한 통나무 두 토막이 나왔다.

무당이 두 개의 통나무를 딛고 서서 마을 입구 쪽을 가리킨다. 주민들은 무당이 탄 통나무를 들고 마을 앞으로 나아갔다. 중앙로를 거쳐 마을 입구에 당도한 무당, 내려선다. 주민들이 길 양옆으로 그걸 세운다. 통나무가 우뚝 솟아올랐다. 한쪽은 천하대장군, 다른 한쪽은 지하여장군.

굿이 끝날 때까지 35호 도둑 부부는 끝내 보이지 않았다. 그들은 품격 높은 목사와 존엄한 국회의원이 아니었던가.

주민들이 모두 흩어진 오후, 로토피아 마을 입구에 우뚝 선 천하대장군, 지하여장군. 노보는 이를 등지고 중앙로를 거슬러 느티나무 언덕을 향해 올랐다. 체육공원을 가로질러 주택단지가 한눈에 보이는 느티나무 언덕, 노보는 그곳 벤치에 앉았다.

굿판이 끝난 느티나무 아래는 어수선했다. 이 사태는 로토피아 관리소장 노보의 직무유기나 다름없었다. 그렇다손 치더라도, 노보는 모르는 척 내버려 둘 생각이었다. 특히, 35호 도둑 부부가 가오리까지 훔쳐내는 데 미치자 경악하고 말았지만, 이들의 행각을 만천하에 까밝힐까도 했지만, 그럴 생각이 전혀 없었다.

주택단지가 좀 더 혼탁해지더라도, 노보는 지금, 주정뱅이도 도둑 부부도 무당도 어느 누구 하나 내쫓을 계획이 없다. 이제 노보는, 37호 주택에 어떤 주민을 유치할까 생각하며 로토피아 마을을 내려다보고 있다.

—『한국소설』(2018년 6월호)에 수록

길 위의 길

살금살금, 멈칫!

놈이 비둘기를 쫓아가다 발길을 멈춘다. 놈과 비둘기의 숨결이 일시 멈춘 허름한 공터. 구름이 엉킨 색깔 없는 대낮. 놈의 발톱 끝에 바람조차 멎었다.

발길을 멈춘 놈의 발끝에는 화살의 촉이 숨어 있다. 놈의 발끝에는 마하를 뛰어넘는 속도가 숨어 있다. 놈의 눈깔 속으로 비둘기의 눈알이 빨려 들어간다. 햇살이 고요한 순간, 휙― 휙―. 비둘기를 덮쳤다. 놈의 발톱들이 아우성친다.

날갯죽지를 접은 채 혓바닥을 빼물고 있는 비둘기. 놈은 송곳같은 이빨을 과시하며 입맛을 다셨지만, 비둘기를 뜯어먹지는 않았다. 잃어버렸던 야성의 권세를 뽐내며 하수구 쪽으로 꼬리를 감추는 고양이. 비둘기는 먹잇감이 아니라 야생의 향수를 달래기 위한 사냥감이었으리라.

　세상을 경계 없이 탐닉하던 비둘기는 고양이에 처참한 사체로 남아 깃털만 날린다. 피 묻은 살점들이 사방에 튀었다.

　'저런 저 몹쓸 놈.' 장 씨는 고양이의 행패에 치를 떤다. 다가가 비둘기를 건드려 보았지만, 미동도 하지 않는다. '에이 몹쓸 놈.' 비둘기의 사체를 툭툭 차 공터 가장자리께로 밀쳤다. 그러고는 축구공을 띄워 올리듯 풀이 무성한 곳으로 올려 찼다. 순간, '아 앗!' 하는 신음이 공터를 메웠다. 목을 움츠리며 발목에 들어갔던 힘을 뺐다. 여전히 오른쪽 다리에서 통증이 올라왔다.

　스무 평쯤 될까. 아파트를 지을 때 생긴 자투리땅, 쓸모없어 버려진 땅. 시내 한복판이라면 수십억을 호가하는 땅이었을 테지만, 값없이 방치된 채 널브러져 있다. 땅도 태어날 때부터 좋은 자리를 잡아야 했던 걸까. 쓸모없는 땅에는 사람들의 발길이 뜸하다. 잡풀이 듬성듬성 자란 이곳은 비둘기와 참새만 가끔 내려 앉을 뿐이다.

　공터 한쪽에는 장 씨가 즐겨 찾는 너럭바위가 누워 있다. 따사로운 햇살이 바위를 비추면 온기가 돌아 눌러앉기에 좋다. 아파트 주민들은 이 후미진 곳을 찾을 리 없다. 정문으로부터 멀찍이 떨어져 있기도 하거니와 놀이터에서도 비켜나 있어 아이들의 떠들썩한 소리도 잦아드는 곳이다.

며칠째 장 씨는 공터를 독차지하기 위해 고양이와 싸우고 있다. 어쩌다 날아드는 비둘기나 참새는 어쩔 수 없지만, 고양이만큼은 발을 들여놓게 하고 싶지 않았다. 이곳을 넘보지 못하도록 으름을 놓기도 하고, 돌멩이를 던져보기도 하는데, 고양이 또한 이 공터를 양보할 생각은 없어 보였다.

　"야잇, 깡똥쉐이!"

　흠칫 놀란 장 씨의 외침. 고양이가 담벼락 귀퉁이에서 장 씨를 노려보고 있다. 눈빛이 노랬다가 하앴다가 멋대로 뒤바뀌는 바람에 장 씨의 눈동자가 빨려 들어갈 뻔했다. 장 씨가 돌팔매 흉내를 낸다. 놈은 귀를 갸웃거릴 뿐, 한 발짝도 움직이지 않는다. 눈빛이 차츰차츰 커다랗게 다가온다. '저걸 그냥 콱! 아얏!' 통증이 파고든다. 놈의 눈빛에 질려 너럭바위를 무심코 찬 때문이다. 놈이 귀를 바짝 세우고 장 씨의 찡그린 눈을 째려본다. 장 씨가 먼저 눈길을 떨군다. 놈의 눈동자와 맞서기 싫어서다. 마주 보며 결판을 내야 하는데 그럴 자신이 없다.

　놈의 눈빛은 부서진 유리 조각보다 날카롭다. 한때는 누군가의 부드러운 손길에 길들어 있다 길냥이 신세로 전락하고 말았을 저 눈빛. 느닷없이 달려들어 얼굴을 긁어댈 것만 같다. 장 씨는 머리를 내두르며 너럭바위 밑에 숨겨 두었던 막대기를 꺼냈다. 막대기로 바위를 내리치며 쫓아가는 시늉을 하자 놀이터 쪽으로 방향을 트는 놈.

저 고양이를 얼씬도 하지 못하게 할 수는 없을까 궁리해 보지만, 마땅한 수가 떠오르지 않는다. 조막만 한 돌멩이 서너 개를 모아놓은 게 전부다. 덫이라도 숨겨놓고 걸려들기를 기다려야 하나. 여기까지 생각이 미치자, 아파트 주변을 살피기로 한다. 덫이 아니라면 놈의 발톱처럼 뾰족한 쇠붙이라도 찾아볼 심산이다.

두 달 전, 인천에서 화물을 싣고 목포로 내려가던 참이었다. 맹추위가 풀리고 안개가 자욱했다. 한 치 앞도 분간하기 어려운 안개 속. 서해대교 가까이 다다르자 안개는 점점 더 짙어졌고 발길은 자꾸 브레이크 쪽으로 쏠렸다. 바로 앞의 차선조차 희미했다. '엇!' 하는 외침과 함께 몸이 붕 떴다.

입원해 있는 동안 악몽에 시달렸다. 안개 속을 가로지르는 길짐승, 비참한 로드킬, 그걸 뭉개고 질주하는 차바퀴, 터진 내장이 유리 조각과 범벅이 되어 얼굴로 튀어 오르는 꿈. 파란 불빛을 흩뿌리며 고양이가 달라붙어 장 씨의 얼굴을 파먹고 있었다. 코를 베물고, 혀를 빼먹고, 눈알을 휘젓고, 해골을 핥아먹는 요괴가 되어 있었다.

하필이면 길냥이였을까. 헛것을 본 것이겠지, 고개를 저었다. 안개가 짙었기 때문이었겠지, 도리질했다. 개도 고라니도 족제비도 아닌 길냥이었다니. 그 눈빛이 특히 싫었다. 맞닥뜨리면 절대 물러서지 않을 그 눈빛. 틀림없었다. 헤드라이트에 반사된 눈빛은 분명 고양이 눈깔이었다. 엉겁결에 브레이크를 밟았고, 화물차는 기우뚱 중심을 잃은 채 논두렁으로 떨어지고 말았다. 두 달 동안이나 병원 신세를 져야만 했다. 한동안 허리와 다리에 힘이 빠져 몸을 가누기조차 어려웠다.

장 씨가 운전대를 잡기 시작한 것은 군에서 제대한 후였다. 제대하자마자 도심 변두리에서 벌어지는 빌딩 공사장을 찾았다. 오야붕 밑에서 시다바리 노릇은 이틀이면 충분했다. 십장이란 작자는 무슨 잔소리가 그리도 많은지, 그다음 날로 발길을 끊었다. 파이프 공장에서도 마찬가지였다. 주임이란 작자는 화장실 가는 시간까지 체크했다. 기계가 헛도는 시간만큼 임금을 차감하겠다고 눈알을 부라렸다. 그나마 자동차 정비소는 좀 나았다. 그러나 그곳 역시 군기가 빡셌다. 꼬붕으로 견뎌야 하는 세월이 기약 없었다. 게다가 돈을 떼먹고 입을 닦는 불한당이 한둘이 아니었다. 실컷 부려먹고 길길이 떼쓰고 사기 치고, 못 잡아먹어 안달이었다.

관계라는 게 얼굴 맞대고 눈을 부라리는 일이었다. 무엇보다도 다른 사람과 눈을 마주치는 게 싫었다. 눈을 마주치는 건 속내를 내보이는 거였다. 그게 싫었다. 눈을 맞대고 속을 드러내며 흥정하는 일에 익숙지 않았다.

군에서도 야간 경계를 서는 일이 더 편했던 것은 상대방의 눈빛을 의식하지 않고 시간을 때울 수 있었기 때문이다. 상사의 눈빛과 맞서고 싶지 않았다. 자대 배치를 받던 날 신고식부터 눈빛이 비꾸러져 귀퉁배기를 맞았다. 제대하던 날에도 전역 신고식에서 눈빛이 엇나가는 바람에 웃음거리가 되고 말았다. 소대장은 그날, 나지막이 타일렀다. 상대방의 눈빛을 똑바로 바라보라고. 그래야 출세한다고. 소대장의 말을 귀담아들었지만, 부대를 나오자마자 그 말은 귓바퀴를 때리고 날아가 버렸다.

나이 서른이 넘어가면서 소개팅을 했다. 맞선이었다. 그때마다 장 씨에게 돌아오는 말은 눈빛이 어그러졌다는 답변뿐이었다. 비굴해 보인다는 둥, 자신감이 없어 보인다는 둥, 어그러진 눈빛을 꼬투리 잡아 퇴짜 놓는 말만 되돌아왔다. 결국, 혼기를 놓치고 마흔을 넘겼다.

누군가와 눈을 마주 보며 얼굴 대하는 일이 늘 부담이었다. 눈빛으로 맞서는 일은 껄끄러운 일이었다. 상대방의 눈빛을 의식할 필요 없는 일, 그건 운전만 한 게 없었다. 눈을 맞출 일도 없었고, 그럴 필요도 없었다. 운전은 그렇게 밥벌이가 되었다.

길 위에서는 잔소리도 없었다. 닦아놓은 길을 따라 달리면 그만이었다. 밀리면 밀리는 대로 뚫리면 뚫리는 대로 달렸다. 전망대처럼 높은 곳에 올라앉아 차량의 행렬을 보는 것이 좋았다. 마주 보는 눈빛 없이 라디오에 귀를 기울였다. 디제이의 감미로운 목소리가 좋았다.

길은 사람의 속내를 보여 달라고 하지 않았다. 길은 누굴 탓하는 잔소리도 없었다. 말없이 서 있는 표지판이 장 씨를 닮아 있었다. 길에서 만나고 길에서 헤어지는 것도 길이 먼저 알았고, 길이 먼저 말해 주었다. 헤어지더라도 언젠가 다시 만날 수 있다는 희망을 주었다. 다툴 일도 흥정할 일도 없었다. 길은 그저 길이었다. 운전대를 잡은 지 15년이 지나자, 길 위에서 만난 사람이 더 많았다.

여자도 길에서 만났다. 지난여름, 저물녘이었다. 고속도로 졸음쉼터에서 토막잠을 자고 눈을 막 떴을 때였다.

"기사 아저씨, 시원한 커피 한잔해요?"

허스키한 목소리가 차창 밖에서 들려왔다. 출출하기도 했거니와 목이 말랐다.

"그래요… 커피요… 한 잔 줘요."

여자가 옆에 올라앉았다. 장 씨가 퉁명스럽게 물었다.

"박카스 아지매요?"

"아뇨."

여자는 고개를 저었다. 장 씨 또래쯤으로 보이는 여자는 텀블러를 기울여 한 잔 가득 커피를 따랐다. 쏟아지는 얼음덩어리만으로도 갈증이 날아갔다.

"박카스 아지매지요?"

말투를 누그려 재차 물었다. 이번에도 여자는 대수롭지 않다는 듯 고개를 가로저었다. 장 씨를 물끄러미 바라보았다. 화장이 짙지 않은 것으로 보아 그렇지는 않은 것도 같고⋯. 박카스 아줌마가 아니고서야 이런 곳에서 커피를 팔 리는 없고⋯. 장 씨는 더 묻지 않았다.

"이거, 좀 드실래요?"

여자가 먹다 남은 술빵을 꺼냈다. 누룩 냄새가 코끝을 찔렀다. 강낭콩이 군데군데 박혀 있어 먹음직했다. 여자가 먼저 빵 한 조각을 떼어 우물거렸다. 그러고는 장 씨에게 반을 뚝 떼어 내밀었다. 그러는 여자의 모습이 최음제나 마취제 같은 건 들어 있지 않으니 안심하라는 시늉으로 보였다.

"이 근처에 살아요?"

여자는 대답하지 않고 미소를 흘렸다. 커피값 삼천 원에 빵값까지 쳐서 오천 원을 내밀었다. 여자가 이천 원을 빼서 되돌려주었다. 그냥 받으라고 고갯짓했다. 여자는 가벼운 묵례를 하고 차에서 내렸다. 창밖에서 허스키한 목소리가 들려왔다.

"조심해서 운전하세요."

장 씨가 고개를 끄덕였다. 여자가 손을 들어 흔들어 주었다. 저녁 해가 쓸쓸히 산등성이로 넘어가고 있었다.

목포까지 가려면 한밤중에나 도착할 터였다. 시동을 걸고 막

주차선을 벗어나 고속도로로 진입하려는 순간, 사이드미러가 곱게 물들었다. 그 여자였다. 쉼터 앞쪽 벤치에 골똘히 앉아 있는 여자의 뒷모습. 장 씨는 자신도 모르게 브레이크 페달을 밟았다. 끼이익 끽. 화물차를 후진하여 그 여자 앞에 세웠다. 여자의 동태를 살피며 짧은 경적을 울렸다. 여자가 장 씨 차를 확인하고 운전석 쪽으로 고개를 돌렸다.

"같이 갈래요?"

장 씨가 창 쪽으로 고개를 기울여 물었다. 여자가 먹먹한 눈빛을 떨구며 머뭇거렸다. 고속도로에서 불어오는 조각 바람이 여자의 머리를 흩어 버렸다. 여자는 돌아서서 흐트러진 머리카락을 가지런히 쓸었다. 그러고는 서슴없이 가방을 챙겼다. 화물차 가까이 다가와 차창 밖에서 상큼한 미소를 지었다. 장 씨가 손수 문을 열어주었다.

동행, 동행이 생겼다. 장 씨는 전방을 주시하며 여자에게 말을 걸었다. 마음이 편했다. 눈을 마주 보고 있는 것이 아니라서 그럴 거였다.

"아무 차나 타도 돼요?"

"신분이 확실하잖아요."

여자는 마치 준비해 둔 답을 내뱉듯 했다.

"신분이 확실해요? 어째서 신분이 확실해요?"

"이렇게 덩치 큰 차를 운전하면서 신분을 속이는 사람은 없어요."

장 씨는 한 방 얻어맞은 기분이었다. 기분이 나쁘지 않았다.

"목포까지 갈래요?"

"아뇨. 한 시간 정도 더 가서 휴게소에 내려주세요."

여자는 머뭇거리지 않고 대답했다. 목포까지 가자는 장 씨의 말은 농이 반쯤 섞인 말이었다. 여자의 반응이 어떨지 궁금해서였다.

"집에 어떻게 가요?"

졸음쉼터에서 점점 멀어지고 있어 물은 말이었다.

"휴게소에서 일하는 사람들만 나다니는 뒷길이 있어요."

여자도 그 뒷길을 이용한다고 했다. 여의찮으면 철조망을 뛰어넘거나 개구멍 치기를 한다고 털어놓았다. 장 씨는 고개를 끄덕였다.

"진짜로 배꼽 맞추는 아지매들도 있어요?"

한밤중에 그런 아줌마들이 많다는 말을 들은 적이 있어 확인차 묻는 말이었다. 이런 걸 묻는 게 여자를 멸시하는 것 같아 말끝이 머쓱했다.

"네."

여자는 대수롭지 않다는 듯 답했다. 장 씨만 그런 것을 묻지는 않았을 터였다. 여자가 그런 일을 했는지 묻고 싶지 않았다. 설사 그런 적이 있다 해도 참견할 처지도 아니었고…, 여자의 형편을 캐묻는다는 게 고깝게 들릴 거였다. 여자는 지금, 장 씨 옆에 앉아 있는 말동무였다. 함께 앞을 바라보며 길 위를 달리고 있는 동승자.

여자를 내려 준 곳은 졸음쉼터에서 딱 한 시간쯤 떨어진 휴게소였다. 여자에게 삼만 원을 건넸다. 말동무를 해 준 대가로 받아 주기를 바랐다. 여자는 돈을 받지 않았다. 대신 자기 가방을 뒤지더니 뭔가를 하나 꺼냈다. 장 씨에게 보여 준 것은 알록달록한 복주머니였다. 커피콩 방향제라고 했다. 앙증맞았다.

여자가 그걸 룸미러에 걸어주었다. 시시껄렁한 차 안에 커피향이 흐르는 것 같았다. 그런 것도 파는가 싶었다. 여자는 걸어놓은 커피콩 방향제를 가지런히 쓰다듬고 차에서 내렸다. 여자의 손길이 머물고 간 차 안은 향긋한 내음에 들떴다. 엉거주춤하던 장 씨는 문을 열고 뛰어내렸다.

저녁을 먹자고 했다. 여자가 고개를 끄덕였다. 국밥 두 그릇을 시켜놓고 기다리는 동안 여자는 화장실을 다녀오겠다고 했다. 옆에 끼고 있던 더부룩한 가방까지 들고 나갔다. 밖으로 나간 여자는 누군가와 짧게 통화를 했다. 여자의 뒷모습이 차츰 멀어져갔다. 여자는 돌아오지 않을 수도 있었다. 돌아선 채 휴게소 뒷길로 빠져나갔거나 누군가 휴게소까지 와서 픽업했을지도 모른다.

'온다, 안 온다, 온다, 안 온다….' 장 씨는 멀뚱하니 국밥을 떠

넣으며 여자가 올지 안 올지를 점쳤다.

국밥을 반쯤 비웠을 때 여자가 나타났다. 처음 만난 여잔데 우연히 세 번을 만나는 기분이랄까. 졸음쉼터에서 막 잠이 깼을 때, 쉼터를 막 벗어날 즈음, 그리고 다시 장 씨 앞에 나타난 지금까지. 잠시 허탈했던 장 씨는 여자가 밥을 떠먹는 속도에 맞춰 국밥을 비웠다.

여자는 장 씨를 똑바로 바라보지 않았다. 여자도 누군가를 똑바로 바라보는 걸 부담스러워하는 모양이었다. 살아오는 동안, 장 씨처럼 많은 오해를 샀거나 무시를 당했을 것 같아 괜한 동정심이 생겼다.

다음 날 저녁쯤에 맞은편 휴게소에 도착할 거라는 말을 남기고 여자와 헤어졌다. 여자의 눈빛을 보고 말했는지는 기억이 나지 않았다.

여자를 다시 만난 것은 한 달 후였다. 처음 만났던 하행선 졸음쉼터에서였다. 여자가 아는 척하며 다가왔다. 떨떠름했다. 지난번 상행선 휴게소에서 바람맞은 일 때문이었다. 여자의 셈속이 괘씸해 애꿎은 복주머니만 툭툭 치며 올라왔던 기억.

"커피 드실래요?"

여자는 커피가 담긴 텀블러를 내밀며 장 씨의 표정을 살폈다. 지난번에 약속을 지키지 못한 것에 대한 미안함 때문이겠거니 했다. 사실 약속이랄 것도 없었다. 그때, '다음 날 저녁쯤에 맞은편 휴게소에 도착할 거'라고 했던 말은 은근한 기다림과 함께 여자에게 생각할 겨를을 주겠다는 거였지만, 장 씨의 기대와 달리 여자는 나타나지 않았다. 여자가 장 씨를 기다리겠다는 말을 한 것도 아니었으니 여자를 나무랄 일은 아니었다. 이제 와, 그때 왜 나오지 않았느냐고 따지는 것도 좀 모양새가 우스웠다. 한 번 만나 몇 마디 나눈 대화로 어떤 관계를 맺은 것도 아니었고.

커피를 마시고 싶은 생각은 없었지만, 장 씨는 고개를 끄덕였다. 여자가 해맑은 표정을 지으며 운전석 옆으로 올라앉았다. 룸미러에 온전하게 걸려 있는 복주머니를 바라보며 여자가 말했다.

"목포까지 갈 수 있어요."

한 달 전에 건넨 말을 이제야 받아주는 듯한 묘한 답변. 그때 목포까지 가자고 했었던가, 그랬던가, 하며 어설픈 표정을 짓는 장 씨. 여자는 그때 그 말을 듣고 무슨 생각이 떠올랐을까. 자기를 쉬운 여자라고 생각하는 게 기분 나빴을지도 모른다. 한 달이 지나는 동안 어떤 일이 있었을까. 여자의 태도는 달라져 있었다. 시간은 알게 모르게 사람의 생각을 바꾸는 재주가 있었다. 길이 주는 선물 같은 거였다.

"기다렸어요?"

"네."

한 달 동안이나 졸음쉼터에서 장 씨를 기다렸는지 물은 말이었다. 생각해 보니, 상행선 휴게소에서 화물차를 기다렸는지 물은 말로 들렸을 것 같기도 했다. 정말로 상행선 휴게소에서 기다렸을 수도 있지 않은가. 단지 서로 눈길이 엇갈렸을 뿐이고. 어쨌거나 여자는 지금 '목포까지 갈 수 있다'라고 했다. 장 씨는 흥분을 감추지 못했다. 여자도 들떠 있는지 매무새를 가다듬었다.

기구하다면 기구하달까. 여자는 때때로 흐느끼다가 때때로 허탈하게 웃다가를 반복하며 지나온 이야기를 털어놓았다. 의아할 정도로 지내온 사연들이 모두 거짓말 같았다. 태어나면서부터 기구한 팔자.

딸이 다섯이나 되는 집에 재취로 들어간 엄마는 아들을 낳지 못하고 딸을 낳았다. 아버지라는 사람은 그 길로 엄마를 내쳤다. 도심 변두리 단칸방에서 엄마는 신세를 한탄하며 헐벗은 날들을 감내해야 했다. 딸을 팽개치다시피 하고 식당일을 했다. 먹고 살기 위한 사투였다.
여자는 어딜 가도 아버지의 부재와 가난을 숨길 수 없었다. 근본 없는 아이라는 낙인이 여자를 괴롭혔다. 학창 시절 내내 방황했다. 아버지가 누구인지 엄마는 한마디도 하지 않았다. 암으로 죽는 날까지도. 여자가 스물을 넘기기도 전이었다.
졸지에 고아가 된 여자에게는 변변한 살붙이도 없었다. 외가

에서도 여자를 받아주지 않았다. 그럴만한 형편도 못 되었다. 딱
해 보였던 여자를 거둔 이는 엄마가 일하던 식당 주인이었다. 여
자는 죽은 엄마를 대신해 식당에서 일하며 방 한 칸을 얻었다.

오갈 데 없는 여자를 넘보는 이가 있었다. 주인집 아들이었다.
어릴 때부터 알고 지낸 얼굴이기도 했거니와 나이도 같아서 스스
럼없이 맘을 터놓고 지내던 터였다. 성인이 되고부터 주인집 아
들의 눈빛이 달라졌다. 여자는 그와 사랑놀이에 빠져 버렸다. 그
게 사랑인 줄 알았다. 주인집 아들에게는 한갓 불장난에 지나지
않았던 것을. 식당 주인이 먼저 눈치채고 아들을 군에 보냈다.

주인은 근본 없는 아이라는 딱지를 붙여 여자를 내쫓았다. 식
당에서 쫓겨난 여자는 몸을 붙일 곳이 없었다. 편의점 알바를 하
기도 하고 카페에서 서빙도 하며 무서운 세상 한 귀퉁이로 숨어
들어야 했다.

한참 뒤, 군에서 제대한 주인집 아들이 여자를 찾아왔다. 더럭
겁이 났지만, 구세주를 만난 기분이었다. 안타깝게도 한번 얼크
러진 만남은 오래가지 못했다. 이번에는 남자가 스스로 떠났다.
잘 난 주인집 아들은 복학하자마자 발길을 뚝 끊었다. 여자에게
는 그를 찾아 나설 동력이 없었다. 주인이 끊어놓은 것도 아니고
본인이 끊은 발길을.

여자는 세상 밖으로 밀려난 것이 억울해 한없이 울었다. 혼자
라는 두려움에 떨어야 했다. 그렇다고 마냥 울고만 있을 수는 없

었다. 서러움을 이겨내기 위해서는, 두려움을 이겨내기 위해서는 죽도록 일을 해야 했다. 양품점에서, 식당에서, 중국집 배달원으로, 하다못해 마사지 클럽에서도 허드렛일을 했다. 밤이슬을 피할 수만 있다면, 배를 곯지만 않는다면 무엇이라도 해서 돈을 모아야 했다.

원룸촌 가까이 대형 마트에서 한 남자를 만났다. 마트 계산원으로 일할 때였다. 원룸에 세 들어 사는 총각이었고 인물도 반반했다. 세상에 하나밖에 없는 짝이라고 생각했다. 만난 지 수개월 만에 결혼을 약속했다. 그동안 모아놓은 돈으로 좁지만 아늑한 아파트를 계약했다. 대출금이 더 많았지만 감당할 자신이 있었다. 드디어 '근본'을 찾을 수 있다는 기대감에 부풀었다. 아이 가질 계획도 세웠다.

꿈같은 신혼이 꿈결같이 흘러갔다. 꿈같은 신혼, 그마저도 여자의 운명을 짓밟고 말았다. 사기였다. 남자는 대출금 전부를 여자에게 떠넘기고 집을 팔아 잠적했다. 여자는 고스란히 빚더미를 떠안고 말았다. 혼자서는 도저히 감당할 수 없는 금액이었다. 빚에 허덕이던 여자는 파산 신고를 하고 잠수를 탔다. 그 세월이 몇 해를 거듭하는 동안 여자는 길 위로 내몰렸다. 여전히 갚아야 할 사채가 여자를 괴롭혔다.

재취한 아낙의 딸로 태어나 얼굴도 모르는 아버지로부터 버림을 받고, 엄마의 사랑도 받지 못하고, 연애도 실패하고, 사기 결

혼에 속아 빚쟁이로 전락해 쫓기는 신세. 라디오에서 흔히 들어
온 그렇고 그런 사연들.

장 씨는 여자의 흐느낌과 하소연을 한마디 대꾸 없이 받아들
였다. 라디오에서 흘러나오는 사연이 아니라, 바로 옆에 앉아 있
는 동행자의 속 쓰린 사연이었다.

"참 박복하지요?"

여자가 눈물을 찍어내며 되물었다. 사채업자들을 피하려 휴대
폰도 가상 번호를 사용하고 있다고 했다. 장 씨는 담배를 꺼내 물
었다.

밤늦게 도착한 목포는 안개로 자욱했다. 그날 밤, 장 씨는 여자
의 눈물을 하나하나 지워가며 그녀를 꼭꼭 껴안았다. 여자는 눈
물을 삭히며 장 씨 품을 파고들었다.

다음날 장 씨와 여자는 상행선에 올랐다. 여자의 표정이 무척
밝아 보였다. 밖은 안개가 걷히고 청청했다. 장 씨의 마음도 한결
가벼웠다.

"왜, 내 차를 기다렸어요?"

장 씨는 '나'라고 하지 않고 '내 차'라고 물었다. 여자가 했던
말이 떠올랐다. 덩치 큰 차를 끄는 사람은 신분이 확실하다고 했
던가. 여자는 사람들이 무서웠을 거였다. 자기 눈으로 세상을 바
라보아야 했고, 자기 눈으로 세상을 가늠해야 했을 것이다. 사람

들이 세워놓은 잣대로는 세상을 판단할 수 없었을 것이다.

"혼자 사는 분 같았어요."

여자가 멋쩍은 듯 고개를 숙였다.

"뭘 보고 그런 생각을 했어요?"

화물차 기사들은 운전석에 가족사진을 붙이거나 묵주 따위를 걸어놓는다고 했다. 장 씨 운전석에는 아무것도 보이지 않았다며 말꼬리를 흐렸다. 장 씨는 운전석 주변을 둘러보았다. 무슨 빈 깡통 속에 갇혀 있는 구차한 분위기. 홀아비 냄새가 스멀스멀 배어 나왔다. 장 씨는 '킥!' 웃으며 말을 건넸다. 떨리는 음성이었지만 또렷했다.

"같이 갈래요…, 인천으로?"

여자가 고개를 끄덕였다. 장 씨는 그 모습을 보지는 못했지만, 그럴 거라고 생각했다. 느낌이라는 게 있었다. 그까짓 근본은 잘난 사람들이나 따지는 것이라고.

핸들을 잡은 장 씨의 손에 힘이 잔뜩 실렸다. 장 씨는 길냥이를 들이듯 여자를 들였다. 여자가 들어오면서 깡통 같았던 집구석은 반짝반짝 빛을 발했다.

아파트를 빙 돌아보았지만, 고양이를 대적할 만한 것은 아무것도 없었다. 입구에 있는 편의점에 들러 여자가 좋아하는 마른오징어를 샀다. 세상살이가 힘들 때마다 씹어댔다던 오징어. 곁들여 소주도 한 병 샀다. 그동안 장 씨를 뒷바라지했던 여자에게 조그만 선물이라도 하나 해 주고 싶었지만, 밖으로 나가기에는 다리 통증이 심했다.

장 씨가 입원해 있는 동안 여자는 매일매일 병원에 들러 속옷을 챙겨주었고 밤마다 간이침대에서 새우잠을 잤다. 퇴원하고 나서도 장 씨의 손발이 되어 주었다. 손에 들려 있는 비닐봉지에서 바스락대는 소리가 경쾌했다. 기분이 좋았다. 집에서 기다리는 사람이 있다는 것만으로도.

또 다른 경쾌한 소리가 들려왔다. 놀이터 쪽이었다. 와자지껄한 아이들의 소란. 가까이 다가간 장 씨는 눈살을 찌푸리고 말았다. 놈이 떡하니 그 한가운데 들어앉아 있는 것이다. 놈은 아이들이 던져주는 과자 부스러기를 날름날름 받아먹고 있었다. 천연덕스럽게 바닥에 배를 깔고 드러누워 늘어지게 하품을 다시고 있는 것이다. 그 모양새가 참 얌통머리 없다. 아까 같았으면 막대기로 냅다 후려치고 말았을 거였다. 장 씨의 끓어오르는 속과 달리 놈은 느긋하게 아이들과 눈길을 주고받았다.

그때 보았다. 놈의 귓바퀴 밑에 생긴 생채기투성이. 얼룩덜룩 핏발이 선 채 보기 흉했다. 딱지라도 내려앉았다면 덜 징그러웠을까. 상처 부위에 검은 털과 흰 털이 마구 뒤엉켜 께름칙했다. 연고라도 발라줘야 할 상황이었다. 괜스레 집에 있는 여자가 떠올랐다. 놈에게도 말 못 할 사연이 있는 것일까.

공터에서 깐족거릴 때와는 전혀 딴판이었다. 아랑곳하지 않고 아이들의 동정을 독차지하고 있는 모양이. 장 씨를 경계할 생각은커녕, 눈길도 주지 않았다. 저놈이 무슨 자격으로 저런 호사를 누리고 있는 것일까. 혀를 날름거리는 꼬락서니가 장 씨를 놀리는 본새다.

아이들이 약과 통조림을 구해오자며 각기 흩어진다. 그제야 장 씨를 의식했는지 잽싸게 공터 쪽으로 달아나는 놈. 장 씨는 집으로 향하던 발길을 공터 쪽으로 돌린다. 오늘은 놈과 끝장을 낼 작정이다.

너럭바위에 앉아 오징어 다리에 소주를 홀짝거리며 놈을 기다린다. 하수구 쪽 풀숲에 흔들림이 있다. 놈이다. 비릿한 냄새를 맡은 것 같다. 바위 밑에 숨겨 둔 막대기를 잡았다. 아니, 내려놓았다. 아까 본 귀밑 상처가 떠올랐기 때문이다.

장 씨가 씹고 있던 오징어 다리를 던졌다. 놈이 장 씨의 눈빛과 오징어 다리를 번갈아 살핀다. 장 씨가 눈빛을 거두고 놈의 접근을 허락한다. 놈은 여전히 장 씨의 막대기를 경계하는 눈치다. 장 씨는 막대기를 집어 좀 더 멀찍이 치웠다. 그제야 놈이 살금살금 다가온다.

오징어 다리에 혓바닥을 내민다. 비릿한 냄새에 입맛이 도는

가 보다. 놈을 자세히 살폈다. 상처가 깊다. 문드러지고 곪아 터져 구역질이 날 정도다. 벽돌에 찍힌 것 같기도 하고 쇳덩이에 짓눌린 것 같기도 하다. 얼마나 못된 짓을 하고 다녔으면 저렇게 얻어맞고 다녔을까. 밉기도 하고 안타깝기도 했다.

놈이 재빠르게 오징어를 물고 으슥한 곳으로 내뺐다. 그림자를 숨기며 놈을 따라간다. 하수구 건너 쪽으로 흐릿한 길의 흔적이 보인다. 지하로 내려가는 계단이 나타난다. 다니는 발길이 끊겨서인지 성긴 풀이 제멋대로다. 내려다보니 계단 끝은 철문으로 막혀 있다. 위치로 보아 지하 주차장으로 통하는 쪽문이었다. 열 개 정도의 계단으로 이루어진 비좁은 공간이 놈의 아지트였나 보다. 음습한 그늘에 덮여 을씨년스럽다.

좀 더 가까이 다가가자 어디서 '꾸룩― 꾸룩―' 하는 소리가 들려온다. 놈이 내는 소리는 아니다. 놈은 어디쯤에선가 장 씨를 노려보고 있을 것이다. 놈의 동공이 여기저기 떠돈다. 열 개, 스무 개, 서른 개…, 여기저기 엇섞여 도는 눈깔이 장 씨에게 달려들 것만 같다. 입원해 있을 때 꿈에 나타났던 요괴처럼 어디선가 파란불이 터져 나올 듯한 분위기. 계단 아래쪽에서 놈의 눈빛이 번득였다. 장 씨와 눈길이 마주치자 놈의 동공이 점점 더 커진다.

'꾸룩― 꾸룩―' 하는 소리는 계속 들려온다. 어디서 나는 소리일까. 장 씨가 놈의 눈빛을 맞받아치며 그쪽으로 서서히 내려간다. 놈이 이빨을 드러내고 으르댄다. 더는 내려오지 말라는 경고

이리라. 와락 달려들 태세다. 장 씨는 들고 있던 오징어 다리를 놈에게 던졌다. 놈의 눈빛이 잠시 흐트러진다.

계단 아래쪽 한옆으로는 커다란 고무통이 보인다. 그 속에서 나는 소리다. '꾸룩- 꾸룩-', 놈이 비켜 주면 그 안을 들여다볼 수 있으련만, 놈은 그 통 주변을 에워싸고 돌 뿐이다.

장 씨는 잠시 물러나 공터에 밀쳐놓았던 막대기를 들고 왔다. 놈과의 거리를 유지하기가 한결 수월했다. 놈이 덤벼들면 막대기로 내려칠 요량이다.

놈은 여전히 자리를 비켜 줄 눈빛이 아니다. 할 수 없이 놈에게 막대기를 휘두른다. 놈이 계단 위쪽으로 뛰어오른다. 놈과 장 씨의 위치가 바뀐다. 공포 그 자체다. 저 위에서 발톱을 치켜들고 장 씨 얼굴로 뛰어내릴 것만 같다.

다시 '꾸룩- 꾸룩-' 소리가 들린다. 아래쪽 고무통을 들여다본다. 저런, 저런, 새끼 고양이다. 저 깊은 통 속에. 저런. 새끼들이 고무통 밖으로 나오지 못하고 울고 있다. 놈이 낳은 새끼들이 분명하다. 놈이 새끼들을 물고 나올 시기를 놓쳤을까. 통 속에 갇혀 꾸물거리고 있는 새끼들을 꺼내기로 했다.

장 씨는 손을 길게 뻗어보았다. 그때다. 눈빛이 번쩍하는 순간, '크앙!' 앙칼진 섬광과 함께 어둠이 몰아쳤다. 장 씨가 들고 있던 막대기를 후려쳤다. 그사이 다른 쪽 손에 잡혀 있던 새끼 고양이가 계단 위쪽으로 떨어진다. 순식간이었다. 놈은 새끼가 떨어진 쪽으로 잽싸게 붙어 섰다. 하얗고도 까만 눈빛이 공터 쪽으로 내달았다. 내쳐진 새끼도 공터 쪽으로 쓸려갔다.

한숨을 돌린 장 씨가 얼굴을 만져 본다. 면도날 같은 생채기가 손끝을 스친다. 놈에게 할퀸 자국이다. 놈의 발톱 자국이 얼굴에 박혔다.

통 속을 들여다본다. '흡, 흡.' 퀴퀴한 내가 진동한다. 구린내도 아니고 비린내도 아닌 젓갈 썩은 내. 구역질에 속이 뒤집힌다. 냄새를 도저히 견뎌낼 수가 없다. 사체 썩는 냄새. 통 속에서 탈출하지 못하고 죽은 새끼 고양이들의 사체가 뒤엉킨 채로 처박혀 있다.

막대기를 휘저어 본다. 물컹한 느낌이 손끝을 타고 오르지만, 막대기 끝에 걸리지는 않는다. 통을 기울이는 수밖에 없다. 썩어 문드러진 세 마리의 새끼 고양이. 겨우겨우 막대기로 끼쳐 들어 한 마리씩 풀밭 쪽으로 옮겼다. 놈이 저쪽 한구석에서 그걸 지켜보고 있었다. 놈의 동공이 어지간히 풀려 있었다.

빠져나올 만한 곳이 아니었다. 통이 너무 깊었다. 사람들 눈을 피해 으슥한 곳에 새끼를 낳았지만, 미처 밖으로 끌어올릴 궁리를 하지는 못했나 보다. 놈이 아무리 높이 뛰어오른다 하여도 새끼를 물고 그곳을 빠져나올 수 없는 높이였다. 어둑해지는 담벼락 뒤로 놈이 고개를 처박고 장 씨 쪽으로 다가온다.

"야잇 깡똥쉐이!"

놈에게 할퀸 자국을 만져 보았다. 까슬까슬하다. 휴대폰을 열어 렌즈를 들이댄다. 핏빛 생채기가 확연히 드러난다.

"야잇, 깡똥쒜이!"

노여움에 찬 소리를 듣고도 놈은 도망하지 않았다. 장 씨도 내쫓을 생각이 없었다. 밖으로 나온 새끼도 장 씨 가까이로 다가왔다. 장 씨는 먹다 남은 오징어 다리를 던져주고, 남은 소주는 자기 얼굴에 들이부었다. 쓰라렸다. 저녁 바람이 훈훈해서였을까, 상처 부위가 후끈하게 달아올랐다.

장 씨는 막대기를 풀이 무성한 곳으로 던져 버리고 바위에서 내려섰다. 어둑해지는 건 금방이었다. 그 어둠 속, 놀이터 쪽에 시커먼 그림자가 드리워졌다. 거친 욕설과 함께 '칠백팔 호'라는 소리도 들린다. 칠백팔 호? 칠백팔 호는 장 씨 집이다. 칠백팔 호. 장 씨는 몸을 담벼락에 바짝 붙였다. 시커먼 그림자가 공터 쪽으로 다가왔다. 고양이도 시커먼 그림자를 노려보고 있었다.

"에이 쌍, … 이 미친년이 이거 살림을 차렸어요. 이 찢어 죽일 년. … 이년이 무슨 돈으로 살림을 차렸는지 알 수가 없어요. … 예 형님, 담배 한 대 피우고 덮칠 생각입니다 …. 예, 예 형님, 알겠습니다."

이런, 이 일을 어쩐담. 장 씨는 공터를 뒤로 하고 아파트 벽을 에둘러 집으로 뛰었다. 오른쪽 다리의 통증이 머리끝까지 타오른다. 저 시커먼 그림자가 쳐들어오기 전에 여자를 숨겨야 한다. 어떻게 알고 여기까지 찾아온 것일까. 흉악한 자식들. 빨리 여자를 피신시켜야 한다. 시커먼 그림자가 들이닥치기 전에 여자를 내보내야 한다.

"이봐요, 이봐요!"

집 안이 조용하다. 온기 한 점 없다.

"이봐요?"

장 씨는 방과 주방과 화장실 문을 열어젖혔다. 없다. 여자의 흔적이 말끔히 지워진 텅 빈 공간. 어디로 간 것일까. 낌새를 맡고 튄 것일까. 그렇다면 다행이건만.

"이봐요, 없어요?"

자꾸 길 위에서 떠돌고 있는 여자가 눈앞에 어른거렸다. '똑똑, 똑똑똑.' 문짝 두드리는 소리가 들렸다. 장 씨는 옴팡진 고양이의 눈빛을 떠올리며 똑똑 소리가 나는 문 앞으로 다가갔다.

–『월간문학』(2023년 11월호)에 수록

흔들 머리 된다고

그녀를 어머니에게 보였을 때, 어머니의 시답잖은 표정을 보고 나는 후회했다. 몸통이 너무 가냘팠다. 엉덩이가 큰 여자를 기대했던 당신의 기준치에 한참이나 미달이었다. 아들의 결혼이 손주를 보는 것과 직결된다는 걸, 왜 진작에 몰랐던가.

일찍이 홀로된 당신의 책무 따위, 아들이 온전하게 가정을 꾸리고 손주가 대를 잇는 일, 뭐 그런 뜻을 헤아리지 못한 탓이었다. 게다가 식도 안 올리고 그녀와 살림을 차리겠다는 말을 꺼냈을 때, 어머니는 길길이 뛰었다.

'못난 새끼, 못된 년!' 역정부터 냈다. 나와 그녀를 싸잡아 욕했다. 어머니가 그러는 건, 나무랄 일이 아니었다. 보잘것없는 집안 사정을, 근본 없는 집안 속내를 깡그리 내보이는 게 마음 상했을 터였다. 당신의 형편에 대한 화풀이로 보였다.

당신의 일면을 보자면, 번듯한 집 한 채를 들고 있는 것도 아니었고, 당신 아들의 일면을 보자면, 전도유망한 대기업 직원도, 공무원도 아니었다. 그뿐이던가. 가까운 일가친척 중에 물려받은 재산으로든 벌여놓은 사업으로든 떵떵거리는 사람 하나 없었고, 빼어난 재주가 있어 이름깨나 날리는 얼굴 하나 없었다.

사는 것도 다 고만고만하고, 비빌 언덕조차 변변치 못한, 말 그대로, 글자 그대로 별 볼 일 없는 집안이었다. 그렇지만 아들의 혼사를 남들만치도 못하게 치르는 건 어머니의 속을 확 뒤집어놓는 일이었다.

"세상에, 식도 안 올리고 살림을 차리겠다고? 어림없는 소리 하지 마, 이놈아! 니들 좋다고 니들 맘대로 결정해? 그 집안엔 어른들도 없다더냐?"

그녀와의 결혼, 아니 동거라는 말이 맞다. 혼례니 패물이니 다 집어치우고 그녀와 살림을 차리겠다고 했을 때, 어머니가 쏘아붙인 말이었다. 사실, 우리는 두 집안의 형편을 고려한 최선의 결정이라고 생각했다.

향방 없이 흩어놓은 일을 겨우겨우 수습하여 조촐하게나마 식을 올리기로 하자, 어머니의 노여움은 금세 누그러졌다.

결혼식을 치르던 날, 어머니는 한복을 우아하게 차려입고 식장에 들어섰다. 그야말로 반짝반짝 빛이 났다. 마치 어머니를 위한 예식 같았다. 새엄만 줄 알았다고, 신랑 신부보다 더 빛났다고, 우리 사 남매는 모일 때마다 킥킥거리며 과했던 어머니의 치장을 빈정거린다. 그럴 때마다 당신은 각진 눈으로 당신 새끼들을 쨰려본다.

결혼 이듬해에 얻은 태훈이 녀석은 어머니의 걱정과 달리 무럭무럭 자랐다. 돌이 지나자, 어머니 치마폭을 감싸고 돌며 엉성한 말이나마 늘어놓기 시작했고, 머리를 깎아놓을 때마다 가지런히 드러나는 뒤통수는 한껏 영특해 보였다. 기특하게도 녀석은, 어머니 앞에서 온갖 재롱을 떨며 떡두꺼비 같은 손주 구실을 톡톡히 해냈다.

별 줍기, 비석치기, 풀치기, 두꺼비집 만들기, 강아지 부르기, 깨금발로 쫓기, 토끼 씨름, 뱀딸기로 엿 만들기, 호박꽃에 벌레 넣고 봉하기, 보릿대로 조리 만들기, 나팔꽃에 입 맞추기, 수건돌리기, 벽 그림자 밟기, 창호지 뚫기, 팔씨름, 윷놀이, 쳇바퀴 쓰기, 이불 펴고 재주넘기, 벽장에서 뛰어내리기, 새끼로 기차놀이.

요즘 들어 부쩍 잦아진 어머니의 흥얼거림, 생전 처음 들어보는 어머니의 노래다. 어머니는 노래를 부른 적이 없다. 손주를 보기 전까지는. 한 가지 또 달라진 게 있다. 귓전에 떠올리기조차 싫던 거친 욕설이 며느리를 본 후 슬며시 사라졌다. 늘 까칠한 잔소리와 욕설이 섞인 말투로 일관하며 새끼들을 들볶았던 당신에게서, '엄마의 인자한 미소' 같은 건 당최 기대도 하지 않았던 일이다.

그만큼 하루하루가 팍팍했으리라. 전철역 근처에 분식점을 차리고 새끼 넷을 키운 홀어미의 형편이랄까, 처신이랄까. 우리 사남매는 어려서부터 그런 어머니의 처지, 어머니의 심정을 눈치껏 살피며 자랐다. 아옹다옹, 누구나 그렇게 사나보다 했다.

결혼식이 끝나고 며느리가 들어오고 세간이 들어차고, 그럭저럭 집안 꼴을 갖췄다고 판단한 이후였을 것이다. 수십 년 매달려온 분식점을 접은 어머니에게서 전에 볼 수 없던 여유 같은 게 배어났다.

뒷동산에 그네타기, 널뛰기, 실뜨기, 땅 글자 찾기, 논바닥에서 미끄럼타기, 얼음 배꽃 찾기, 봉숭아 물들이기, 동전 윤내기, 살구씨로 호각 만들기, 꽃모종 바꿔놓기, 철종화, 단종화, 봉선화, 채송화, 함박꽃, 키다리, 맨드라미, 국화, 해바라기, 뱁쟁이, 원추리, 난초, 나팔꽃, 달래, 돌나물, 북 감자 씨, 뱀풀, 나뭇가지 네 개를 똑같이 잘라 돌로 때려 세우고 깨진 조각 그릇 예쁜 걸 그 위에 올려놓고 밥솥이라 하고 풀 뜯어 김치하고 너도 먹고 냠냠 나도 먹고 냠냠, 엄마 노발대발 흔들머리 된다고.

어머니는 노래를 멈추고 멋대가리 없는 여닫이창을 올려다보았다. 남향이 아니라서 채 한나절도 안 되는 햇살이 비껴가는 창. 유리창에는 페인트 흐른 자국이 계속해서 흘러내릴 것만 같다. 창틀마다 이중 삼중으로 버짐일 듯 일어선 페인트는 까끌까끌 서럽다 못해 우울하다.

어머니의 삶이 저랬을 거다. 오로지 새끼들만 끼고 궁글 대로 궁근 살림은 먹고 살기 위한 처절한 분투였으리라.

어머니는 아버지에 대해 말한 적이 없다. 아버지는 애초부터 없는 거였다. 어머니 당신이 손수 낳고 기르고, 가르쳤으니 이제와 남편의 부재를 아쉬워하거나 원망할 리도 없었다. 우리 또한 없는 아버지를 애써 그리는 일은 없었다.

삐익, 퉁퉁 탕탕. 창틀 중간쯤을 적당히 쳐야만 문이 열린다. 그 개떡 같은 창을 열고 나서야 어머니는 주름살을 편다. 날로 허리가 굽어드는지 창문은 자꾸 높아만 가고, 저 멀리 산봉우리는 빵조각만큼밖에 보이지 않는다. 오히려 속 편할 일이었다. 횟가루, 돌가루 날리는 도심보다야 풀로 덮인 숲과 햇덩이 지나간 하늘 한쪽이라도 볼 수 있으니. 그 하늘조차 언제나 푸르지 못하고 허여멀건 회색으로 창을 메웠다.

길 지르기, 더위팔기, 쥐불놀이, 고드름 따기, 연밥 따먹기, 팽

따먹기, 아궁이에 벼 튀기기, 화로에 콩 볶기, 죽순 굽기, 무구워 개 주기, 남포등, 등잔불, 놋대야, 큰 뚝배기, 밀대 방석, 호밀 울타리, 싸리문, 미투리, 짚신, 물에 바가지를 뒤집어 띄우고 숟가락으로 두드리며 옴 도로도로 사바하 오목경경.

어머니는 돋보기안경을 쓰고 일감을 찾아 다소곳이 앉았다. 조그만 회로기판에 콘덴서를 끼워 구부려 놓는 작업이다. 여기저기 숱한 구멍이 뚫려 있지만, 어머니가 메울 곳은 단지 몇몇 곳에 불과하다. 어머니의 손을 거쳐보아야 빈 구멍은 여전히 남아 있고 쓸모 있는 부품이 되기에는 어림없는 공정에 지나지 않았다.

오토바이를 탄 사내는 사흘에 한 번꼴로 이 아파트촌을 찾아온다. 오토바이는 무척이나 낡은 소리를 낸다. 뚜뚜투 뚜뚜투, 오토바이 소리가 아파트 전체를 집어삼킬 즈음이면, 어머니는 그동안 조립해 온 칩 꾸러미를 들고 나간다.

놀이터 한쪽 옆, 오토바이를 탄 사내와 아낙네들이 칩 꾸러미를 주고받았다. 한 꾸러미에 오천 원, 어머니의 칩은 겨우 세 꾸러미다. 손 빠른 진우 엄마에 비하면 보잘것없다. 태훈이 과잣값으론 넉넉하다.

칩 꾸러미를 챙겨 넣고 품삯을 내준 사내는 색다른 바구니를 꺼내 든다. 새로 들여온 일감이다. 샘플을 받아 들고 작업 방식에 귀를 기울이지만, 어머니의 칩보다 훨씬 복잡하다. 그것은 단가로 쳐준단다. 일감만 손에 잡히면 주머니가 두둑해질 것 같다. 진우 엄마는 받아 든 새로운 회로기판을 금세 엮어낸다. 눈썰미 없는 어머니는 구경하기조차 어지럽다. 언감생심, 새 일감은 엄두도 내지 못한다.

유치원에서 돌아온 태훈이를 앞세우고 동네 마트에 들어간 어머니, 녀석의 손에 질질 끌려다닌다. 초콜릿을 집었던 손을 놓고, 모형 비행기를 만지작거리는 녀석. 가격이 비싸다. 어머니의 단호한 도리질. 때 지난 모형 자동차는 처다보지도 않는다. 그중 집어 든 것이 프라모델이다. 로봇 그림과 함께 자잘한 조각들이 엉겨 붙어 있다. 가격을 확인한 어머니가 고개를 끄덕인다. 그제야 눈동자를 부라리며 기꺼워하는 녀석.

덕순네 바느질 놀이, 옥분네 맷돌 갈기, 돌 개떡 해 먹기, 가마니 짜기, 새끼 꼬기, 유성기, 야학, 신파, 장타령, 농악, 풍구 돌리기, 호롱기 밝기, 버들피리, 갈잎 피리, 보리피리, 풀피리, 돼지 내장 불기, 분토 파기, 황토 파기….

"함무니 함무니, 노래 뚝!"

어머니 노래에 싫증이 난 탓일까. '일등!'을 외치며 일어서는 녀석. 어머니와 함께 시작한 짝 맞추기는 늘 태훈이의 일방적인 승리로 끝났다. 어머니의 칩은 여전히 수북이 쌓여 있다.

"함무니, 이거."

어느새 녀석이 어머니의 휴대폰을 낚아챘다.

"안 돼 인석아, 엄마가 알면 혼쭐나요."

휴대폰을 들고 나가는 태훈이의 엉덩이를 톡톡 다독인다. 참, 어이없다. 당신 새끼들에게는 그리도 쌀쌀맞던 양반이 손주에게 는 저리도 너그러울 수가 있을까. 자식들에게 베풀지 못한 사랑 을 손주에게 몰아주기로 작정한 것처럼.

"헤헤, 함무니 함무니, 쉬잇!"

보나마나 진우네로 게임하러 가는 발길이다. 작년까지만 해도 어머니는 태훈이와 함께 진우네로 마실을 다녔다. 정신이 오락가 락하던 진우 할머니가 요양병원에 들어간 이후 태훈이 혼자 진우 네를 들락거린다. 태훈이 나가버린 빈방, 가락의 변화조차 변변 치 못한 악보 없는 어머니의 노래가 이어진다.

남동생 보라고 올띡이, 딸이라서 서운이, 첫딸 초산이, 둘째 딸 쪽깐이, 막내딸 끝째, 쌍둥이 쌍례, 천하다고 마름쇠, 오래 살라고 천덕이, 야무지다 양근례, 예뻐 탐나서 탐탕례, 엽전 칠 푼 가다 줍자 엽전 팔 푼 가다 줍자, 엄마 노발대발 흔들 머 리 된다고.

태훈이 태어났을 때, 녀석의 몸무게는 평균치를 밑돌았고 그 탓에 인큐베이터 신세를 져야만 했다. 어머니는 허박한 아내 몸 을 타박하면서도 손주를 하나 더 바랐지만, 팔자소관이라며 더는 미련을 두지 않았다. 그 대신 어머니는 끈질기게 모유를 고집했다. 아내의 부족한 젖을 탓하며 싫은 눈치를 감추지 못하더니 기어코 일을 벌였다.

어느 날, 시장에서 돌아온 어머니는 아내 몰래 비닐봉지를 풀어놓았다. 우악스럽게 동강 난 돼지족발이었다. 어머니는 족발을 고아 진액이 우러나기를 기다렸다. 정말 그걸 먹고 젖이 돌까. 아마도 모유에 대한 연구를 어머니에게 맡겼더라면, 어머니는 우유나 분유를 만들지 않고 모유 촉진제를 만들었을 것이다.

놀랍게도 족발 국물은 뿌옇게 엉긴 우윳빛으로 번져갔다. 정말 모유 촉진제라도 될 것 같았다. 아내는 무엇이냐고 재차 삼차 물었지만, 어머니는 그저 몸에 좋은 것이라고만 해 두었다. 아내가 첫술을 뜨기도 전에 그토록 여쭌 것은 쿠린 냄새 때문이었다.

잠자리에 든 아내가 슬며시 물어왔다. 돼지족발이라고 했더니 당장에 토악질을 해 댔다. 다음날 아침상에도 그게 또 올라왔고 꾸역꾸역 떠 넣는 시늉을 했지만 헛일이었다. 마늘을 다져 넣고 들깻가루를 듬뿍 얹었지만, 역한 냄새는 가시질 않았다. 아내의 투정을 이기지 못하고, 비로소 어머니의 고집도 짓무른 족발같이 흐무러졌다. 결국 태훈이는 우리 정씨 집안 최초로 우유를 먹고 자란 아이가 되었다.

우물 안 얼음 떼어먹기, 옹달샘 이끼 뜯기, 저고리 실밥 뜯어 쓰기, 개구리 잠자기 흉내, 매화나무 가지 속 빼기, 개 쫓기, 화로 재에 침 뱉어 환 만들기, 팽개로 새 쫓기, 족집게, 귀이

124

개, 화투, 빗치개, 비녀, 은가락지, 귀주머니, 사주단자, 함, 바늘쌈, 반짇고리, 색실, 수틀, 제비 딱지, 비단 헝겊, 복 꾸러미 각띠, 무릎치기, 이 거리 저 거리 각 거리 인사 만사 주머니 끈 똘똘 말아 장도칼, 도골도골 도골 쥐야 맴매 또 도골 쥐야.

어머니 방은 난잡하기 이를 데 없다. 태훈이가 흩어놓은 장난감 나부랭이에다 어머니 당신이 부려놓은 잡동사니가 방의 절반을 차지한다.

태훈이 장난감은 자리를 차지할 분명한 이유가 있었다. 어머니의 잡동사니는 전혀 그렇질 못하다. 자동판매기 옆에서 주워 온 종이컵이 잔뜩, 어디서 그토록 부지런히 모은 것인지 컵라면 빈 용기들이 더부룩이 쌓여 있다. 별다른 소용이 있어 모아놓은 것은 아니다. 그저 버리기엔 아깝고 그 모양새가 예뻐서다. 과자 포장 용기들은 앙증맞기까지 하다. 그뿐이 아니다. 알루미늄 캔, 페트병, 음료수병, 초콜릿 포장 용기, 선물 세트 스티로폼, 심지어 음료수를 빨아 먹고 버린 빨대에 이르기까지 각양각색이다.

어머니는 그런 걸 모으는데 궁상스레 쓰레기통까지 뒤지지는 않는다. 혹 그렇다 하더라도 집 안에 들여올 때는 놀이터 수돗가에서 깨끗이 씻어 온다. 그릇이 귀했던 옛 살림살이나 분식점 할 때 늘 부족했던 용기들을 생각하며, 간장이며 고추장이며 된장 따위를 담아놓으려는 걸 모르는 바 아니다. 간혹 주방이며 냉장고에 그런 것들이 보이긴 했으나 열에 아홉, 아니 백에 아흔아홉은 끝내 버려지고 말았다.

온갖 잡동사니 수집광인 어머니와 깔끔 떠는 아내 사이에 금이 가기 시작한 건, 아내가 다시 일을 시작하면서부터다.

"어머니, 이제 그런 거 그만 주워오세용."

밤늦게 퇴근한 아내의 깡마른 음성에 짜증이 묻어났다. 거실에 널브러진 어머니의 잡동사니를 본 순간이었다.

한때, 어머니와 아내 사이에는 일정한 규칙이 맞물려 있었다. 아내는 청소할 때마다 오래되고 색 바랜 용기들을 적당히 내다버렸다. 어머니 당신 손으로는 버려야 할 것들을 쉬이 골라내지 못하고 아내의 결단을 빌려 잡동사니를 처분했었다.

어머니가 이만큼을 모아오면, 아내가 그만큼을 버린다는 무언의 약속이기도 했다. 아내는 어머니가 바깥바람을 쐬러 나간 틈을 타 청소를 했고, 어머니 또한 아내의 청소 시간을 가늠하여 돌아오곤 했다.

아내는 아이를 낳자마자 직장을 그만두고 아이를 돌봤다. 인큐베이터에서 나온 아이는 퇴원하자마자 특별 대접을 받았다. 옥이야 금이야, 아내와 어머니는 녀석을 떠받들었다. 태훈이를 두고 뭉친 고부간의 의기투합은 사 남매의 시샘 거리였다. 그때는 그랬다.

출산 후, '경단녀'로 밀려났던 아내는 태훈이를 어린이집에 보내고서야 일을 찾아 나섰다. 한때 화려했던 패션디자이너로의 재기를 꿈꾸며 벼르고 벼른 끝에 탄생한 옷이 '통 커플룩'이었다. 대부분의 커플룩은 같은 디자인에 같은 색상으로 남녀가 각기 입는 옷이었지만, 아내의 통 커플룩은 연인이 같이 입는 옷이었다. 한마디로 품이 넓은 2인용 옷이었다. 주로 공원이나 강변을 거니는 산책용으로 아늑한 분위기 덕에 많은 연인이 찾았다. 론칭 제품치고는 대성공이었다.

그 이후 '우비 통 커플룩'을 출시했지만, 보기 좋게 결딴나고 말았다. 시무룩해진 아내는 퇴근 시간이 점차 늦어졌고, 신경은 가시처럼 돋아 있었다. 히트작이었던 통 커플룩의 성공 신화를 떨치지 못한 채, 커플룩 시리즈에 매달리더니 또 하나의 신상품이 나왔다. 이름하여 자녀와 함께 입는 '모자 모녀 통 커플룩', 아이를 키운 경단녀의 손길이 묻어나는 회심의 역작이었다. 시장조사 결과는 실망스러웠다. 보행상의 안전에 이의를 제기하며 시장의 반응은 냉담했다. 아마도 그 여파가 집안까지 밀려온 모양이었다.

"어머니, 그렇게 늘어놓으면 어떡해요? 집에서 뭐 하시는 거예요 어머니?"

예상치 못한 며느리의 태도에 어머니의 얼굴이 굳어버렸다. 정씨 집안에서 어머니를 저토록 당당하게 질책한 이는 일찍이 없었다. 태훈이도 어머니의 모진 성깔을 알고 있는지라 함부로 떼 쓰는 일이 없었다.

"다 갖다 버려욧."

아내의 신경질적인 말이 미늘처럼 박혔다 싶은 순간, 어머니의 고개가 외로 꼬이며 눈꼬리가 째졌다. 기어코 어머니의 거친 말이 쏟아졌다.

"고얀 년. 이년아, 니깟 게 뭔 벼슬을 했다고 눈깔을 까뒤집고 난리여. 못된 년. 이게 뭘 어쨌다고 지랄여. 니년한테 밥을 달랬냐, 돈을 달랬냐. 싹바가지 없이 무슨 말버릇여 시어미한테. 이러라고 시키디, 회사서. 이년아 내 별명이 빤스 두 장여 년아."

널브러진 잡동사니를 쏘아보며 난데없이 내뱉은 어머니의 '빤스 두 장', 생뚱맞게 당신의 별명을 끄집어냈다. 속을 알 수는 없었지만, 어머니는 한때 빤스 두 장으로 일 년을 버텼다고 했다.

어머니 당신의 말이라서 확인할 길은 없다. 그만큼 구차하고 고단했던 당신, 그 신산했던 날들이 떠올랐던 것일까. 홀몸으로 분식점을 꾸리며 사 남매를 키웠다는 푸념을 귀에 박히도록 들어왔다. 어머니의 욕지거리가 이어졌다.

"시어미한테 잘하는 짓이다. 니깟 게 얻다 대고 대들어. 야, 이런 제기랄 년아. 이 시건방진 년 같으니라구. 내가 살림 맡지 않았으면 니깟 게 회사나 다닐 수 있어. 이년이 아주 배은망덕도 유분수네. 이런 씨O랄년."

나는 알고 있다. 아내는 어머니의 상대가 안 된다는 것을. 어머니의 거친 욕설 앞에 아내는 바짝 졸았다. 처음 당하는 일이었다. 어머니의 성깔머릴 겪어보지 못했던가. 그 성정을 알 만큼 세월이 흘렀으련만. 아마도 어머니의 고약한 성깔이 잠들어 있었던 걸 잊었나 보다. 나는 급히 아내를 감싸고 방으로 들어갔다.

"야잇 버르장머리 없는 년아. 시어미한테 뭔 말버릇여. 씨알머리없는 년 같으니라구."

방문 앞에 걸쭉한 욕을 싸질러 놓고 어머니는 돌아섰는지 잠잠해졌다.

나는 이러는 어머니를 보면 솔직히 웃음이 난다. 아내에게는 미안하지만, 가끔 속이 후련하다. 아내도 스트레스가 확 풀렸을 거다. 그 일로 그날 밤 아내는 섧게도 울었다. 다행히 어머니를 원망하는 것 같지는 않았다. 세상에는 익숙해져야 할 일이 있다. 아내는 어머니의 욕설에 무뎌지고 익숙해질 필요가 있었다. 어차피 함께 살아갈 일이라면. 누구도 어머니한테 이기는 걸 본 적이 없으니, 그게 맞다.

아내를 만나기까지는 여동생의 몫이 컸다. 학창 시절을 보내던 막내는, 숙제라며 한복차림의 남정네 그림 한 점을 보였다. 대님까지 정갈하게 맨 나무랄 데 없는 그림이었다.

동생의 고민은 한복에 어울리는 신발에 있었다. 고무신을 끌게 했더니 아비 없이 자란 후레자식 같고, 구두를 신겼더니 시전에 얼쩡대는 튀기 같다고. 고심 끝에 짚신을 신겨보았지만, 초상집 상주처럼 궁상맞다고. 그때 퍼뜩 떠오른 것이 '나혜'였다.

캠퍼스 첫 미팅 상대였던 그녀는, 의상학을 전공했다. 공학도였던 나와는 연이 닿을만한 이야기 한 톨 없었다. 그 탓에 대화가 뚝뚝 끊겼다.

동생의 숙제와 함께 떠오른 그녀. 무엇보다도 한복에 걸맞는 신발이 무엇인지 궁금했다. 기말고사가 바짝 다가와서야 그녀를 만날 수 있었다. 도서관에서였다.

그 의문을 그녀에게서 풀어내려 했던 것은 어머니와 다른, 묘한 느낌에 끌려서다. 여성스러움, 그런 거였다. 막내의 고민을 털어놓고서야 그녀와 말이 트였다. 다음날 그녀가 들고 온 자료는 여태껏 내가 써온 어떤 리포트보다 완벽했다. 그녀가 다른 여자들과 구별되었다.

당시 자료에 의하면, 한복은 고구려 벽화 따위의 수렵도, 인물도에서 보였다. 말을 타고 달리는 것으로 보아 사냥할 때 입는 옷이라고 했다. 그들이 신고 있는 신발은 피륙으로 만든 것인지 나무로 만든 것인지 명확하지 않았지만, 목이 없는 단화이거나 발목 위까지 덮은 반장화 형태의 신발로 되어 있었다. 일종의 가죽신이라고 했다. 영어 사전에 나오는 북아메리카 원주민의 뒤축 없는 모카신(moccasin)과 유사했다.

그런 공부를 하는 그녀가 신기했다. 다른 세상 사람 같았다. 기름밥에 찌든 공돌이 가슴에 근사한 꽃바람 한 줄기 불어오는 듯한 착각. 지적 희열이 콸콸 솟아오르는 그런 쾌감.

그녀에게서는 나긋한 말씨와 향긋한 분내가 피어올랐다. 어머니란 여자와는 생판 다른 여자. 이후, 막무가내였다. 강의실로 찾아가고, 집 앞에서 온종일 기다리고, 그야말로 귀찮을 만큼 매달렸다. 그 하나는 어머니를 쏙 빼닮았을 것이다. 무모하고도 끈질긴 구애 끝에 그녀는 결국 정씨 집안의 며느리가 되었다.

아내를 달래놓고 어머니 방으로 들어갔다. 벌써 어머니 방은 아무 일도 없었던 듯 평화롭기만 하다. 저 저, 태훈이 녀석도 조금 전 난리났던 거실 상황은 까맣게 잊고 어머니 휴대폰을 쥔 채 정신 줄을 놓고 있다.

"어머니, 집사람이 잘못했답니다. 노여움 푸세요."

"빌어먹을 년."

그게 다였다. 그깟 일, 벌써 툭툭 털어버린 토막 같은 말투. 하긴 어머니가 털어낼 게 뭐 있다고. 속상하고 서러운 것은 아내였지 어머니가 아니었다. 혹여 아내에게 따뜻한 말 한마디라도 건네지 않을까 기웃거려 보았지만, 쓸데없는 바람이었다. 칩 꾸러미를 끌어안고 있는 어머니는 그 노래를 부르기 시작한다.

삿자리, 모기장, 모깃불, 짚, 장작, 삭정개비, 솔방울, 찰떡, 좁쌀떡, 양철 두레박, 함석 차양, 밀짚 차양, 쌀풀, 밀풀, 마당에 통가리, 윗방에 볏가마, 천장, 서까래, 상여, 지게송장, 눈에 쌈이 섰는데 조기 눈에 바늘 찔러 벽에 걸어 놓고 빌며 눈이 나아야 뽑아준다고 아까시나무 가시 떼어 그 자리에 거꾸로 찔러놓기, 하루거리 학질, 상엿집 들여다보기, 멍석에 사람을 둘둘 말아 외여 새끼 일곱 매듭으로 묶고 쇠스랑으로 굴리기, 할머니가 속이고 자기 오줌으로 씻어가며 내 손이 약손이다 내 손이 약손이다.

참 천연덕스럽다. 아들이 며느리 편을 들어도 섭섭해하지 않는다. 용서한다는 말 한마디 없다. 그리고 보면 나는 아들로서 남편으로서 어머니와 아내 사이의 이런 불화에 별로 고민한 적이 없다. 어머니 편을 들었다면 상황이 달랐을 것이다. 아내의 하소연을, 며느리의 설움을 다 받아줘야 했을 것이다. 이 집구석의 경우는 다르다. 고부간에 골이 파이면 고민 없이 아내 편에 선다. 그러면 만사형통이다.

그로부터 한 달이 지났을 때다. 어머니는 며느리의 불평 덩어리였던 각종 빈 용기들을 싹 내다 버렸다. 한 점 미련도 없이 몽땅 내다 버렸다. 아내와 나는 의아해했다. 하루아침에 변한 어머니의 모습이 걱정스럽기까지 했다. 혹시 치매라도 온 건 아닐까.

아내는 한동안 의기양양했다. 마치 어머니와의 투쟁에서 승리라도 한 것처럼. 그 며칠 후, 아파트 입구에서 아내는 나와 같이 퇴근길에 있었다. 표정이 심상치 않았다. 씩씩거리며 아내가 다가왔다.

"으이구 참, 내가 창피해서 못 살아요."

무슨 일인지 내가 빨리 되묻기를 바라는 표정으로 안달이 나 있었다.

"무슨 일이야?"

"글쎄 말예요, 어머니 말예요."

"어머니가 왜?"

"내가, 창피해서, 정말."

눈을 흘기며 아내는 다음 말을 기대하시라는 듯,

"어머니, 아침 일찍 나가서 뭐 하시는지 아세요?"

생각해 보니, 아침마다 어머니의 기침 소리를 듣지 못한 것 같다. 아내는 내가 답하기도 묻기도 전에 어머니의 행적을 덮씌워 묻는다.

"글쎄 말예요. 요 앞 공원 있잖아요. 거기서 호미 들고 뭐 하시는 줄 아세요?"

'호미'라는 말을 듣자 떠오르는 게 있었다. 공공근로사업, 어르신들이 하는 공공근로라도 하는 것인가. 어떻게 그 일을 하게 됐을까.

"어제 진우 엄마 만났는데요, 어머니가 지난번에 꼬치꼬치 묻더래요. 공원에서 풀 매는 일 하려면 어떻게 해야 하냐고요. 그래서 이것저것 알려 줬더니, 가끔씩 그 일 나가는 모양이라고 그러데요. 당신 알고 있었어요?"

"처음 듣는 말인데."

"아주, 내가 창피해서 죽는 줄 알았어요. 출근할 때 혹시나 해서 공원을 둘러보았는데요, 거기서 수건 둘러쓰고 잔디밭을 매고 있는 거예요. 글쎄, 하루 종일 신경 쓰여 끙끙 앓았어요. 어머니 왜 그러신대요? 벌써 서류까지 다 처리해 놓았어요."

빳빳하게 접은 주민등록등본을 내밀며 아내가 혀를 내둘렀다. 어머니는 독거노인을 자처하고 있었다. 방에 쌓아두었던 잡동사니를 죄다 버린 것도 그 때문이었을까. 도대체 어머니의 꿍꿍이를 알 길이 없었다.

아내와 의논 끝에, 사실 의논이랄 것도 없었다. 그간의 여차여차한 어머니 사정이라도 들어볼 겸 어머니 방문을 두드렸다.

"어머니, 공원에서 일하세요?"

어머니는 별일도 아니라는 듯, 고개도 돌리지 않았다.

"어머니, 제가 부족한 게 많지요? 죄송해요."

아내가 봉투를 디밀었다. 지난달보다 훨씬 두둑했다. 매달 드리는 용돈이었다.

"얘들이…, 내가 돈 벌려고 그러냐. 좀 쑤셔서 그러지."

그렇다. 좀 쑤셔서 하는 일. 한시도 가만 앉아 있지를 못하는 성미. 용돈이 부족했다면 끝탕하며 들어앉아 있을 그런 양반이 아니었다.

"어머니, 어머니 제가 경솔했어요. 어머니 용서하세요."

지난번 일로 호되게 당한 이후 어눌해진 말투, 아내의 말이 몹시 굼떴다.

"됐다. 나 혼자 살고 싶어서 그런다. 나 원룸 얻었다."

어머니는 토막 난 말뚝 같은 말을 땅땅 박아버렸다.

"원룸을요?"

"그래. 진우 할매처럼 치매 걸려 요양병원 가는 것보단 백배 낫다."

"어머니, 한마디 말씀도 없이 그렇게 결정하시면 우린 어떡해요, 어머니."

아내의 볼멘소리는 자식들 입장은 생각지도 않느냐는 항변이었다. 그러거나 말거나 어머니의 표정은 꼿꼿하기만 하다. 하기야 시난고난 요양병원에 들어간 진우 할머니를 생각하면, 딱하긴 하다. 정신 맑을 때 요양원에라도 가 쉬었더라면. 갖은 고생 끝에 요양원도 아닌 요양병원이라니. 멀쩡한 당신이 원룸에 들어가겠다는 건 또 뭐람. 늘그막에 병이라도 얻어 자식들 짐이 될까 그게 싫은 건지.

"기운 있을 때, 내 하고 싶은 거 하며 살란다."

'기운 있을 때'라니? 그런 건가? 기운 있을 땐 대접받고 살다, 기운 빠지면 떠밀리는 그런 몹쓸 상황이라도 당할까 봐? 어머니의 선택이, 어머니의 처신이 그럴 법하기도 하다. 너나 할 것 없이 요양원을 찾는 세태이고 보면. 제아무리 호화로운 실버타운이라 해도, 떠나는 어미나 보내는 새끼나 서로 셈하고 흥정할 짓은 아닌 것을.

"어머니, 하고 싶은 거 있으시면 같이 살면서 하시면 되잖아요."

"싫다. 느들이 참견하는 것도 싫고, 느들이 신경 쓰는 것도 싫다. 같잖은 눈치 보며 느들 효잣소리 들으라고 붙어 있는 것도 싫고."

"어머니, 효자….."

대꾸하려던 아내는 말끝을 흐렸다. 어머니를 모시는 게 효자 소리나 듣자고 그러는 거냐고 따지려다, 그 말이 또한 켕겼으리라. 이미 되돌릴 만한 일이 아니다 싶었다. 벌써 당신의 거처까지 마련했다니.

나는 뭉그적거리다 방을 나왔다. 어머니를 설득할 수 없다는 것을 알았는지 아내도 따라 나왔다. 어머니 방에서는 그 기나긴 노래가 흘러나왔다.

고무줄뛰기, 줄넘기, 공기 따먹기, 오재미 놀이, 등하굣길에
창가하고 싸우고 삐뚤어지고 풀어지고 우리 집에 가자 너네
집에 가자 엄마한테 부탁해서 맛있는 것 나눠 먹고 뒷산으로

빠져나가 다 같이 모여 앉아 먹노라면 개미도 한몫 끼어 떨어
진 부스러기 부지런히 물고 가고 웃고웃고 또 웃고 어딜 가나
장난꾸러기 계집애들.

원룸은 아파트촌에서 그리 멀지 않은 곳에 있었다. 어머니의
짐을 꾸리는 내내 옆에 붙어 있던 아내는 한걱정을 늘어놓았다.
살림을 도맡아야 한다는 것부터, 당장에 태훈이를 유치원에 보내
고 마중하는 게 걸린다며. 그뿐이던가. 아파트촌 사람들의 눈초
리 또한 아내도 나도 쓰거나 맵거나 감당해야 할 몫이었다.
　나는 아내에게, 어머니가 말 한마디 없이 집을 나갔으면 어쩔
뻔했냐며, 그래도 우리 생각해서 이만하기 다행이라며, 위로 같
지 않은 위로를 했다. 어머니 편할 대로 혼자 살 수 있도록 해드
리는 게 효도하는 거라고, 설득 같지 않은 설득을 또 했다.
　어머니를 모신다는 건 참 웃기는 일이다. 지금껏 어머니를 모
신 적이 있었던가. 모신다는 것은 봉양한다는 것이고, 봉양한다
는 것은 정성으로 받들어 섬기는 일일 텐데 한 번이라도 그런 적
이 있었던가. 어머니가 나와 아내와 태훈이를 받들었다면 모를
까. 어머니를 모신다는 게 자식된 도리인지는 몰라도, 감당하지
도 못하면서 그런다는 게, 얼굴 찌푸리며 감내한다는 게, 그게 참
웃기는 일이었다.
　나는 어머니의 독립을, 아니 그런 근사한 말 같은 게 아니라,
오롯이 혼자만의 당신 삶을 살겠다는 어머니의 심정을 가늠키로

하였다. 내 입장에서 어머니를 위하는 것이 아니라, 어머니 입장에서 어머니를 위하는 마음으로.

당신은 오래전부터 당신 혼자만의 날들을 설계하고 있었는지도 모르겠다. 친구고 새끼고 아무리 싸고돌아 봐야 결국은 혼자라는 거겠지. 자식들이 놓아주지 않는 질긴 사슬을 인제 그만 끊고 싶다는 거겠지.

억울했던지, 아내의 통화 소리가 조곤조곤 들려온다. 띄엄띄엄 들려오는 말인즉슨, 만만한 막내 시누를 잡고 늘어놓는 넋두리였다. 어머니를 모시려 해도 싫다 하시는 당신 때문에 이도 저도 못 하고 있다는 변명이겠으나, 며느리인 자기 입장을 헤아려 달라고, 어머니 당신의 선택이었다는 걸 털어놓고 싶었을 테다.

어머니 짐은 가방 두 개가 전부였다. 원룸에 냉장고며 세탁기며 없는 게 없다더라며 마치 여행 가방 싸듯 간단한 짐을 꾸렸다. 무겁지도 않은데 뭣 하러 따라오냐며 핀잔이다. 때마침 놀이터 옆에 유치원 셔틀버스가 섰다. 차에서 내린 태훈이가 어머니를 따라붙었다.

"함머니, 출장 가?"

녀석이 어머니 옆에 딸린 가방을 보고 묻는다. 출장 갈 때마다 캐리어를 들고 나가던 아빠를 떠올린 모양이었다.

"저쪽 동네로 놀러 간다 인석아."

한나절 마실 다녀오는 것처럼 말한다. 나는 어머니 가방을 챙겨 들고 놀이터 옆 벤치에 앉았다. 태훈이와 어머니가 모래밭에 앉았다.

"두껍아 두껍아 헌 집 줄게 새집 다오."

태훈이가 모래더미 속에 손을 넣고 두드린다.

"두껍아 두껍아 헌 집 줄게 새집 다오."

태훈이를 따라 두꺼비집을 짓고 있는 어머니가 그 긴 노래의 첫 소절을 읊조린다.

"별 줍기, 비석치기, 풀치기, 두꺼비집 만들기….'"

"함머니 그만해! 그 노래 재미없어."

"에이구 녀석. 그럼 네가 해라."

"내가 함머니?"

"그래 인석아!"

"천 원 주면 할게."

"옜다 인석아. 이제 노래 불러 봐. 유치원서 배운 거."

"알았어 함머니. 으음…, 오늘은 함머니 노래 부를게."

"그래, 어여 해 봐 인석아."

"별 줍기, 비석치기, 풀치기, 두꺼비집 만들기, 강아지 부르기."

"어이구 잘한다."

"초콜릿, 햄버거, 오렌지, 아몬드, 피자파이, 짜장면, 닌텐도, 뽀로로, 헬로 카봇, 더블 드래곤, 블록 퍼즐, 포켓몬."

"인석아, 뭔 소린지 모르겠다 인석아."

"틀린 그림 찾기, 벽돌 깨기, 테트리스, 애니팡, 배틀 그라운드, 콩콩콩 콩순이, 토이캅, 리자몽, 피죤투, 파워레인저 엔진포스."

"인석아, 어지러워. 그만 해 인석아."

"헤헤, 무궁화꽃이 피었습니다. 쿠키런 합체 딱지, 배틀 로봇, 티라노사우르스, 브라키오사우르스, 데이노스쿠스, 함머니 함머니, 흔들 머리 된다고."

*작품 속 어머니의 노래는 김소진 할머니(향년 88세로 2016년 작고)의 노래 가사이다.

―『시선』(2018년 겨울호)에 수록

라스코 동굴로 가는 길

또 깨졌다. 손을 벨 뻔했다. 깨진 유리잔은 성난 꽃게처럼 설거지통을 장악했다. 온 세상을 집어삼킬 태세, 힘찼다. 아, 그렇구나. 깨지면 뻗쳐오를 수 있구나. 깨진 유리 조각들이 외친다. '꺼져라, 꺼져라, 꺼져라….'

벌써 세 번째다. 유리 파편이 튀지는 않았다. 세제에 미끈거려 잔을 놓쳤고, 그게 둔탁한 머그잔에 부딪혀 박살이 났다. 잔이 길쭉해서 바닥까지 손길이 닿지 않은 탓이다. 유리잔을 닦아 보았다면, 이토록 길쭉하게 만들지는 않았을 거다. 잔을 만든 사람이 야속할 뿐이다.

휴대폰이 울리기 전에 설거지를 끝냈다. 혼미했던 머릿속이 맑아지는 기분. 역시 흐트러진 것을 정리하는 일은 정신을 맑게 한다. 아니다. 아내의 잔소리가 없어서다. 설거지를 할 때마다 아내가 참견했다. 고무장갑을 껴야 한다고, 그래야 깨끗이 닦인다고. 장갑을 끼는 게 싫었다. 손이 커 장갑을 끼고 벗을 때마다 애를 먹었다. 갑갑하게 조여 오는 건 더 싫었다.

아내의 잔소리는 잠자리에서부터 비롯됐다. 콘돔을 끼우라는 소리. 신혼 때부터였다. 콘돔을 끼면 거북했다. 갑갑하고 둔감했다. 가끔은 아내의 말을 못 들은 척했다. 그럴 때마다 쾌감이 더 좋았다. 그래서일까, 고무장갑을 끼지 않고 끝낸 설거지는 아내의 잔소리를 무시했다는 그런 통쾌함일 거였다.

휴대폰이 울렸다. 아내다.

"뭐 하고 있어?"

다짜고짜 추궁하는 투, 귀가 따갑다. 아침은 잘 챙겨 먹었는지, 콩나물국은 어땠는지 그런 걸 물으면 안 되나. 하긴 아내가 국을 끓이거나 맛을 본 건 아니니, 그 맛이 어땠을지 그런 건 관심조차 없을 게 뻔하다.

"아들은 잘 보냈나?"

이 말도 참 듣기 싫다. 내가 뭐, 당신 반 애들인가. '뭐 하냐? 이래라저래라.' 문제 학생 대하듯 내뱉는 말투가 죄다 귀에 거슬린다. '그래, 이 여편네야. 아침 잘 먹고 아들 잘 챙겨 내보내고 이제 막 설거지 끝내고 청소하려고 그런다'라고 소상하게 아뢸까 하다 어물어물 삭힌다.

분명 학생들한테도 인기 짱일 거다. 누가 '선생님! 선생님!' 하며 따를까, 저런 말투를. 험상궂게 한마디 쏘아붙이고 싶지만, 각다귀처럼 되돌아올 말이 성가셔서 참고 있다는 것을 아는지 모르는지.

"알았고, 저녁에 일찍 들어와."

뭘 알았다는 것일까. 남편 행동거지 하나하나가 다 꼴 보기 싫다는 말일 거다. 그건 그렇다 치고, 말끝을 부려 일찍 들어오라니, 대체 무슨 말일까. 아, 그렇지. 저녁에 친구들을 만나기로 했었지. 어제저녁, 하루치 일정을 꼬치꼬치 캐묻는 터에 친구들과의 약속을 공손히 올려바쳤더니만, 야살스럽게도 남편 약속까지 챙겨주는 자상함이라니. 인기 없는 꼰대답다. 이것저것 참견을 못 해 안달이다. 내가 늦겠다는 말이라도 했던가. 꼭 그렇게 정나미 떨어지는 잔소릴 해대야 속이 후련한 걸까.

소파에 널브러진 신문을 펼쳐 든다.

젊은 치들은 신문이나 들춰보는 부장을 멸시했다. 한물간 구닥다리로 취급했다. 그렇지만 나는 그들에게 휴대폰만 보지 말고, 게임만 하지 말고 신문을 보라고 했다. 글자를 읽으면 보이지 않는 것들이 보인다고. 꼰대 소릴 들을망정 근사한 말 한마디쯤 후배들에게 남기고 싶었다.

명퇴하기 전에는, 아침마다 신문에 올라앉은 헤드라인을 훑어

보고 업무를 시작했다. 그날그날의 이슈를 놓치지 않기 위해서였다. 지금은 헤드라인만 보고 신문을 접지 않는다. 시간이야 얼마든지 많다. 깨알 같은 기사를 훑어내는 일은 내 주변에 쓸데없이 기웃거리는 시간을 떼어먹는 꿀맛 같은 소일거리다. 행간을 속속들이 탐독할 만큼 시간은 늘어져 있다. 창밖을 서성이는 끈적끈적한 열기처럼.

《태국의 한 동굴에서 유소년 축구팀 선수 12명과 코치 1명이 실종된 지 일주일째, 구조대가 동굴 내부로 진입하려고 시도하였다. 구조 당국은 이들이 동굴에 들어갔다가 갑자기 내린 비로 물이 불어나면서 고립된 것으로 파악하고 수색 작업을 벌이고 있다. 그러나 동굴이 최대 10킬로미터로 긴 데다가, 계속 비가 내리고 있어 구조대는 수색에 난항을 겪고 있다. (6월 29일)》

실종. 고립. 수색. 난항. 동굴 길이가 10킬로미터나 되다니. 저들은 어디까지 들어가 있는 것일까. 저 동굴에 괴물 같은 건 없을까. 들어갈수록 더 컴컴할 텐데.

신문 기사로 만족하지 못한 나는 인터넷을 뒤지기 시작한다. 기사야 이미 읽은 터, 댓글로 눈길을 돌린다. 동굴에 고립된 소년들에 대한 네티즌들의 응원은 힘차다. 어려운 상황에 처한 이들을 돕고자 하는 마음은 인지상정이랄까.

신문 기사를 떠올리며 곱씹어 본다. 난항…, 수색…, 고립…, 실종…. 저토록 많은 이들이 실종되다니 안타깝다. 실종자가 한 사람이라면 좀 덜할까. 글쎄다. 숫자의 문제는 아니리라. 열이든 하나든 실종은 사람의 마음을 아프게 한다. 저들 무리에서 또다시 실종되고 싶은 사람은 없을까. 있을지도 모른다. 어느 날 갑자기, 출근길 대열에서 낙오된 채, 무정한 세월을 갉아먹는 처지에 몰린다면, 일없이 빈둥대는 날들이 희멀겋게 밀려온다면.

저들이 동굴에 그림 한 점이라도 그려 놓았으면 좋겠다. 살아 있는 동안 흔적을 남기는 것도 좋으련만. 흔적, 흔적… 흔적이라니. 죽어 없어진다면 머리카락 한 올 남길 필요 없다. 흔적 없이 깨끗하게 사라지는 것만큼 말끔한 건 없다. 동굴은 흔적을 남길 만한 곳이기도 하지만, 그럴만한 곳으로는 적당하지 않다. 언젠가는 그 흔적조차 발각되고 말 테니까.

동굴 서핑에 빠져 있던 나는, 어느새 프랑스 도르도뉴 지방에 있는 라스코 동굴 속으로 들어가 있다. 동굴 한가운데서 발이 큰 사내를 만났다. 웅크리고 있던 그 사내가 동굴 밖으로 나간다. 그의 동선을 추적한다.

사내는 나무 그늘에 숨어 들소 떼를 지켜보고 있다. 뾰족한 창을 거머쥐고 말 등에 올라탔다. 괴성을 지르며 들소 떼를 쫓는다. 들소의 무리가 흩어진다. 말 엉덩이를 걷어찼다.

점점 무리에서 떨어지는 들소 한 마리, 사내와 눈빛이 마주쳤다. 움찔, 겁에 질린 들소의 눈망울에 흰 구름이 돌았다. 사내가 들소의 머리를 겨냥한다. 창을 던졌다. 명중이다. 들소의 다리가 뒤엉킨다. 사내가 또 하나의 창을 던졌다. 창끝이 들소의 뿔 사이에서 흔들렸다. 비틀비틀, 고꾸라지는 들소.

사내는 말에서 내려 촉이 푸른 돌칼을 꺼냈다. 들판에 쏟아지는 햇살을 가르며 들소의 목을 찔렀다. 거칠게 헐떡거리는 들소의 숨결. 목에서 피가 솟구친다. 사내는 들소의 뿔을 움켜잡고 피를 빨았다.

들소의 피가 홍건하게 젖은 땅. 사내는 하늘을 향해 부르짖었다. 들판의 바람이 고요했다. 숨이 멎은 들소를 둘러메고 물가로 갔다.

파란 눈의 여자에게 들소를 보여 주고 싶었다. 통째로 넘겨주고 싶었다. 언젠가 숲에서 나온 여자가 앉았던 물가 바위에 그걸 올려놓았다. 저물녘까지 그녀를 기다렸지만, 여자는 오지 않았다. 다음날도 그다음 날도 파란 눈의 여자는 나타나지 않았다.

삼겹살에 소주를 홀짝이던 우리는 2차로 호프집을 갔다. 증권사에 다니는 현과 함께, 지방 선거가 끝나고도 실시간 검색어 1위에 오른 이재명과 김부선의 뒤를 캤다. 스캔들로 떠들썩한 그들의 장막을 분탕질했다.

'했네, 했어'라며 킬킬대다가, '먹었네, 먹혔네'라고 낄낄거리
는 사이 세무 공무원 진이 끼어들었다.

"얌마, 것도 다 적폐야."

적폐? 적폐라니? 이재명이 적폐인가, 김부선이 적폐인가, 스
캔들이 적폐인가. 진은 '적폐'란 말로 현과 나의 대화를 뭉툭하니
잘랐다. 정치계 가십도, 연예계 가십도, 좌우로 진영을 가르는 것
도 모두 적폐란다. 하다못해 사람도 짐승도 오십이 넘으면 다 적
폐란다. 작년부터 사무관 승진에서 거듭 고배를 마신 진, 여전히
심기가 언짢은 모양새다.

"그래, 너도 나도 다 적폐다 적폐."

모서리에 앉아 있던 석이 삐딱하니 말꼬리를 잡았다. 석은 삼
년째 해오던 치킨집을 접고 문구점 개업을 계획 중이다. 부러울
따름이다. 업종을 손바닥 뒤집듯 바꿀 수 있는 용기가 부럽다. 아
내한테 기죽어 사는 나보다야 훨씬 낫다.

"얌마, 나도 경기도민였으면 재명이 찍었다 인마."

진이 까칠하게 받아치자, 벌컥 술잔을 들이키는 석.

"야, 개혁의 물꼬를 씹는 거냐."

얼마나 친한지는 알 수 없지만, 이재명의 대학 동기라는 걸 또
박또박 끊어 뱉으며 그를 싸고돌았다.

"얌마, 개혁은 무슨 개혁. 까고 보면 다 그렇고 그런 곳간 쟁탈
전야 인마."

석의 턱밑으로 진의 냉소가 흘렀다.

그렇지, 그렇지. 잘난 것들끼리 치고받는 진흙탕 싸움이지. 그 건 그렇고, 이 친구들은 취하기만 하면 정치 얘기다. 시정에 떠도 는 얘긴 시답잖은가.

"지랄, 우리 못난 것들은 잘난 것들 옷자락에 똥 묻은 거, 그거 씹는 게 제맛이거든. 야 자식들아, 그래, 난 백수다 백수. 니들은 개잘난 정치꾼이냐."

발끈한 나는 막말을 퍼부었다. 취기와 함께 열패감이 훅 끼쳐 왔다. 옆에 앉은 현이 내 불편한 심기를 달랬다.

"야야, 냅둬. 우리끼린데 할 말 가릴 말이 어딨냐. 냅둬라 냅 둬."

깜냥도 안 되는 정치 논쟁은 소모적이다. 같잖은 정치판 모리 배들 싸움질에 말려드는 것 같아 불쾌하기만 하다. 나 같은 소인 배는 러시아 월드컵 승부가, 태국 소년들의 실종 사건이, 정치계 의 스캔들이 더 솔깃하다.

불현듯 오줌이 마려웠다. 한동안 참기로 했다. 한꺼번에 몰아 쌀 요량이다. 질펀하게 싸지르며 배뇨의 쾌감을 맛볼 참이다.

분위기가 싸늘했던가. 현이 증권가 지라시를 풀어놓았다. 나 도 녀석들도 엇섞어 돌아가는 난장판을 접고 현의 말에 귀를 기 울였다.

미궁 속에 빠진 '돈스코이호', 러·일 전쟁 때 울릉도 앞바다에 침몰했다는 돈스코이호. 자그마치 150조 원으로 추정되는 금괴가 잠겨 있을 거라는 은밀한 정보를 귀담아 들어 두었다. 관련 주식의 차트까지 보여 주는 터에 술맛이 밍밍했다.

밖으로 빠져나온 나는 호프집 뒷골목에 오줌을 싸 갈겼다. 이 더위에도 소름이 돋아 아랫도리가 떨렸다. 현이 뒤따라 나와 있었다.

"마, 이젠 요것도 시원찮다. 오줌 쌀 때가 젤로 묵직허다."

오줌을 털어내고 바지를 추켜올리며 현에게 시간을 물었다.

"하하, 오줌 싸는 거로 대리 만족이냐, 두 시 반이다야, 새벽."

"두 시 반, 두 시 반이라고? 이천하고도 십팔년 유월 삼십일 새벽 두 시 반이라 말이지?"

"그렇다니까. 야야, 이 야심한 시각에 마나님 부름을 받았냐, 아니면 뭔 알리바이가 필요한 거냐. 너답지 않게 시간을 체크하고 그러냐."

"마, 나, 간다. 택시 잡아라."

그러고는 집에까지 무사히 도착하고야 말았다. 픽치기도 안 당하고 멀쩡하게 들어왔다. 어느 낯선 곳으로 납치라도 당했으면 했건만, 머리털 하나 빠지지 않고 집구석에 되돌아와 있었다.

그게 어디 쉬운 일인가, 어느 날 갑자기 세상에서 사라진다는 것이. 감쪽같이 세상 사람들 눈을 피해 숨는다는 것이. 꼬리조차 보이지 않는 알리바이가 있어야 하는 일이다. 잠적이라는 것은, 실종이라는 것은.

《태국 유소년 축구팀 선수와 코치가 동굴에서 실종된 지 열흘째를 맞는 가운데, 비가 그치면서 수중 탐색을 재개한 태국 잠수 대원들은 실종자들이 살아 머물고 있을 가능성이 가장 큰 지점에 접근을 시도하고 있다고 밝혔다. (7월 2일)》

모두 살아 있기를 빈다. 그들 모두 흩어지지 말고 구조대를 기다렸으면 좋겠다. 갑자기 동굴이 무너지는 일은 없겠지. 수만 년을 견디며 다져진 동굴일 텐데, 하필 이들이 갇혀 있는 때를 틈타 무너지는 그런 일은 없겠지. 얼굴도 모르는 이국의 사람들이 응원하고 있다는 걸 그들은 알까. 공포에 떨어가며 생을 포기하는 일은 없겠지. 그래서는 안 된다. 그런 일이 있어서는 안 된다. 그들이 구조되는 날, 그날이 온다면, 그들은 어떤 희망을 말할까. 가장 먼저 하고 싶은 것은 무엇일까.

오늘 밤에는 브라질과 멕시코의 결전이다. 멕시코를 응원한다. 며칠 전 독일과 멕시코 경기는 박진감이 넘쳤다. 한때 박지성의 동료였던 '작은 콩' 치차리토의 빛나는 활약을 기대한다.

냉장고는 식자재로 가득하다. 아니, 식자재가 아닌 가공식품뿐이다. 포장 냉면, 식빵, 소시지에 갈비탕, 훈제 오리고기 따위.

아내가 사들인 것들이다. 자기는 먹지도 않으면서 저렇게 사 나른다. 알뜰하기 그지없는 아내는 대형 마트를 무척이나 좋아한다. 대량으로, 할인가로 구매하여 냉장고를 채운다.

나는 대형 마트가 싫다. 거기서 사는 것들은 개돼지 사료 같아서다. 가득 찬 것도 싫다. 가득 차면 비우기가 겁난다. 먹어 치워야 한다는 압박감 때문이다. '임금님표 이천 쌀' 한 포대는 뜯기지도 않은 채 자리를 차지하고 있다. 하루에 세 끼니를 꼬박꼬박 챙겨 먹어도 두 달은 너끈해 보이는 양이다. 취준생 아들은 아침에 나가 밤늦게 돌아오니 오롯이 나 혼자 다 해치워야 한다. 이걸 없애려면 밥을 지어 먹어야 한다. 태국 소년들은 잘 버티고 있을까. 그들에게 이 쌀을 보내줄 수는 없을까.

기말고사라며 아내는 일찍 들어왔다. 들어오자마자 '이리 오라'는 손짓. 손가락을 까딱거리는 게 강아지를 부르는 건지, 망아지를 부르는 건지 한낮의 열기가 정수리 끝에 뻗쳤다. 빨랫감 얼크러진 세탁기 옆이었다.

"자, 해 봐!"

기계치인 나는 싫었다. 엄벙뗑 소파로 돌아갔다. 얼굴색 변한 아내가 서랍을 뒤지더니 세탁법 매뉴얼을 들고 나왔다. 코끝에 그걸 내민다. 이놈의 매뉴얼만 보면 머리가 엉킨다. 아내의 눈길을 피해 그걸 쓰레기통에 던져버렸다. 돌아선 아내가 그걸 다시

집어 들고 와 세탁기 옆으로 나를 불러 세웠다.

빨래를 넣고, 물을 받고, 세제를 뿌리고, 돌리는 거라고. 버튼만 누르면 된다고. 그러고는 마트에 간다며 휑하니 돌아섰다.

매뉴얼을 또다시 팽개쳤다. 덥다. 이 지긋지긋한 더위. 앉아 있을수록 땀이 난다. 어휴, 물소리라도 들리면 시원하려나. 내키지 않는 손길로 세탁기 옆에 섰다. 까칠한 아내의 말을 떠올렸다. 물을 받고 세제를 뿌리고 시작 버튼을 누른다. 세탁기가 돌아간다. 쌩쌩 돌아간다. 그러나 불안하다. 아내 말대로 했으니 제대로 돌렸을 것이다. 이런 젠장, 모르겠다. 세탁기 돌아가는 동안 낮잠이나 자자.

어둑해질 무렵 아내가 돌아왔다. 장바구니에 찬거리가 가득했다. 냉장고며 김장고며 수납장에도 그것들을 쟁여 놓고는 세탁기를 연다. 킁킁, 늙은 마녀처럼 코를 들이댔다.

"당신, 방향제는 넣었어? 왜 향기가 안 나?"

저 저, 저런 개코같은 여편네. 그랬다. 세제만 넣었지 방향제 넣을 생각은 미처 하지 못했다. 빨래는 쌩쌩 돌아갔지만, 향내는 땟국물과 함께 쏙 빠져버렸다.

"여보, 당신 밥 먹을 때 밥만 먹어, 반찬은 안 먹어."

빨래하는 것과 밥 먹는 게 무슨 상관이란 말인가. 아내는 그게 그거라고 우긴다. 아내는 그때그때 생각나는 걸 잘도 이어댄다.

영락없는 교감선생님 후보감이다. 아내는 기어코 내가 빤 빨래를 다시 돌렸다.

뭐 폼나는 일거리 없을까. 글자가 촘촘하게 박혀 있는 구인난을 뒤진다. 이건 뭐, 환경미화원 아니면 경비원이 전부다. 우체국 집배원은 어떨까. 만만치 않다는데. 이 나이에 체력이 될까. 무슨 일이든 잡아야 하는데 일거리가 없다. 이놈의 집구석을 탈출해야 하는데, 아내의 감시망에서 벗어나야 하는데…. 지입 차라도 한 대 사 택배를 해 볼까.

참 어이없다. 고등교육을 받은 사람이 이 사회에서 할 일이 없다니. 면이 안 선다. 십 년은 더 버텨야 노인네로 취급을 당하든 대우를 받든 할 텐데, 벌써 생산 활동이란 활동은 다 멈춰버렸다. 요놈의 옥근조차도.

오늘도 나는 라스코 동굴 앞을 서성인다. 발이 큰 사내 또한 갈피를 못 잡고 서 있다. 동굴의 안쪽과 바깥쪽, 그 경계 어디쯤에서 안절부절못하고 있다.

그 여자다. 방금 물속에서 나온 파란 눈의 여자, 젖가슴과 엉덩이가 탱탱하다. 물가 바위에 올라앉아 젖은 머리를 말리고 있다. 머릿결이 금빛으로 빛났다.

여자를 지켜보던 발이 큰 사내, 뻗쳐오르는 남근을 움켜쥐고 여자를 향해 달린다. 여자의 엉덩이가 들썩였다. 들소의 뿔처럼 돌진하는 사내, 구름과 바람이 뒤엉킨 적막의 시공간.

여자는 재빨리 바위에서 뛰어내렸다. 달아난다. 냇물을 가르는 소리조차 숨을 죽였다. 사내는 속도를 더 냈다. 구름과 햇빛과 물길 모두 여자를 향해 달렸다. 물을 건넌 여자, 숲 쪽으로 달린다. 여자의 질주는 쏜살같다. 구름과 햇빛과 물길 모두 숲으로 달렸다. 풀숲이 살짝 흔들렸다. 풀숲은 이내 잦아들었다.

사내는 결국 여자의 행적을 놓쳤다. 헐떡거리는 사내. 여자가 사라진 수풀 위에 나비가 내려앉았다. 고요해진 숲을 바라보던 사내는 고개를 떨궜다.

동굴로 돌아온 사내, 물가에서 본 여자를 떠올린다. 파란 눈의 풍만한 여체. 사내는 동굴 벽에 그 여자의 모습을 새겼다. 여자가 그곳에 붙박여 있었다. 가슴과 엉덩이는 더 커졌다. 사내는 여자의 모습을 그리고 또 그렸다. 들소의 뿔을 움켜쥐고 있는 '로셀의 비너스'는 그렇게 사내를 마주하고 있었다.

"어디로 가냐?"

"당산철교 아래, 알지? 거기?"

"아, 거기. 마나님께서 허락하더냐? 하하."

"마, 내가 언제 여편네 허락받고 다녔냐. 나 그런 사람 아니다."

"오케이, 기다려."

현의 퇴근 시간에 맞춰 당산역에서 만나기로 했다. 강가에서 주말 밤을 보낼 작정이다. 낚싯대를 챙겼다. 이렇게 더운 날에는 밤낚시가 제격이다.

저녁 일곱 시, 반가운 현의 전화벨 소리.

"왔냐? 어디냐?"

도착한 모양이건만, 어째, 목소리에서 김이 샜다.

"야야, 나 못 간다. 더위 탓인가, 갑자기 큰어머니가 돌아가셨다. 나 급히 전주 다녀와야 한다."

홀연 밀려오는 허기. 늘어진 낚시가방을 메고 강가로 나갔다. 우선 요기부터 해야 했다. 포장마차를 찾았다.

"국수 한 그릇 말아주세요."

혼자 밤샐 계획을 짰다. 계획 같지도 않은 계획을. 맥주는 넉넉했다. 현의 몫까지 챙겼으니 차고도 넘쳤다. 해가 떨어지기 전에 자리를 잡기로 했다.

"사장님, 핸드폰이요."

"아아, 네. 또 깜박했네요. 고마워요 아주머니."

저놈의 휴대폰을 그동안 몇 번이나 분실했는지 원. 꼴 보기 싫은 마누라나 저렇게 분실했으면 속이라도 시원하련만. 그런 일어 날 리 없는 유쾌한 일을 상상하며 강가에 진을 쳤다.

밤새 누치 다섯 마리를 낚았다. 동이 트기 전에 누치를 챙겨 들고 집으로 왔다. 동굴 속에서 발이 큰 사내가 웃고 있었다. 핏속에 흐르는 수렵의 추억일 거였다.

아내와 아들은 주말 아침잠에 늘어져 있었다. 이걸 보면 놀라겠지. 퍼덕거리고 있는 누치를 내려다보며 낚시 바구니를 식탁 위에 얹었다. 소파에 몸을 던졌다. 힘차게 물살을 가르며 솟구치는 누치들의 비상, 수십 마리가 떼 지어 하늘로 오르고 있었다. 그때다.

"이크, 이게 뭐얏!"

창공을 가르는 쇳소리. 아내의 기겁이 식탁 너머로 떨어졌다. 하늘로 오르던 누치 떼도 강 건너 언덕 너머로 떨어졌다.

코를 막고 저리 가져가라고. '저리'가 어딘지는 몰라도 내다 버리라는 손짓이다. 그제야 훅 끼치는 비릿한 냄새. 사력을 다한 누치는 흐물거렸다.

"이런 걸 왜 집에 들여."

"왜 집에 들이다니, 그게 무슨 소리야?"

"마트 가면 쌔고 쌘 게 생선인데, 왜 이런 걸 잡아오냐구!"

거참, 아내는 생선을 마트에 가서 잡아 온다. 거기서 들소도 잡아 오고 멧돼지도 잡아 온다. 상추도 배추도 거기서 뜯어 온다. 저 몹쓸 마트에서.

《태국 동굴에 고립됐던 치앙라이 유소년 축구팀 선수들과 코치가 10일(현지 시각) 모두 구조됐다. 동굴에 고립된 지 17일 만이다. 태국 해군 특수부대 네이비실은 이날 페이스북을 통해 치앙라이주 '탐루엉' 동굴에 갇혀 있던 유소년 축구팀 '무 빠'(멧돼지를 의미) 소속 선수 12명과 코치 1명 등 13명을 전원 구조했다고 밝혔다. (7월 10일)》

자정이 넘었지만 잠이 오지 않는다. 프랑스와 벨기에의 준결승전은 새벽 3시까지 기다려야 한다. 속이 허하다. 무얼 먹기는 귀찮다. 아내와 아들은 곯아떨어졌다.

텔레비전을 켰다. 이피엘(EPL) 축구는 아직 멀었고…, 채널을 돌린다. 이종격투기다. 유에프시(UFC) 최강자 맥그리거와 복싱 최강자 메이웨더의 대결. 언젠가 보았던 거다. 재방이다. 참 많이도 우려먹는다.

1라운드, 맥그리거가 긴 리치로 잽을 날린다. 숄더 롤로 안면과 복부를 가린 메이웨더, 파퀴아오와 싸울 때도 그랬다. 밉지만 영특하다. 3라운드에 들어서면서 뒷걸음치던 메이웨더가 서서히 밀고 나온다. 확실하게 바뀐 양상은 6라운드. 맥그리거가 뒤로 밀렸다. 8라운드, 맥그리거의 지친 기색이 역력하다. 서두르지 않는 메이웨더. 드디어 10라운드 공이 울리고, 맥그리거는 경계의 잽만 날린다. 기회를 엿보던 메이웨더의 라이트 펀치. 휘청거리는 맥그리거. 몰아붙이는 메이웨더의 펀치 러시. 링에 기대

안간힘을 쓰는 맥그리거, 쓰러지기 직전이다. 심판이 메이웨더를 제지한다. 메이웨더의 티케이오(TKO) 승. 엄청난 돈이 그에게 돌아갔다.

그렇다. 싸움에는 반드시 상금이 걸려 있다. 황금이든 황소든 세상에 내보이기 그럴듯한 타이틀을 걸어야 한다. 절박한 자가 그걸 차지한다. 승자만이 차지할 수 있는 그것은 패자를 슬프게 한다.

동굴에서 나온 발이 큰 사내와 숲속에서 나온 털이 많은 사내가 맞섰다. 두 사내 사이에는 파란 눈의 여자가 서 있다. 파란 눈의 여자가 옆으로 비켜섰다.

발이 큰 사내는 돌칼을, 털이 많은 사내는 돌도끼를 빼 들었다. 돌칼이 먼저 찔렀다. 돌도끼가 막았다. 이어서 돌도끼가 찍었다. 돌칼이 피했다. 서로 팔을 움켜잡고 돌칼과 돌도끼를 뺏으려 한다. 그러는 사이 햇살이 뜨겁게 달아올랐다.

어느덧 두 사내는 돌칼과 돌도끼를 모두 물속에 빠트리고 말았다. 맨손으로 엉킨 채 엎치락뒤치락 싸움은 계속된다. 땀으로 범벅이 된 두 사내는 점차 피로 물들어 갔다. 그래도 싸움은 끝나지 않았다.

파란 눈의 여자는 이 싸움의 승자를 기다리고 있었다. 여자의 그림자가 길게 늘어졌다. 두 사내의 엉킨 그림자도 길게 늘어졌다. 숲에서 바람이 일고 파란 눈의 여자는 풀숲으로 돌아갔다. 두 사내도 별빛 속에 잠겼다.

서늘한 기운이 몰려왔다. 발이 큰 사내는 쓰러진 채 밤을 맞았다. 눈가에 맺힌 별빛이 하늘 한 가로 기울어가는 밤이었다.

덩어리째 굴러들어온 이 불손한 무더위는 겨울이 와도 녹을 것 같지 않다. 집 안 구석구석에 처박혀 옴짝달싹도 하지 않는다. 창밖의 나뭇잎들은 열 뭉치를 매달고 축축 늘어졌다. 맑았던 아침 하늘은 시간이 갈수록 우거지상이다. 아들은 집에 없다. 도대체 이 더위에 어딜 쏘다니는 건지. 아내나 밖으로 나가줬으면 좋으련만. 집안을 습격한 열기는 흩어질 줄 모른다. 저 지긋지긋한 아내의 화상처럼.

월드컵 축구는 준결승전에서 프랑스가 벨기에를 누르고, 크로아티아가 잉글랜드를 눌러 결승에 올랐다. 프랑스와 크로아티아의 결승전이 열리던 날, 이미 노장이 된 루카 모드리치의 크로아티아를 응원했다. 크로아티아는 젊은 음바페가 펄펄 나는 프랑스에 끝내 무릎을 꿇고 말았다.

극적으로 구조된 태국 소년들은 지금 무엇을 하고 있을까. 세인의 이목이 쏠렸던 그들은 어떻게 살아갈까. 평생, 동굴 속에 갇혔던 얘길 들먹이며 사는 것은 아니겠지. 그렇게 된다면 참 불행할 것 같다. 빨리 잊고 새로운 출발을 했으면 좋겠다.

아 덥다. 아침부터 이토록 후텁지근하면 오후엔 죽음이다. 물을 마신다. 더위에 지친 탓인지 허기가 몰려왔다. 냉장고를 뒤져 보기로 한다. 보이는 건 다 가공식품이다. 갑자기 식욕이 떨어진다. 이것저것 꺼내 보지만 딱히 먹고 싶은 게 없다. 다시 챙겨 넣기는 귀찮다.

냉면에, 어묵에, 말라비틀어진 식빵에. 모두 설거지통에 쏟아 부었다. 널브러진 이 잡것들. 이 잡것들이 아우성친다. 번데기들이 꿈틀댄다. 애벌레가 쏟아져 나온다. 스멀스멀 목구멍을 타고 들어온다. 구역질 나는 이 잡것들, 서둘러 이것들을 비닐봉지에 처박았다. 그제야 오줌이 마려웠다. 새벽부터 참고 있던 오줌이었다. 폭포수 같은 오줌을 갈겼다. 시원했다. 개운했다. 신문을 펼쳤다.

"앉아서 싸!"

외마디가 화장실 문을 째고 나왔다. 아내다. 지겨운 방학을 알리는 저 소란. 나의 호젓했던 시간은 아내의 방학과 함께 산산이 부서졌다.

"오줌이 사방에 튀고 난리야. 으이구, 못 살아. 앉아서 싸라고."

변기에 오줌이 튀었다고 야단이다, 법석이다. 제기랄.

"야, 싸다니. 내가 개새끼냐, 싸게."

"야라고 했어 당신?"

"그래, 야라고 했다."

"당신, 말이 왜 그렇게 천박해."

"싸라는 말은 고상하냐. 왜, 불공평해? 그럼 니가 서서 싸."

홧김에 나는 어이없는 말을 씨불이고 말았다. 아내는 머리를 내두르며 방으로 들어갔다. 심했나. 그렇다고 아내에게 미안한 건 아니다. 빨랫줄에 걸려 있던 양말을 걷었다. 한 켤레씩 차곡차곡 개켰다. 식은땀이 줄줄 흘렀다.

방구석에 처박혀 속 끓이고 앉아 있을 위인이 아니었다, 아내는. 새침하게 얼굴을 바꿔 들고 거실로 나타났다, 아내는. 건건이 트집. 뒤집어진 양말은 되 뒤집어 개키라고. 뒤집어진 것도 모르냐고. 나는 못 들은 척했다.

"으이구, 저리 가. 걸리적거려."

"뭐, 걸리적거려? 야, 니가 더 걸리적거려."

"그럼, 걸리적거리는 사람이 나가."

"뭐, 나가라고, 그래, 나간다 나가."

나가라니, 이 더위에 집을 나가라니. 참 고약하다. 이게 무슨 꼴이람. 하늘도 꾸물거리는데 어디를 가라고.

얼결에 낚시가방을 챙겼다. 솔직히 낚시 갈 생각은 없었다. 빈손으로 나가자니 허전했다. 뭐라도 하나 들고 나가야 할 것 같았다. 이런 날씨에 낚시하러 간다는 게 제정신인가. 낚시가방은 이미 손에 쥐어 있었다.

당산역 아래 한강 변에 다다랐다. 하늘은 험상궂게 꾸물댔다. 며칠째 내린 집중호우로 강물은 떠밀리는 쓰레기투성이였다. 물살 또한 빨랐다. 갑자기 배가 고픈 건 또 무슨 조화인지. 포장마차를 찾았다. 지난번에 들렀던 그 포장마차였다.

"오늘 같은 날 손님이 있어요?"

"들어갈 작정예요. 오늘도 비 온대요. 이제 더위가 좀 누그러지려나요?"

"기왕 나온 김에 국수나 한 그릇 먹고 갑시다. 곱빼기로요."

그새를 못 참고 우두둑우두둑 빗방울이 비켜 갔다. 포장마차가 출렁댔다. 아주머니 손길이 쟀다. 포장마차를 곧 접을 태세다. 나도 서둘러 그릇을 비웠다.

빗방울이 성글게 몰아치더니 사방이 어둑해졌다. 천둥소리가 콩 볶듯이 밀려왔다. 낮게 깔려 들려오는 애타는 소리도 함께였다. 포장마차 근처였다.

"사람 살려, 사람 살려…."

누가 강물에 뛰어들기라도 한 것일까. 밖을 내다보았다. 비가 쏟아지는 저쯤에 어렴풋이 한 여자가 보였다. 양화대교 쪽을 향하고 있었다. 강물을 따라 물길을 좇고 있었다.

"도와주세요, 도와주세요…."

엉겁결에 여자를 따라갔다. 강물 위에는 온갖 쓰레기뿐 별다른 게 보이지 않았다. 여자의 소리는 가냘팠다.

'도와주세요, 도와주세요.' 여자가 쳐다보는 눈길의 방향을 가늠했다. 뭔가 보였다. 스티로폼이 떠가는 그 위에 봉긋한 보따리 같은 게 있었다. 여자가 쫓아가는 게 저걸까. 여자를 따라잡았다.

"저기 우리 아이가 있어요. 구해주세요."

어찌 된 일일까. 유모차였다. 유모차가 왜 저기에 떠가는 것일까. 빗줄기는 갈수록 굵어졌다. 앞이 안 보일 만큼. 물살은 더욱 거칠어졌다. 유모차가 뒤집힐 것만 같았다. 바로 뒤에선 통나무가 따라붙고 있었다. 유모차를 덮칠 기세, 통나무의 속도가 더 빨라 보였다.

어찌 된 영문일까. 유모차가 왜 저기에 떠가는지 그게 더 궁금했지만, 지금은 그런 한가한 생각을 할 때가 아니었다. 물길은 양화대교를 앞에 두고 갈리며 휘휘 도는가 싶더니, 방향을 틀어잡고 속도를 더 냈다.

"어떡해요, 어떡해요."

여자가 발을 동동 굴렀다. 포장마차 아주머니가 뒤따라와 있었다. 119를 부르는 것 같았다. 아주머니는 허둥대는 여자를 달랬다. 어디서부터 뛰어온 것일까. 여자는 지쳐 있었다. 빗물에 풀어진 옷이, 신발 없는 맨발이 그랬다. 다행히 유모차는 둔치 쪽으로 방향을 잡았지만, 방향을 튼 통나무가 속도를 더 냈다.

도대체 어디서부터 떠내려온 것일까. 내가 왜 저 아이를 구해

야 하는 것일까. 곰곰이 생각해 본다. 지금, 여기에는, 나 아니고
는 아무도 나설 사람이 없었다.

물살은 더 빨라졌고 유모차는 강변 쪽으로 접근해 왔다. 5미
터, 4미터, 3미터, 통나무가 유모차를 치받기 직전이었다. 뒤집히
기 직전이다. 이제 뛰어들어야 한다. 웃통을 벗어젖혔다. 강물로
뛰어들었다. 통나무를 껴안았다. 일시에 통나무의 방향이 틀어졌
다. 유모차를 살짝 비켜 갔다. 천만다행, 통나무가 유모차와 나란
해졌다.

유모차는 커다란 스티로폼을 껴안고 있었다. 통나무를 멀찍이
밀어내고 스티로폼을 움켜잡았다. 물살은 여전히 거셌다. 발길을
곧추세워 보았지만, 아직은 일렀다. 일단 물길에 몸을 맡기며 좀
더 밀려 나갔다. 강변 쪽에 거의 맞닿았다. 발바닥으로 강바닥을
더듬었다. 그제야 짚이는 게 있었다. 큼직한 바윗돌. 흐르는 물길
을 타며 서서히 바윗돌을 디디며 올라섰다.

여자와 아주머니는 보이지 않았다. 빗속이라 그럴 거였다. 유
모차를 끌어 올려 거친 물길을 피해 돌밭 위에 얹었다. 스티로폼
을 떨어냈다. 그제야 아이의 울음소리가 들렸다. 빗줄기 비껴가
는 양화대교 아래였다.

강 건너 쪽을 건너다보았다. 강과 하늘이 빗줄기로 빽빽했다.
하아! 이런, 이런 장관이라니. 게다가 천둥과 번개까지. 태초에

천지창조가 이랬으리라. 하필 이런 날, 대자연의 비밀을 캐다니, 장엄한 우주의 신비를 캐다니. 유치찬란하다. 운발도 지랄이다. 제길.

여자와 아주머니의 실루엣이 뿌옇게 번졌다. 번쩍! 번쩍! 눈앞에 섬광이 일었다. 땅이 꺼지는 천둥소리까지.

애먼 생각이 머리를 스쳤다. 그래, 좋다, 지금이 기회다. 이 기회를 놓치면 평생 후회할 것이다. 지금 아니면 영원히 불가능하리라. 여자와 아주머니가 도착하기 전에 유모차에서 멀어지기로 했다. 몸을 숨겼다.

여자와 아주머니는 유모차를 끌어안고 서로를 부둥켜안았다. 웃긴다. 아이를 구한 사람은 찾아볼 생각도 없다. 그렇다. 나 같은 사람에게 관심이나 있을까. 오히려 잘 됐다. 지금은 어느 누구의 눈길도, 관심도 필요치 않았다.

그들의 눈길을 피해 선유도를 끼고 하류로 내려갔다. 의도적인 실종. 아이를 구하고 사라진 남자. 종적을 알 수 없으니 실종이다.

한동안 경찰은 한강 변을 샅샅이 수색할 것이다. 내 시신을 찾기 위해서. 아무리 그래도 내가 살아있다는 걸 세상은 끝내 모를 것이다. 세상 밖으로 나가지 않는 한 영영. 구급차 소리가 멀리서 들려왔다.

알리바이는 확실했다. 포장마차에서 국수를 말아먹고…, 여자를 따라갔고…, 낚시가방은 포장마차에 있을 것이고…. 낚시가방에서 카드 전표 하나쯤은 발견될 테고…, 내 신상은 분명히 드러날 것이다.

이 벅찬 순간, 현에게 전화라도 해 볼까. 아니다. 그러면 실종이 아니다. 아, 그런데 휴대폰은? 옳지. 그렇지. 휴대폰이 내 신상을 확실히 밝혀 주리라. 그것 또한 포장마차에 있을 테니까. 나는 완벽한 실종자였다. 알리바이가 확실한 채 꼬리를 감춘 실종자.

그래, 이 여편네야. 걸리적거리는 남편은 이렇게 꺼져 주마, 이 여편네야. 나는 허탈한 웃음을 흘리며, 결투에서 쓰러진 사내를 찾아 라스코 동굴로 향했다.

ㅡ『문학저널』(2021년 봄호)에 수록

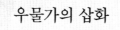

우물가의 삽화

"메칠 더 입어!"

엄마는 손을 내저으며 도리질했다.

"에잇, 지저분허단 말여. 여기, 여기 빵꾸났잖여."

나는 구멍 난 무르팍께를 가리키며 떼를 썼다. 꼽추처럼 그곳이 볼록 튀어나왔다. 닳고 닳은 건 바지뿐만이 아니었다. 도꼬리 팔꿈치께도 너덜거렸다. 무르팍과 팔꿈치가 마르고 닳도록 애국가가 울려 퍼졌다.

새 옷을 사 달라고 일부러 구멍을 낸 거였다. 눈을 흘낏거리던 엄마는 가위를 찾아들고 당신의 치맛자락 한쪽 끝을 쓱쓱 잘라 빵조각을 내더니, 얼기설기 그곳을 기웠다. 그러고는 여봐란듯이 '옛다.' 하고 던져 놓았다. 아직 살 때가 안 됐으니 더 입으라는 말이었다. 나는 볼멘소리를 뇌며 꾸역꾸역 바지를 꿰입었다.

새 옷은 글렀다. 빨래도 글렀다. 터덜터덜 언덕 아래 우물가로 갔다. 우물 속에 외쳤다.

"새 오옷, 새 오옷."

낭랑한 소리가 우물통을 타고 올라왔다. 메아리처럼. 그 재미에 두 번, 세 번 자꾸 외쳤다. 맑고 투명한 울림이 우물 속 깊은 곳에 스며들었다. 그때 누군가 내 등덜미를 잡아챘다.

"명훈아, 위험해! 그러다 빠지면 어쩌려고 그래?"

성희 누나였다. 누나는 허겁지겁 우물통에 붙어 있는 나를 떼어냈다. 그제야 나는, 검고 깊은 물을 보았다. 퍼뜩 겁이 났다. 정말 저 속으로 빠지기라도 했다면, 저 깊고 어두운 곳으로 빠져버렸다면. 장대 길이보다 더 깊었다. 무섬증이 엄습했다.

엄마는 왜 그토록 바쁜지 모르겠다. 옷 사러 장에 갈 틈이 없나 보다. 빨래할 틈도 없나 보다. 그렇다면 갈아입을 옷이라도 챙겨놓아야 할 게 아닌가. 그게 불만이었다. 내 몸에 맞지도 않는, 엉아가 입던 옷을 물려받아 입는 게. 분명하다. 이 바지도 엉아가 입었던 걸 물린 걸 거다. 너덜거리는 이 도꼬리처럼.

옷이 더럽다며 떼를 쓰는 나와 달리 엉아는 불만이 없었다. 엄마의 노고를 일찌감치 헤아렸던 것일까. 엄마를 도울 방법은 엄마의 일감을 줄이는 거라고. 엄마의 바느질감을, 빨랫감을 줄이는 거라고. 멀쩡한 옷을 빠는 건 엄마의 바쁜 일손을 고되게 하는 거라고. 엉아는 옷을 한 번 입으면 벗으라고 할 때까지 입고 다녔다. 나 원 참, 이런 대단한 효심을, 갸륵한 마음을 나에게까지 고스란히 물려주려는 건 아니겠지. 흥!

하여간 나는 늘 꾀죄죄했다. 그에 비해 이웃집 성규는 뽀얀 얼굴에 옷도 말끔했다. 성희 누나가 매번 얼굴을 씻기고 옷을 빨아주었기 때문이다. 내 옷은 쇠똥비누로 빤 거라서 냄새가 턱턱했는데, 걔는 무궁화비누로 빨래를 해서인지 냄새가 향긋했다. 그뿐이던가. 걔네는 다이얼비누로 세수하고 럭키치약으로 이빨을 닦았다. 걔에게서는 냄새가 아니라 향기가 났다.

비가 그치고 날이 갠 언덕, 햇살이 쏟아졌다. 미루나무 잎사귀는 크리스마스트리보다 고왔다. 잎사귀만 한 참새들이 재잘대는 오후, 성규네 마당은 우리 조무래기들의 차지였다.

"야 인마, 그건 반칙이지."

비석치기 말을 놓고 붙은 시비. 광재와 진우가 내 편이고 건호와 병수가 성규 편이었다. 요즘 들어 모범생인 척하는 성규가 꼼수를 썼다. 발등에 말을 올려야 하는데 신발 틈에 말을 끼운 것이다. 그러잖아도 미웠건만.

지난 토요일, 그날은 2분단이 청소하는 날이었다. 2분단에는 성규와 건호가 있었다. 그날 걔들 둘이 바께스로 물을 떠 오다, 애국가가 들려오자 국기에 대한 경례를 씩씩하게 붙였단다. 게양

172

대서 국기를 내리고 있던 선생님이 그걸 유심히 살폈던가. 월요일 아침부터 반 아이들에게 선포했다. 두 녀석을 불러 세워 '모범생'이라고.

그날 이후 성규와 건호는 모범생 노릇에 재미가 들었는지 고개가 뻣뻣해졌다. 시샘 많은 애들은 성규와 건호에게 '빽쟁이'란 별명을 붙여 주었다. 열패감이랄까. 내가 속상한 것은 빽쟁이들을 근사하게 바라보는 내 짝꿍 '민아'의 눈빛이었다.

"이게 무슨 반칙이냐? 너두 그랬잖어, 아까."

"야, 내가 은제 그랬냐? 난 신발이 찢어져서 그랬지. 넌 신발이 찢어진 것두 아니잖어."

반칙이냐 아니냐를 두고 벌어진 말다툼. 광재와 진우가 나를 두둔했다. 그 사이 건호가 갑자기 끼어들어,

"먼저 반칙헌 사람이 잘못한 거지."

라며 성규를 거들었다. 괘씸한 녀석 같으니라고. 빽쟁이 둘이 합세하는 터에 부아가 치밀었다. 땅바닥에 그어놓은 하얀 곱돌선을 마구 흩어버렸다.

"야야, 왜 뗑깡부리구 난리여, 옷 드러워지게."

흙먼지를 뒤집어쓴 성규가 버럭 화를 냈다.

"야, 뭐가 드러워졌다구 그러는 겨. 먼지 쫌 묻은 걸 가지구."

아닌 게 아니라 걔 바지에 흰 곱돌 가루가 잔뜩 달라붙었다. 나는 그 잘난 빽쟁이를 달래는 척하며 곱돌 가루가 묻은 손으로 성

규 바지를 털레털레 털어주었다.

"에이씨, 만지지 마. 더 드러워진단 말여."

"털어줘두 뭐라 그르냐. 알었다 알었어 이 뺵쟁아!"

순간, 성규의 표정이 일그러졌다. 아차 싶었다. 모범생이란 말은 듣고 싶었어도 뺵쟁이란 말은 듣기 싫었나 보다. 녀석의 화를 얼러야겠단 생각이 들었다. 갓난아기 적부터 가장 가까운 이웃이었고, 내가 좋아하는 성희 누나의 동생이 아니었던가.

나는 내 바지에 곱돌로 그림을 그리기 시작했다. 엄마가 빵 쪼가리처럼 땜빵한 곳에 불가사리 같은 별을 그려 넣었다. 민아의 필통에서 본 별이었다. 하얀 곱돌 가루가 반짝이는 별처럼 빛을 발했다. 민아의 별이 오래오래 반짝이기를 빌었다.

내가 하는 짓을 물끄러미 내려다보던 성규가 기꺼워한다. '쎔쎔'이라는 저 표정하고는, 짜아식. 비석치기는 3:3으로 비긴 채 끝나 버렸다. 서먹해진 우리는 여자애들에게로 눈길을 돌렸다. 여자애들은 고무줄뛰기에 한창이었다.

"야! 저거 뺏자."

내 말에 성규의 눈빛이 뻔득였다. 한마디 또 덧붙였다.

"야, 저거 뺏어서 때총(새총) 맹글자."

노란 기저귀 고무줄보다는 못했지만, 까만 고무줄도 겹쳐 매면 꽤 쓸 만했다. 성규와 나는 동시에 주머니를 뒤졌다. 성규가 먼저 창칼을 꺼냈다. 쌔삥이었다. 내 것은 좀 찌그러진 거였지만 날은 예리했다. 며칠 전 칼 치기 해서 딴 거였다. 성규와 나는 칼날을 댓돌에 벼리며 날을 세웠다. 돼지를 잡던 날, 동네 아저씨들이 하는 것처럼. 햇빛에 날카로이 내비치는 강렬한 날 빛.

성규는 왼쪽으로, 나는 오른쪽으로 고무줄을 끊고 달리기로 했다. 고무줄 끄나풀은 내가 쥐고 달리고, 다른 애들은 여자애들이 쫓아오지 못하게 방해하는 작전을 짰다.

전우의 시체를 넘고 넘어 앞으로 앞으로 낙동강아 잘 있거라
우리는 전진한다 원한이여 피에 맺힌 적군을 무찌르고서 꽃
잎처럼 스러져 간 전우야 잘 자라.

노래가 끝날 때까지 숨죽이며 기회를 봤다. 여자애들은 우리가 바라보고 있다는 걸 의식했는지 고무줄뛰기에 더더욱 열을 올렸다. 그에 화답이라도 하듯 우리는 '워어 워어' 하며 탄성을 질렀다.

아직은 뛸 때가 아니었다. 고무줄이 너무 낮았다. 허리춤까지는 올라가야 했다. 한 곡조가 더 끝나고 고무줄은 무릎 높이까지 올라갔다. 곧 허리춤으로 올라갈 거였다. 다음 노래를 기다렸다. 광재, 진우, 건호, 병수도 숨을 죽이고 기다렸다. 드디어 고무줄이 허리춤으로 올라갔다. 적당했다. 곧바로 내달리기만 하면 될 일이었다. 다음 노래는 '금강산'이었다. 성규와 내가 슬그머니 일어났다. 창칼을 열어 칼날을 거머쥐었다.

금강산 찾아가자 일만이천 봉 볼수록 아름답고 신기하구나
철 따라 고운 옷 갈아입는 산 이름도 아름다워 금강이라네 금
가앙….

"요잇, 땅!"

건호의 '땅!' 신호와 함께 작전 개시. 박차고 나아갔다. 고무줄
이 손에 잡혔다. 칼날을 댔다. 성공이었다.

"야, 토껴!"

삼십육계 줄행랑. 나와 성규는 보리밭 쪽으로 달렸다. 뒤에서
여자애들 약 올리는 소리가 들렸다. 밭 끄트머리 우물가에 다다
랐다. 그때다. '찌끄덕 찌끄덕 폭!' 발을 헛디딘 걸까, 찢어진 신
발이 헐거워설까. 앞이 캄캄했다. 도랑을 보지 못했나 보다.

희희덕거리는 소리가 들렸다. 도랑에 처박힌 낯짝. 머리를 들
었다. 이런 젠장, 요런 흥건한 맛이라니. 우물물이 고인 시궁창이
었다. 퇴비 썩는, 시큼하고 쌉쌀하고 고약한 냄새가 진동했다. 얼
굴에서 구정물 같은 게 흘러내렸다. 고개를 돌리자, 내 편이었던
애들도, 저기 저 앞서 달리던 성규도, 고무줄을 빼앗긴 여자애들
도 모두 깔깔대며 내 꼬락서니를 지켜보고 있었다.

우물가에서 빨래하고 있던 성희 누나가 달려왔다. 누나 또한
내가 고꾸라지는 걸 지켜보고 있었던가. 놀란 얼굴로 나를 일으
켜 세웠다. 크게 다친 데가 없는 걸 확인하고는 다행이라며, 오물

로 뒤범벅이 된 내 얼굴을 들여다보았다. 그러고는 까르륵까르륵 한껏 웃어 젖혔다. 그 얼굴이 해맑았다.

내게도 성희 누나 같은 누나가 있다면 얼마나 좋을까. 빨래도 맨날 해 주고 얼굴도 맨날 씻겨 주는 그런 누나.

성규가 부러웠다. 하늘거리는 치마를 입고 툇마루에 앉아 책을 읽는 그런 누나. 편지를 쓰느라 앞머리가 흘러내리는 누나. 누군가와 편지를 주고받는 누나가 부러웠다. 누나의 편지를 전하고 받아 가느라 우체부가 하루걸러 성규네 집을 들렀다. 성규 말로는 해안가를 지키는 군인 아저씨와 주고받는 연애편지라고 했다. 가끔은 군인 아저씨가 달콤한 초콜릿이나 사탕 같은 걸 보내온다고도 했다.

"에구구 이 개구쟁이. 이리 와."

성희 누나의 치맛자락을 붙잡고 우물가로 갔다. 하얀 빨래가 함지박 가득 쌓여 있었다. 누나는 두레박을 내려 맑은 물을 길어 올렸다.

"이거 잘 잡고 있어!"

두레박이 기울어지지 않도록 힘껏 다잡았다.

"고개 좀 들어!"

순순히 고개를 들었다. 누나가 내 얼굴을 씻겼다. 손길이 부드러웠다.

"고갤 뒤로 젖혀 봐!"

이번에는 고개를 뒤로 젖혔다. 하늘에 노을이 붉게 물들어 있었다. 누나는 빨래통에서 희디흰 빨래를 꺼내더니 내 얼굴에 묻은 물기를 말끔하게 닦아냈다.

"그러게 왜 여자애들 놀리고 그러니. 벌 받은 거야. 담부턴 그러지 마!"

그러고는 앉은뱅이걸음으로 바짝 다가왔다. 내 손을 꼬옥 잡더니, 한결 더 다정하게 속삭이며 물었다.

"애, 명훈아! 너, 너희 반에서 누가 제일 예쁘니?"

입학식이 끝난 지 두 달쯤 지난 뒤였다. 누나의 갑작스런 물음에 가슴이 철렁했다. 어떻게 알았을까. 내가 민아에게 마음을 두고 있다는 걸.

민아는 퀴퀴하고 뻣뻣한 우리 동네 여자애들하고는 근본이 달랐다. 예쁘장한 얼굴에 옴폭 파인 보조개를 갖고 있었다. 때로는 새침데기처럼 보였다가, 목젖이 보일 만큼 간드러지게 웃었다가, 조잘조잘 참새처럼 종알대기도 했다. 그 누구보다도 얼굴이 새하얬다. 성희 누나의 빨래처럼 하얬다. 그러고 보니 누나와 많이 닮은 것도 같았다.

여태까지 말 한마디 걸어보지 못하고 옆모습만 훔쳐보는 그런 처지였다. 사실, 나는, 나중에 커서, 그 애하고, 결혼할 거라고, 굳게, 마음먹은 터였다. 민아를 똑바로 바라보기조차 숨이 막혔다. 이런 나만의 비밀을 들춰내려 하다니. 누나에게 속마음을 들킨 것 같아 가슴이 콩닥거렸다. 뭔가 낌새를 맡은 게 분명했다. 머뭇거리는 내 표정에 안달이 났는지 누나가 대답을 재촉했다.

"아무한테도 말 안 할 테니, 나한테만 살짝 말해 봐."

그러며 누나는 주머니에서 눈깔사탕 하나를 꺼냈다. 하얀 눈깔사탕. 송방에서 10원에 다섯 개씩 파는 눈깔사탕. 눈깔사탕과 누나의 얼굴을 번갈아 보았다.

"손, 민, 아."

누나의 맑은 눈빛이 내 눈에 들어와 박혔다. 눈깔사탕보다도 하얗고 달콤해 보였다. 티끌조차 숨길 수 없는 맑은 눈.

"손민아?"

"엉, 손민아."

누나가 고개를 끄덕였다.

"알았어. 나 혼자만 알고 있을게. 아무한테도 말 안 하고. 알았지?"

누나가 새끼손가락을 내밀었다. 그 손가락에 내 손가락을 걸고 빠져나왔다.

다음날이었다. 신작로에 올라서자마자 등굣길은 발칵 뒤집혀 있었다. 애들이 '손민아! 손민아!'를 외치기 시작했다. 얼굴이 확확 달아올랐다. 나를 향해 소리치는 거였다. '손민아! 손민아! 손민아!' 그 한가운데 성규가 우뚝 서 있었다.

성희 누나가 미웠다. 애들이 달아오른 내 얼굴을 힐끔거리며 낄낄거렸다. 이미 다 알고 있다는 표정들. 쥐구멍이라도 찾아 들어가고 싶었다. 등굣길은 산모퉁이도 아니었고 언덕배기도 아니었다. 외길 신작로 양옆에는 바둑판 같은 염전과 망망한 개펄만 끝없이 펼쳐져 있었다. 저녁놀보다 더 붉게 타오르고 있을 것 같은 내 얼굴. 누나가 성규한테 고자질한 게 분명했다.

그즈음 광재와 진우가 신작로로 올라섰다. 애들을 꼬셨다.

"야, 저 새끼 저거 빽쟁이라구 골려주자."

내가 먼저 '빽쟁이 정성규'를 선창했다. 영문도 모르는 광재와 진우가 나를 따라 소리 질렀다.

"빽쟁이 정성규! 빽쟁이 정성규! 정성규 빽쟁이!"

어제 비석치기 할 때 내 편이었던 광재와 진우는 기꺼이 또 내 편이 되어 주었다. 맞불을 놓은 거였다. 그제야, '손민아'를 외치던 성규가 소리를 멈췄다. 녀석이 씨근거리며,

"야이 씨, 씨이. 관두자."

나도 더는 성규를 놀리고 싶지 않았다. 자칫 잘못하면 '손민아'의 함성이 학교 앞에까지 번져갈 기세였다. 성규도 나와 같은 생각을 했을 것이다. 서로 더는 건드리지 말자는 암묵적인 약속.

누나가 원망스러웠다. 손가락까지 걸어 놓고 소문을 내다니. 맨몸을 드러낸 개펄에서 비린내가 물씬 풍겨왔다.

학교에서 돌아오자마자 우물가로 달려갔다. 어김없이 성희 누나는 빨래를 하고 있었다. 살금살금 다가가 빨래판 앞쪽 도랑에 돌멩이를 던졌다. '풍덩!' 도랑의 뿌연 물이 사방으로 튀었다. 하얗게 빨랫감을 말아놓은 곳으로 난사하는 흙탕물.

"메에롱."

화들짝 놀란 누나가 눈을 흘기더니, 배시시 웃는다.

"너어, 자꾸 이러면 옆 동네에다가 소문낸다아."

그 말에 약이 더 오른 나는, 성희 누나를 향해,

"얼러리 껄러리 성희 누나는 군바리하고 메롱메롱 메롱메에롱 매롱메롱…."

누나를 놀리며 작은 돌멩이를 하나 더 집어 던졌다. 옆 동네나 학교에까지 소문이 난다면 정말 큰 일이었다. 성규나 누나에게 조심하지 않으면 안 되었다.

걱정과 달리, 그 후 애들이 내 앞에서 손민아를 외치는 일은 일어나지 않았다. 별로 소문낼 만한 일이 아니라고 생각했던 것일까. 한편으로는 그게 좀 섭섭하기도 했지만, 그래도 그만하기 다행이었다.

며칠 후 소풍날, 도시락을 싸 들고 우물가를 지나는데 성희 누나가 다정한 목소리로 불렀다. 못 들은 척하고 지나갈 참이었다. 약속을 어긴 누나가 미웠기 때문이다. 누나는 뿌리치는 내 손을 잡아채 삶은 달걀 두 개를 양손에 하나씩 쥐여 주었다. 인제 그만 화해하자는 뜻? 흠! 퉁명스럽게 달걀만 받아 쥐고 신작로로 내달렸다.

소풍은 민아네 동네 바닷가로 갔다. 우리 동네보다 깨끗했다. 모래 또한 고왔다.

선생님은 우리가 점심을 먹는 동안 보물을 숨기겠다고 했다. 나는 애들과 함께 도시락을 깠다. 삶은 달걀도 깠다. 하얬다. 민아의 얼굴이 떠올랐다. 달걀처럼 하얀 민아의 얼굴. 아침에 성희 누나가 달걀을 주며 뇌던 말이 귓가에 스쳤다. '하나, 그리고 또 하나'라며 빙그레 미소 짓던 누나. '또 하나'의 달걀은 민아에게 나눠주라는 말이었던가 보다. 속 깊은 누나의 뜻을 알아듣지 못하다니. 이미 우물거리고 있는 달걀을 꾸역꾸역 삼키며 한숨을 쉬었다. 이미 물 건너간 일이었다.

하늘은 지랄같이 푸르렀다. 그 순간 하늘에서 하얀 별이 반짝였다. '보물', 보물을 찾아야 했다. 선생님, 선생님은 어디로 갔을까. 보물 숨기러 간 선생님의 뒤를 살폈다. 아뿔싸! 선생님은 벌써 해변과 맞닿은 산자락에 내려서고 있었다.

"야호, 야호!"

성규가 소리쳤다. 방파제 쪽 바위 더미가 늘어선 곳이었다. 우리는 성규가 소리치는 쪽으로 우르르 달려갔다. 성규가 꼬깃꼬

깃 접은 쪽지를 펴더니, '연필 한 다스'라며 얼굴 가득 흥분해 있었다. 너도나도 바위틈을 뒤졌다. 없었다. 그곳에는 더는 보물이 숨어 있지 않았다. 보물찾기에 지친 녀석들은 성규에게 달라붙어 나눠 갖자며 떼를 썼다. 그러고는 물가로 몰려갔다.

나는 포기할 수 없었다. 바위 더미에서 좀 떨어진 산자락으로 갔다. 산에서 내려오고 있는 선생님을 보았기 때문이다. 돌부리와 수풀 속을 헤집었다. 허탕이었다.

한숨을 내쉬며 하늘을 보았다. 그런데, 그런데 저건 뭘까. 높은 가지 끝에 걸려 있는 하얀 쪽지, 보나마나 보물이었다. 나뭇가지를 꺾어 겨우겨우 그걸 손에 넣었다. 크레파스였다. 12색 크레파스. 나는 성규처럼 소리치지 않았다. '이건 민아가 찾은 거. 내가 찾은 게 아녀.' 민아에게 줄 작정이었다. 그걸 꼭 쥐고 민아를 찾았다.

어디 있는 것일까. 아직도 점심을 먹고 있는 것일까. 두리번거리다 모래펄 끄트머리 쪽에서 조개껍데기 줍는 여자애들을 발견했다. 이걸 어떻게 건넨담.

보물찾기를 까맣게 잊은 애들은 저쪽 물가에서 물수제비를 뜨고 있었다. 한참을 민아 주변에 서성이다 슬며시 민아 곁으로 갔다. 그걸 손에 쥐여 주고 싶었지만, 용기가 나지 않았다. 민아가 볼 수 있도록 걔 앞에 떨어뜨리기로 했다.

성규와 함께 몰려간 녀석들은 여전히 물수제비뜨기에 열을 올리고 있었다. 여자애들도 소란스러운 그곳으로 눈길을 돌렸다. 이때다 싶었다. 민아 앞에 보물 쪽지를 흘렸다. 왠지 어설펐던가. 민아가 금세 그걸 집어서는,

"얘, 명훈아! 이거 네가 떨어뜨린 거지?"

나를 빤히 쳐다보았다. 민아의 눈동자가 유리구슬처럼 맑았다. 보조개도 한껏 패었다. 말괄량이처럼 양쪽으로 가른 머리가 아찔했다.

아니라고 손사래를 치며 민아의 눈을 피했지만, 그 애는 내가 떨어뜨린 거라며, 내 앞에 그걸 내려놓고 여자애들이 몰려간 물가 쪽으로 폴랑폴랑 뛰어갔다.

민아는 쌍둥이였다. 그 사실이 밝혀진 것은 여름방학이 다가올 무렵이었다. 말라깽이 동희가 물에 빠져 죽을 뻔한 사건. 저수지 수문 아래서 허우적거리던 동희를 지나가던 염부가 구했단다.

그 후로 동희는 학교에 나오지 못했고, 이상하게도 민아가 배급 빵을 두 개씩이나 타 갔다. 애들이 캐물었다. 민아는 동생 거라고 했지만, 학교에서 동생 걸 챙겨주는 일은 없었다. 나중에야 밝혀졌지만, 동희를 애석하게 바라보던 선생님의 자상한 씀씀이었다. 동희가 학교를 나오지 못하자 누나인 민아에게 빵을 하나 더 얹어준 일. 그 일로 민아도 빽쟁이가 될 뻔했다. 민아에게 '빽쟁이'란 별명이 붙을까 봐 조마조마했다. 민아가 성규하고 한 패

거리가 되는 게 싫었기 때문이다.

　민아를 바라보는 애들의 눈빛은 야릇했다. 민아는 여자고 동희는 남자라서 그랬다. 가장 놀란 건 나였을 것이다. 하필이면 남자인 동희하고 붙어서 태어났단 말인가. 동희는 늘 창백한 얼굴에 기운이 없어 보였다. 그 때문이었을까. 괴상한 말이 나돌았다. '남자하고 여자가 쌍둥이면 남자가 일찍 죽는다'라고. '그래서 동희가 비실대는 거'라고. 애들은 동희의 기운을 민아가 다 빨아먹기 때문이라고 했다.

　더럭 겁이 났다. 민아가 동희를 잡아먹는 끔찍한 장면이 떠올랐다. 머릿속에 떠오르는 장면을 떨치려 머리를 흔들었다. 아니다. 그럴 리 없다. 끔찍한 장면을 몰아냈다. 말도 안 되는 소리다. 심술이 나서 일부러 꾸며낸 이야기일 것이다. 동희를 빨아먹다니? 그런 말이 나도는 게 싫었다. 민아가 귀신도 아니고 어떻게 그럴 수 있단 말인가. 민아는 그런 말이 들려올 때마다 속상했는지 얼굴을 찡그렸다. 애들이 짓궂게 놀리는 바람에 민아가 운 적도 있었다. 그러는 민아가 걱정스러웠다.

　그보다 더 걱정스러운 일이 일어났다. 짝을 바꾸는 날이었다. 민아의 새 짝은 공교롭게도 성규였다. 하늘이 무너지는 줄 알았다. 하필이면 성규라니. 녀석은 내가 민아 좋아하는 걸 알고, 벌써부터 놀리기를 밥 먹듯 했다.

　내가 볼 때마다 민아와 친한 척하기, 연필 깎아주기, 청소 대신해 주기…. 짜식이 눈꼴 시린 짓만 골라 해댔다. 하지만 민아는 짝이 바뀌고 나서 나와 더 많이 눈이 마주쳤다. 성규가 신경 쓰여 눈길을 자주 그쪽으로 주었기 때문이었는지는 몰라도, 나와 눈이 마주칠 때마다 민아는 미소를 보내왔다. 흐뭇했다. 첫 짝꿍을 잊지 않고 있다는 굳은 맹세 같은 것일 거라서.

성규가 민아에게 바짝 붙어 있는 꼴이란 눈엣가시였다. 걸핏하면 민아한테 장난을 걸고 쓸데없이 키득거렸다. 성규가 민아에게 다가설 때마다 심란하기만 했다. 이럴 바에야 내가 민아를 좋아한다는 소문이 학교 전체로 퍼졌으면 하는 바람도 있었다. 그럴 때마다 나는 우물가로 달려갔다. 우물 속에 대고 소리쳤다. '민아는 내꺼여. 민아는 내꺼여, 내꺼여'라고.

여름방학을 맞아 어수선한 날이었다. 동네 애들과 함께 동희가 죽을 뻔했다는 저수지로 몰려갔다. 수문 쪽으로는 가지 않았다. 물귀신이 끌어당기면 동희처럼 곤욕을 치를 수도 있기 때문이었다. 우리는 저수지 가장자리, 물이 배꼽쯤에서 찰랑거리는 곳을 택했다. 겨우 개헤엄을 치는 정도여서 감히 물이 깊은 곳으로 갈 수는 없었다. 동네 형들처럼 멋들어진 수영은 어림없는 일이었다.

거기서 한참을 뛰어놀던 우리는 여자애들이 무리지어 다가오는 걸 발견했다. 우리 동네와 민아네 동네 여자애들이 뭉친 거였다. 때맞춰 성규가 우리를 불러 모았다.

"야야, 저어기 우리 반 기집애들 온다."

"어 어라, 증말이네."

"야야, 우리 쟤네들 놀려줄까?"

"워떻게?"

성규가 먼저 시범을 보였다. 물속에서 갑자기 솟구치는 거였다. 그러면 빤쓰가 흘러내리거나 아예 벗겨지기도 했다. 그 잠깐 사이 잠지가 보일 수도 있었다.

진우와 병수가 키득거리며 그러자고 했다. 나는 기겁하며 하지 말자고 했다. 민아가 있었기 때문이다. 그러나 내가 진짜로 걱정하는 것은 민아가 아니라 내 빤쓰였다. 지네들은 장에서 산 삼각팬티였고, 내 빤쓰는 엄마가 꿰매 만든 빨간색 잠방이 빤쓰였다. 촌스러운 모양의 빨간색 잠방이 빤쓰. 민아가 보면 실망할 텐데… 어떡하지.

성규의 제안은 녀석들을 흥분시켰다. 지척에서 여자애들이 우리를 발견하고 손을 흔들었다. 성규는 이때를 놓치지 않았다.

"여기, 여기 봐아라! 이야, 이야."

물빛에 반짝이는 숭어처럼 성규가 위로 솟구쳤다. 여자애들의 함성이 쏟아졌다. 다음은 진우가 솟구쳤다. '이야, 이야.' 다음은 병수가 솟구쳤다. '이야, 이야.'

여자애들은 녀석들의 짓에 깔깔대며 환호했다. 그때 알았다.

민아가 나를 지켜보고 있다는 것을. 나는 숏구칠 수 없었다. 내 촌스런 빨간 빤쓰. 내 차례가 왔지만 뻘쭘하게 서 있어야만 했다. 민아가 실망하는 것 같았다. 성규는 더더욱 신이 나서 지랄이 하늘까지 뻗쳐올랐다. 잠지가 보이도록 있는 힘껏 숏구치기를 반복하였다. 얄미운 놈.

그 짓거리를 보고만 있을 수 없었다. 민아에게 성규보다 더 멋진 걸 보여 주고 싶었다. 폼도 안 나고 어설펐지만 내 수영 실력을 보여 주리라.

녀석들과 좀 떨어진 곳으로 가 숨을 골랐다. 하나둘 셋, 둥실! 몸이 물 위로 붕 떴다. 힘차게 수면을 갈랐다. 고개를 처박고 팔을 돌렸다. 힘을 다해 팔과 다리를 저었다. 점차 힘이 빠졌다. 몸은 자꾸 가라앉고 숨이 찼다. 멈출 수 없었다. 한 길만이라도 앞으로 나아가야 했다. '허푸 허푸 헙!' 그러다 그만 물을 들이켰다. 아이고, 이 쓰디쓴 짠맛이라니.

겨우 몸을 뒤틀고 물 밖으로 나왔을 때, 여자애들은 물소리보다 더 크게 킬킬거렸다. 눈물인지 짠물인지 울먹울먹하기만 했다. 다시 물속에 고개를 처박고 팔을 내둘렀다. '허푸 허푸 헙!' 얼굴을 들었을 때 여자애들은 저만치 멀어져 가고 있었다.

물에 빠진 동희를 떠올렸던 것일까. 민아가 흘끔흘끔 뒤를 돌아보았다. 나는 들이켰던 짜고 찝찝한 물을 끄억끄억 게워냈다.

여름방학이 끝나갈 무렵, 태풍이 몰아쳤다. 태풍은 바닷가는 물론, 온 동네를 쑥대밭으로 만들었다. 언덕의 미루나무는 꺾어지고 쓰러지고, 길은 파이고 끊어져 뒤죽박죽이었다. 태풍과 함께 폭우가 내린 탓이었다. 도랑이란 도랑은 모두 망가진 채 물이 넘쳐흘렀다. 우물물도 넘쳐흘렀다. 봄날, 맑게 반짝이던 샘물은 자취도 없이 사라지고 시뻘건 물이 우물통을 흘러넘쳤다. 동네 사람들과 해안가 군인들이 합동하여 쓰러진 나무를 베고 망가진 길을 닦았다.

그런 와중에 해괴한 소문이 나돌았다. 성희 누나를 둘러싼 소문이었다. 동네 뒷산 대밭에서 우체부와 누나가 붙어먹었단 거였다. 태풍이 몰아치던 날 밤, 대밭에서 둘이서 손잡고 나오는 걸 보았다는 사람도 있었다. 소문은 걷잡을 수 없이 부풀었다. 이번에는 우체부가 아니라 건넛마을 을성이 총각이란 말이 돌았다. 그러더니 해안가에 근무하는 군인이라는 말로 바뀌었다. 뒤이어 소문은 이상하게 흘렀다. 몸을 더럽힌 성희 누나는 마을에서 쫓겨날 거라고 했다.

학교가 파하자마자 우물가로 달려갔다. 성희 누나는 보이지 않았다. 동네 사람들은 쉬쉬하면서도 누나에 대한 소문을 점점 부풀렸다. 우체부한테 추파를 던졌다느니, 연애편지로 붙어먹은 군바리가 한둘이 아니었다느니, 동네 총각들한테 웃음이 헤펐다느니…. 그뿐만이 아니었다. 평소에 행실이 바르지 못했다며, 음

탕한 이야기책만 읽었다며, 얼굴에 구리무 잔뜩 처바르고 냄새를 피웠다며…. 급기야 성희 누나를 부뚜막에 올라앉은 암고양이에 빗댔다.

흉흉한 소문이 폭풍처럼 번졌지만, 누나는 머리카락조차 보이지 않았다.

텅 빈 우물가로 가 우물 속을 들여다보았다. 물은 여전히 뿌옜다. 우물 속에 대고 물었다. '누나야? 그짓말이지? 다 그짓말이지? 그짓말이여, 그짓말?'이라고. 우물이 내게 답했다. '사람들이 심통이 나서 그러는 겨. 심통이 나서 말여'라고.

신나는 일이 하나도 없었다. 성희 누나 소문 탓인지 성규도 풀이 죽어 있었다. 개학은 벌써 했지만, 내게 더 실망스러운 일은 민아가 보이지 않는다는 사실이었다. 동희도 보이지 않기는 마찬가지였다.

민아의 빈자리는 보름을 넘기고 있었다. 그즈음 또 다른 소문이 학교에 돌았다. 민아가 동희를 잡아먹고 있다는 무시무시한 소문. '남자하고 여자가 쌍둥이면 남자가 일찍 죽는다, 여자 귀신이 남자를 빨아 먹는다….' 애들은 여기저기 아무 데서나 쑤군거렸다. 그럴 리 없다고, 그런 말도 안 되는 소리가 어디 있냐고, 고개를 젓고 또 저었다. 우물가로 달려가 외쳤다.

"야 이, 나쁜 새끼들아, 민아는 귀신이 아녀. 귀신이 아니라구우."

민아가 다시 학교에 나온 것은 운동회가 코앞으로 다가온 가을날이었다. 운동회 연습에 열중하던 반 아이들은 밖에서 뛰어노느라 정신이 없었다. 나는 머리가 지끈거리고 골치가 아파 교실로 먼저 들어갔다. 누군가 멍하니 자리에 앉아 있었다. 민아였다. 아마도 아침 등교 시간을 맞추지 못하고 뒤늦게야 집에서 나온 모양이다.

얼굴이 초췌해 보였다. 민아가 헛소문에 시달려서 그럴 거라고 생각했다. 그깟 하찮은 소문 때문에. 나쁜 놈들. 민아에게로 다가갔다.

"너, 왜, 핵교 못 나왔니?"

"동희가 아퍼. 자꾸 날 찾어."

"어, 그랬구나…."

걱정스러운 투로 말을 받았다. 민아에게 힘이 될만한 적당한 말이 없을까. '힘내, 괜찮을 거야. 힘내라고.' 머릿속으로 되뇌기만 했다.

동희는 저수지에 빠진 이후 시름시름 앓고 있는 거였다. 위로의 말 한마디 건네지 못하고 내 자리로 가 앉았다. 민아의 얼굴이 더더욱 핼쑥해 보였다. 반 아이들이 하나둘 들어왔다. 그때다.

"얘들아, 저기, 저기 귀신이닷!"

성규가 민아를 가리키며 소리쳤다. 그 말에 내 머리에서 피가 솟구쳤다.

"야 이 새꺄, 아가리 닥쳐!"

성규를 향해 돌진했다. 녀석의 가슴팍을 들이받았다. '꽈당!' 놈이 나가떨어졌다. 민아가 왜 귀신이냐고, 동희가 왜 민아 때문에 아프냐고, 그렇지 않다고. 바닥에 나자빠진 성규에게, 몰려든 녀석들에게, 또다시 그런 말 하면 죽을 줄 알라며, 화가 단단히 치민 주먹으로 으름을 놓았다. '귀신'이란 말을 듣고 참을 수가 없었다.

성규는 민아가 반가워서 그랬을 터인데…, 애들은 아무 일 없었던 듯, 다소곳이 제자리로 돌아갔다. 민아는 책상에 엎드려 훌쩍이고 있었다. 골치가 더 아팠다.

민아는 다시 내 짝이 되었다. 전처럼 해맑은 표정은 온데간데 없었다. 공부 시간에도 바깥만 바라보았다. 민아의 공책을 넘겨다 보았다. 연필로 그린 얼굴, 빼빼 마른 얼굴이 동희 얼굴을 닮아 있었다. 지난봄, 소풍 때 받았던 크레파스를 떠올렸다. 다음날 민아에게 그걸 선물했다. '고맙다'라며 민아가 받아주었다.

운동회가 끝나고 찬바람이 일면서 민아는 이사를 했다. 왜 이사를 했는지, 어디로 갔는지 알 수 없었다. 민아는 그렇게 떠났다. '남자하고 여자가 쌍둥이면 남자가 일찍 죽는다'라는 괴이한 소문만을 남긴 채. 민아에게 동희 얼굴을 멋지고 씩씩하게 그려

달라고 우물 속에 빌고 또 빌었다.

　어느덧 날이 싸늘해졌다. 성희 누나는 여전히 우물가에 나타
나지 않았다. 우물 속을 들여다보았다. 민아의 얼굴이 떠올랐다.
가만히 불러보았다. '손민아…', 민아의 목소리가 메아리쳤다. 성
희 누나의 얼굴도 떠올랐다. '성희 누나…', 누나의 목소리가 메
아리쳤다.

　두레박으로 물을 길어 얼굴을 씻었다. 물이 찼다. 지끈거리는
이마도 훔쳤다. 코가 맹맹했다. 손바닥이 붉게 물들었다. 묽은 핏
물, 코피였다. 물이 찬 탓이었을까. 코를 풀었다. 코피가 줄줄 쏟
아졌다.

　학교에 나갈 수가 없었다. 엄마는 내 옆에 붙어 이마의 열을 다
스렸다. 이불도 깨끗한 것으로 갈아주고, 속옷도 자주 갈아입으
라고 머리맡에 놓아주었다.

　며칠을 앓아누웠을까. 우물 속에 핀 하얀 꽃을 보았다. 민아의
얼굴이었다가, 성희 누나의 얼굴이었다가. 민아인지 성희 누나인
지 어슴푸레한 그 얼굴이 서서히 멀어져 갔다. 그 얼굴을 잡으려
바동거렸다. 그러다가 이불을 걷어찼다. 꿈이었다. 온몸이 식은
땀으로 젖어 있었다. 방에는 덩그러니 나 혼자였다.

　마당 쪽에서 인기척이 나더니 엄마가 들어왔다. 그런데 성규

가 엄마 손에 딸려 들어온다. 저, 저, 성규 녀석이 또 무슨 일을 저지른 것일까. 꾸역꾸역 눈물까지 훔치는 걸 보면 일을 크게 낸 모양이었다.

"옴마, 쟤, 왜 저려?"

엄마는 하늘이 무너져라 한숨을 내쉬며,

"에고, 불쌍혀라."

성규의 눈치를 본다. 성규에게 하는 말은 아닌 것 같았다.

"옴마 왜?"

내가 묻는 말을 엄벙뗑 넘기려는 것일까.

"에구, 워디 열 좀 내렸나 보자."

대답 대신 엄마는 내 이마를 짚었다. 손길이 싸늘했다. 엄마는 내 이마에 하얀 손수건을 얹었다. 왠지 불길한 예감이 들었다.

"옴마, 무슨 일이여?"

엄마가 성규 얼굴을 흘낏거리며 혼잣말하듯 중얼거렸다.

"에구, 걔가 올마나 조신헌 앤디, 소문이 그렇게 나갔구. 에이 쯧쯧. 에휴, 사람들도 그렇지, 괜헌 소문을 내 가지구설랑."

"옴마, 무슨 일이냐구우?"

엄마가 또다시 성규의 눈치를 본다. 도대체 무슨 일이 일어난 것일까.

"아 글쎄, 성희 말여. 얘 누나."

"성희 누나가 왜? 성희 누나헌티 무슨 일 있어?"

엄마가 근심 가득한 눈빛으로 나와 성규를 번갈아 보았다.

"우리 명훈일 끔찍이도 위혔는디. 에고, 에고, 아까워서 워쩌냐?"

"왜 옴마?"

"성희, 성희, 걔가… 죽었댄다아. 이를 워쪄냐아."

"옴마, 왜? 왜, 성희 누나가 죽어?"

싸늘한 소름이 돋았다. 끅끅거리던 성규의 울음소리가 기어코 문밖으로 내달았다.

"걔가 우물에 뛰어들었댄다. 에구구, 지금 난리났다 난리났어 걔네 집. 에이 고놈에 몹쓸 소문 때매."

몸을 일으켰다. 누나를 만나러 가야 했다.

"애야, 아서라 아서. 너 홍역이랜다, 홍여역."

엉거주춤 바닥을 짚었다. 눈앞이 핑핑 돌았다. 좀체 일어날 수가 없었다.

"오늘 새벽에 건호 에미가 걜 봤다는디…, 에이고 참…, 깨끗허게 소복을 채려입구 집을 나서더라는디…, 에고, 에고…. 올마나 서러우먼 그렀을꺼, 연꽃처럼 우물 가득 소복이 부풀었대더라."

엄마는 성규를 챙겨야 한다며 급히 밖으로 나갔다.

이불을 뒤집어썼다. 그곳, 깊고 검은 우물 속에서 발버둥 치는 성희 누나가 보였다. 얼마나 숨이 찼을까. 얼마나 추웠을까. 얼마나 억울했을까. 나는 이불을 움켜쥐고 누나를 부르며 까마득한 나락으로 떨어졌다.

며칠이나 더 지났다. 부스럭거리는 소리에 눈을 떴다. 성규가 옆에 와 있었다.

"애야, 성규가 맨날맨날 빵을 받아왔다야."

엄마는 내 머리맡에 쌓인 배급 빵을 가리켰다. 성규의 손을 끌어 잡았다. 손이 까칠했다. 얼굴도 꼬질꼬질했다. 옷도 그렇고. 성규의 눈망울에 그렁그렁한 눈물이 맺혀 있었다. 아무것도 묻고 싶지 않았다. 모든 게 꿈이길 바랐다.

몸을 가누고 다시 등교하는 날, 문밖에 일찌거니 성규가 와서 기다리고 있었다. 성규와 함께 언덕 아래 우물가에 다다랐다.

저게 뭐람. 성규가 고개를 돌렸다.

우물통 위에 공구리 친 덮개가 얹혀 있었다. 도대체 무엇을 덮으려고 저런 것일까. 저토록 무거운 것으로 왜 우물을 덮어버린 것일까. 저토록 두꺼운 것으로 왜 하늘을 가려버린 것일까. 고개를 떨궜다. 성희 누나의 죽음과 함께 내 유년의 메아리는 그렇게 묻혀 버렸다.

－『월간문학』(2017년 8월호)에 수록

리리의 꽃밭

편지함을 열었다. 리리의 엽서다. 다소곳이 내려앉은 글자들이 빨갛게 익어가는 고추처럼 영글고도 탐스럽다. '잘 지내느냐'라는 짧은 안부 밑에, 식물학을 공부하고 있다는 소식과 함께 한글학교에서 교포 어린이들을 지도하고 있다는 내용이 들어 있었다. 할머니도 어느새 시장 구경에 재미를 붙였는지 집안에 들어앉을 새 없단다. 자꾸 나가자고 졸라대는 통에 귀찮아 죽겠다는 리리의 하소연이 어리광 섞인 투정으로 들려왔다.

마른침을 꿀꺽 삼켰다. 무지하게 맑은 하늘에 리리의 밝은 미소가 번졌다. 코끝이 싸한 것은 리리의 부재를, 리리의 안주를 확인했다는 허전함과 안도감일 거였다. 한남동 언덕 집을 찾아가며 리리와의 만남을 떠올렸다.

지난겨울, 정빈이 느닷없이 찾아왔다. 친구는 밑도 끝도 없이 한 여자의 소재를 내게 맡겼다. '리리'라고 했다. 주소와 전화번호, 대략의 약도만 남겨놓고 가 버렸다.

갓 제대하고 빈둥거리는 내가 안 돼 보였던 모양이다. 복학할 때까지 만이라도 그녀의 독일어 과외를 맡아 달라는 부탁이었다.

엉겁결에 떠맡은 일이었다. '리리'라는 이름부터가 낯설었다. 바다를 건너온 듯한 발음이 묘연했건만, 논문 준비로 바빴던 내 사정을 내비치기도 전에 그는 바삐 돌아갔다. 정빈은 매사 그렇게 주위 사람들을 당황하게 했다.

정빈은 여기저기 발길 닿는 곳이 많았다. 붙임성도 좋았고 얼굴에 귀티도 잘잘 흘렀다. 결 곧은 머리와 굵은 눈썹, 섬세한 인중을 타고 내린 곱살한 입술까지도 듬직하게 생긴 턱이 받쳐주고 있었다. 따르는 여자애들도 하나같이 반듯했다. 영욱이나 재복이 정빈 곁에 붙어 있는 것도 그의 덕을 톡톡히 누릴 수 있기 때문이었다. 나 또한 아쉬운 일이 생기면 그에게 우선 도움을 청하고 보는 편이었다.

나 같은 좀팽이하고는 확실히 다른 데가 있었다. 대학 시절 캠핑이나 미팅도 정빈을 통해서였다. 홍등가를 개척할 때도 정빈의 말솜씨는 뭇사람들을 압도했다. 아가씨를 후리는 그의 수완에 친구들은 기염을 토하고 말았다. 그처럼 정빈은 우리들의 젊은 날을 이것저것 챙기며 이끌어 온 멘토 같은 존재였다.

정빈이 맡긴 약도를 찾아들고 나선 것은 3월 중순이었다. 그 집은 고풍스러운 자재로 고색창연한 빛을 발하고 있었다. 한남동 언덕배기에 자리 잡은 한강 기슭이었다. 번드르르한 주택가 한가운데 위치한 것도 돋보이는 이유였겠지만, 그 아래 휘감아 도는 강물이 또한 장관이었다.

대문 여닫히는 소리까지 근사했다. 정원에 들어서자마자 한 여자의 정갈한 뒷모습이 눈에 띄었다. 그녀는 대문 쪽 인기척에 아랑곳하지 않고 담장 옆 화단에서 호미질을 했다. 눈부시게 하얀 홈드레스를 입고 그러는 꼴이 청승맞았다. 호미질이 익숙해보이지는 않았다. 꽃씨를 뿌리는 모양이었다. 희디흰 목덜미가 햇살에 녹아버릴 것 같은 아침나절.

낯선 사람이 들어섰음을 알려야 했다. 좀 더 큰기침 소리로 주위를 환기했다. 이미 알아채고도 모르는 척 외면하고 있는 것이리라. 고르지 못한 기침 소리에 무안해진 것은 외려 내 쪽이었다. 거듭된 인기척에 가벼운 목돌림만으로 나의 출현을 확인한 그녀는, '어떻게 왔느냐?'라는 통상적인 말 한마디 없이 호미질을 계속했다.

거북살스러운 짐 가방에 쩔쩔매고 있던 나는, 다음 순간 누구를 찾아야 할지 어리둥절했다. 저 여자가 리리일 거라며 함께 엮이는 일이 없기를 빌었다.

"어서 와요."

인터폰에서 들려왔던 익은 목소리의 주인은 아주머니였다. 할머니와 아저씨, 그리고 꼬마가 하나 더 있었다.

그들은 이삿짐을 꾸리고 있었다. 일주일 후에 서독으로 이사한다고 했다. 아저씨가 K신문사 서독 특파원으로 발령을 받았단다. 셋이 먼저 떠나고, 할머니와 리리는 남아 있다가 그들이 자리를 잡는 대로 한국을 뜰 계획이라고 했다.

아니나 다를까, 화단에서 호미질하던 여자가 리리였다. 동생 성혁이와 나이 차가 심해 보여 슬며시 아주머니 얼굴을 살폈다. 괜한 의혹이었다. 아주머니는 아저씨 연배와 엇비슷한 40대 후반이었다. 이상했다. 리리와 성혁의 얼굴은 딴판이었다. 남매라면 어느 한구석이라도 닮았으려니 했건만, 그렇지 않았다. 그뿐이던가. 이름에서 풍기는 어감이 달라 의혹은 의혹대로 고스란히 남았다.

정빈의 부탁대로 옷가지와 몇몇 일용품을 챙겨 가긴 했지만, 그 집에 머물며 숙식을 해결할 생각은 없었다. 그러나 아저씨, 아주머니의 부탁은 완곡했다. 무엇을 믿고 남아 있는 식구들을 떠맡기는지 모를 일이었다. 바깥에서 불러온 사람을 무장 해제하기 위한 선심성 배려? 의심이나 경계 따위는 하지 않겠다는 무한 신뢰? 그런 거였을까. 선택의 여지가 없는 그들로서는 그럴 수밖에 없었던 것일까.

일행이 떠나기 전에 할머니나 리리와의 어색한 기운을 떨쳐버려야 했다. 식구들이 떠난 허전함을 채워줄 수는 없다 하더라도 걸림돌이 되고 싶지는 않았다.

할머니와의 관계는 쉽게 텄다. 문제는 리리였다. 좀체 가까워질 것 같지 않았다. 아침에도 그랬고 저녁에도 그랬다. 말 없는 눈빛만 주고받을 뿐, 도통 나의 행방이나 동선에 대해서는 관심이 없었다.

그녀는 마치 표정의 변화도 두세 가지로만 정해놓고 사는 여자 같았다. 그녀만의 일상적인 무표정, 매사가 성에 차지 않는 불만스러움, 할머니와 함께할 때만 엿보이는 안도의 눈빛. 그 외에는 다른 표정을 찾기가 어려웠다. 소심해서 그런 것일까, 낯가림이 심해서였을까. 속옷만 입은 채로 버젓이 나돌아다니는 건 또 뭔지. 도대체 주변 사람들의 시선은 의식도 하지 않았다.

그들의 이삿짐 꾸리기는 우아했다. 내가 보아온 이사는 부산하기만 했었다. 온갖 집기가 널브러지고 찌든 먼지를 뒤집어쓴 채 어수선하기 말이 아니었다. 그들은 짐 꾸리기를 서너 시간에 끝내는 법석도 떨지 않았다. 하나를 옮기면 다른 하나로 그 빈 곳을 채웠다. 가구가 빠져나간 공간이 좀 더 넓어지긴 했지만 본래 분위기와 별반 다르지 않았다. 남아 있는 식구들의 일상을 배려

하는 마음이었다. 내가 보아온 별거 형태의 이사는 언제나 반반씩 갈라놓은 절름발이식 나눔이었다. 그네들의 이사는 몇 날 며칠 고심 끝에 사람만 쏙 빠져나간 듯 흔적 없는 떠남이자 이별이었다.

며칠 후, 그 큰 집에 셋이 남았다. 칠순이 넘은 할머니는 대부분 주방에서 보냈고, 리리는 화단 한쪽 꽃밭을 꾸미는 데 온 시간을 보냈다.

리리에게는 꽃밭 말고도 방에서 키우는 난이 많았다. 열성으로 물을 주고 환기했다. 난의 종류도 많았다. 화분마다 표지를 달아, 나 같은 문외한도 알기 쉽도록 이름을 써 붙였다. 내가 묻는 게 귀찮아서 그런 것 같지는 않았다.

난 기르기는 불혹을 넘긴 사람들에게나 어울림 직한 일이라고 생각했다. 특히나 고고하게 뻗어 오르는 잎의 여운이 그랬고, 까탈스럽지만 그에 상당하는 개화가 그랬고, 은은하게 퍼지는 향기가 나 같은 젊은이와는 어울리지 않았다.

리리의 방을 꾸미고 있는 온갖 종류의 난은 나의 그러한 생각들을 무색하게 해 버렸다. 리리의 부지런한 손짓은 방정맞아 보이지 않았고, 우아한 몸짓은 게을러 보이지 않았다. 그녀는 그 모든 번거로움과 조심스러움을 충분히 감당하고도 남았다. 손길 닿는 만큼 윤택한 잎과 향을 피워낸다는 소견으로, 나의 어렴풋한 궁금증을 막아 버렸다. 난에 대한 그녀의 철학 또한 무척이나 관조적이었다. 떨어져 있는 꽃잎도, 점점 상해가는 줄기도, '서글픈 멋'이라고 했다.

리리와 서서히 말을 틀 즈음에서야 꽃밭에 연한 싹이 돋았다. 연초록 떡잎들이 여기저기 솟아올랐다. 리리는 그 새싹들을 돌보는 데 많은 시간을 보냈다. 이랑을 북돋워 주고 물뿌리개로 물을 축여주기도 했다.

두어 평 남짓 촘촘하게 솟아오르는 새싹이 무엇인지 궁금했다. 내가 아는 꽃이라곤 기껏해야 봉선화, 채송화, 분꽃 따위가 전부였다. 그런 쩨쩨한 상식으로 꽃에 대해 묻는다는 게 가당키나 할까. 가꾸지도 보지도 못한 생소한 꽃에 대해, 설령 말을 해준다 해도 멍청하게 듣고만 있을 것은 뻔한 이치였다.

그러던 어느 날, 리리의 외출은 나의 의혹을 미궁 속으로 몰아넣었다. 그 떡잎들의 실체를 알고 싶다는 궁금증보다도 더한 호기심이 발동했다. 파란 떡잎들이 다투어 꽃밭을 뒤덮으려 할 때였다.

"오빠, 나 밖에 나갔다 올게!"

리리는 나를 오빠라고 불렀다. 서독으로 떠나기 전, 아주머니가 붙여 준 호칭은 '독일말 선생님'이었다. 리리는 독일어처럼 딱딱한 그런 호칭 따위는 애초부터 무시했다.

"언제?"

"지금 나갈 거야."

막 공부를 시작하려던 참이었다. 리리의 눈빛도 말투도 여느때와 달랐다. 그녀의 당돌한 태도와 단호한 말투에 멍해졌다.

"무슨 일로?"

"꼭 필요한 건데, 갑자기 생각났거든."

그러고는 내게 되물었다.

"음…, 오빠도 같이 갈래?"

흥미롭겠다는 표정을 지으며 입가에 미소까지 흘렸다. 전에 없이 활기찬 표정, 속 깊은 곳에서 일고 있는 그녀만의 신바람이 상큼하게 다가왔다.

딱히 계획한 일도 없어 그러자고 했다. 너무 쉽게 고개를 끄덕인 탓일까, 반응이 신통찮았다. 그렇다고 그 이유를 꼬치꼬치 캐묻는다면 그녀는 우울해지고 말 거였다.

자기 방으로 돌아간 리리는 족히 한 시간은 돼서야 외출복으로 갈아입고 나왔다. 그녀를 기다리는 동안, 내가 맡은 역할에 충실하겠노라고 몇몇 개의 생활 회화와 단어들을 챙겼다. 실제로 밖에 나가 혀를 굴려보는 것도 괜찮겠다 싶은 생각에서였다.

버스 정류장에 도착할 때까지 리리는 그 어느 때보다도 내 입술을 따라 열심히 혀를 굴렸다. 식구들이 한때 서독에서 살았다는 애길 듣기는 했다. 그래서였는지 그녀의 독일어 회화는 기대

이상이었다. 책으로만 공부한 나와는 비교도 안 될 만큼 억양이 정확했다. 어설픈 발음으로 회화를 가르치는 내 실력이 초라할 만큼. 나 홀로 설쳐댔던 속내를 들킨 것 같아 멋쩍었다.

리리의 속셈은 여전히 알 길이 없었다. 무엇 때문에 갑작스럽게 외출하는지, 어디를 가려는지, 나와 동행해도 되는 일인지 감을 잡을 수가 없었다. 그저 그녀 옆자리에 묵묵히 앉아 바깥세상을 구경하고 있었다.

거리는 활기찼다. 발걸음 바쁜 시장 사람들, 짐을 가득 싣고 자전거 페달을 밟는 아저씨들, 보따리를 들고 갈 길을 잃은 채 멈춰 선 사람들…. 그때 리리가 다급하게 소리쳤다.

"오빠, 여기야!"

서울역 근처였다. 리리는 서울 지리에 까막눈이라고 했다. 변변한 서울 친구가 있는 것도 아니었다. 서울 생활은 고작 일 년이나 되었을까. 서독에서 돌아온 후 대부분의 학창 시절을 부산에서 보냈다고 했다.

급히 리리를 따라 내렸다. 역 광장 한쪽 끝에서부터 리리의 눈길은 두리번거리기 시작했다. 아마도 그 눈길은 건물 옆의 구석진 작은 공간이거나 햇살이 따사롭게 머무는 한적한 곳이었다. 작은 햇빛 꼬리만이라도 있으면 리리의 눈길은 그 주변을 샅샅이 훑고 지났다. 번번이 실망하는 그녀의 눈빛. 한참을 그러더니 슬며시 말을 걸어왔다. 어쩐 일인지 팔짱을 잡고 늘어지면서 전에 없던 애교까지 부렸다. 예기치 않은 리리의 태도에 당혹스럽기만 했다.

"오빠, 덥지 않아?"

민망할 정도로 아양을 떨어대며 내게서 어떤 실마리를 찾아보겠다는 눈치였다.

"글쎄다? 아직은."

"으이! 갈증이 난다아."

근사한 카페가 군데군데 눈에 띄었다. 하지만 리리와 얼굴을 맞대고 앉아 있는 모양새를 생각할라치면 어색하기 말이 아니었다. 리리도 마찬가지였으리라. 그래 봐야 집에서 하던 대로 독일어나 몇 마디 되뇌다 나올 것이 분명했다.

자동판매기 쪽으로 먼저 붙어서는 리리가 그런 고약한 고민거리를 해결해 주었다. 콜라 한 잔으로 갈증을 시원하게 해결한 리리. 이번에는 장난기가 발동했는지, 빈 컵을 농구공처럼 잡고 쓰레기통에 던지며 말했다.

"오빠아! 나아, 나, 병아리 살 거야!"

그러며 그 애는 내 얼굴을 바짝 들여다보았다. '몰랐지?'라며, 놀리듯 내 표정을 살폈다. 병아리는 정말 뜻밖이었다.

"병아리?"

"그래애."

한껏 재미있다는 얄궂은 표정. 내 눈 속까지 들여다볼 작정을 한 것처럼 그녀의 눈망울은 황소만 했다. 갈색 눈동자가 햇살에 부서지는 유리알보다 투명했다. 눈물이 많은 탓도 그 때문이었으리라. 믿기지 않는 사실에 얼빠진 내 얼굴이 아둔해 보인 탓이었을까. 리리는 더욱더 멍청하게 튀어나왔을 내 코를 쥐어박으며,

"그렇다니까, 다스 퀴겐(병아리)!"

리리는 신이 나 어쩔 줄 몰랐다. 자기의 비밀스런 계획을 털어놓았다는 것만으로도, 아니면 나의 멍청한 반응이 코믹했다는 소감만으로도.

언젠가 서울역 주변에서 병아리 파는 아저씨를 본 적이 있다고 했다. 오늘도 그 아저씨가 꼭 나타날 거라고 확신하고 있었다.

리리의 기대는 헛된 것이었다. 서부역 쪽도 살펴보았지만, 그녀의 눈빛은 절망스럽기만 했다. 눈물 많은 그녀가 금방이라도 울어버릴 것만 같았다. 생각 끝에 근교의 병아리 부화장을 떠올리며 우물거렸다.

"교외로 나가면 쉽게 구할 수 있을 텐데."

뾰로통하니 돌아선 리리. 그게 아니었나 보다. 그녀가 원하는 것은 길가에서 파는 병아리여야 했다. 그것도 허름한 차림으로 병아리를 팔고 있는 아저씨로부터. 왜 그래야만 하는지 알 수 없었다. 내가 참견할 바 아니었다. 내가 알고 있는 '길 거리표'는 싸구려라는 것 이상의 의미가 없었다.

맹한 물에 헹군 것 같은 가락국수로 요기를 한 것은 한참 후였다. 고집스러운 리리의 태도가 사그라질 즈음, 넌지시 청량리역으로 가보는 건 어떠냐고 했다. 언젠가 여행에서 돌아오다 병아리 장수를 본 기억이 났다. 다행히 응해 주었다. 기대에 부풀어 그곳에도 가보았지만, 그녀를 위해 병아리 장수가 진을 치고 있을 리는 없었다.

그 이후로도 리리는 몇 번에 걸쳐 서울역과 청량리역을 오가는 듯했다. 매번 빈손이었다. 그런 리리의 눈빛은 날로 사위어갔다. 리리를 기쁘게 해줘야겠다고 마음먹은 것은, 꽃밭의 떡잎들이 자취를 감추고 줄기가 뻗쳐오르고 있을 때였다.

정빈은 여전히 분주했다. 세상 이야기들이 모두 녀석의 입을 거치기라도 하듯 친구들의 이야기로부터 리리에 관한 이야기까지 말길이 닿아 있었다. 정빈은 우쭐거리며 그의 아버지에게서 들었다는 이야기를 풀어놓았다.

리리 아버지는 정빈 아버지와 서독 유학 시절을 함께 지낸 친구였다는 사실과, 리리 엄마는 당시 서독으로 파견된 간호사였다는 사실을. 그들은 그곳에서 만나 사랑을 틔웠고 신접살림도 그곳에 차렸다는 것인데, 그것만으로 리리가 재탄생한 건 아니었다. 그들 부부와 함께 서독에서 살다 부산으로 들어왔다는 리리. 이후 서울로 올라와 S여대를 휴학 중이라는 리리. 그 정도의 정보로 리리의 정체가 밝혀질 리는 없었다. 리리에 대한 궁금증은 더해만 갔다.

리리가 사려는 병아리에 관한 이야기를 꺼내자, 정빈도 솔깃하니 귀를 기울였다. 녀석이 선뜻 병아리 장수를 자처하고 나섰다. 리리가 찾는 병아리 장수는 초라하게 보여야 한다는 점을 거듭 당부하고, 작당 모의가 끝나면 연락하기로 했다.

정빈과의 연극은 성공적이었다. 리리가 집을 나서던 날, 적당한 시간을 택해 청량리역으로 병아리를 들고 나가라고 했다. 허름한 밀짚모자에 덜름한 작업복 바지를 차려입고 나섰다던 정빈의 행색은 완벽했던 모양이다.

그날 정빈은 흥분에 겨운 목소리로 전화를 걸어왔다. 서울 바닥에서 병아리 장사만 해도 한몫 톡톡히 잡을 거라며. 삼십 여 마리를 가지고 나가 풀어놓았더니 병아리를 사겠다는 사람들이 줄을 서더라며. 예약된 손님이 있다고 했더니 더욱더 야단이었다고. 겨우 세 마리를 남겨놓고 웃돈까지 받아 챙겼다고.

남은 세 마리마저 빼앗기면 어쩌나 하고 초조해 있던 정빈. 드디어 지하 출구 쪽에서 양지쪽으로 다가오는 한 여자를 발견했단다. 내가 말해 준 모습보다 훨씬 더 시무룩한 표정이었다고 했다. 길게 늘어뜨린 머리가 더욱더 슬프게만 보였으리라.

병아리를 사 든 리리가 노여운 눈빛으로 정빈으로부터 매몰차게 돌아서더란다. 정빈도 '아차!' 했다는 것이다. 내 말대로라면 리리는 기뻐 날뛰어야 할 것쯤으로 생각해 두었건만, 병아리를 받아든 리리는,

"오오, 가엾은 병아리! 저 아저씨 밉지?"

혼잣말을 뇌까리며, 그 자리를 박차고 떠나더란다. 리리가 우리의 연극을 알아챈 것은 아닐까, 조마조마했다며 그 순간을 낱낱이 일러 주었다.

그날 저녁, 리리는 세 마리의 병아리를 끌어안고 자기 방으로 들어갔다. 할머니는 병아리를 사 들고 들어온 리리가 대견스러웠던지 입이 닳도록 칭찬을 해댔다.

다음 날이었다. 10시가 넘도록 리리의 방은 잠잠하기만 했다. 할머니는 그와 같은 리리의 일상에 무감각한 편이었다. 리리의 습관에 적당히 굴복했거나 예삿일이라는 듯 무심코 지나치는 편이었다.

나는 그렇지 않았다. 독일어 공부가 진척되지 않아 그런 게 아니었다. 전날 사 들고 들어간 병아리가 마음에 걸렸다. 병아리와 리리의 아침 기상이 상큼하길 바랐다.

리리의 방문을 열고 나서야 불길했던 예감이 눈앞에 펼쳐졌다. 잔뜩 웅크리고 앉아 있는 리리의 모양새가 침울해 보였다. 사각으로 에워싸인 철제 상자에는 병아리 한 마리가 나뒹굴고 있었

고, 그 옆에는 좁쌀 보시기가 놓여 있었다.

뒤따라 들어온 할머니도 그제야 '아차'하는 눈치였다. 좁쌀 보시기부터 엉겁결에 꺼내놓았다. 미처 물 넣어 줄 생각을 못했던 것이다. 좁쌀만 쪼아댄 병아리가 죽음으로 치달았던 것은 아니었을까.

언젠가 소설에서 읽은 어리석은 대목이 되살아났다. 몇 날 며칠을 굶은 사람이 방앗간을 지나다 생쌀을 잔뜩 집어 먹고, 다음 날 아침 팅팅 부르튼 시체로 발견되었다는 대목. 생각이 거기까지 미치자, 남아 있는 두 마리의 울음소리조차 성하게 들려오지 않았다. 리리의 목소리도 먹먹하게 들려왔다.

"오빠, 한 마리가 먼저 하늘나라로 날아가 버렸어."

남아 있는 병아리들도 눈이 횅뎅그렁했다. 길지도 않은 목울대를 늘여 빼고서는 연약한 부리를 쫙쫙 벌리며 울어댔다. 지금껏 병아리의 울음소리가 그토록 청승맞고 안타깝게 들린 적은 없었다.

철제 상자에 물을 넣어 주고 이미 차가워진 병아리의 사체를 들고 일어섰다. 양양대며 부리를 종알거리던 병아리 두 마리가 분주하게 물을 찍어 들이켰다. 리리의 슬픈 눈은, 뻣뻣하게 굳어 버린 주검을 애써 외면하고 있었다. 시선을 어디쯤엔가 떨군 채 리리는,

"오빠, 그거 버릴 거 아니지, 어디다 묻어 줄 거야?"

애원에 가까운 울먹이는 목소리. 어떤 위로도 소용에 닿지 않을 성싶었다. 손에 든 주검이 딱딱하고 싸늘하게 다가왔다. 시간이 갈수록 차츰 부풀어 오르는 것 같아 찝찝하기까지 했다. 리리도 할머니도 모르게 꽃밭 깊숙이 병아리의 사체를 묻었다. 서울 하늘에 보기 드문 별이 촘촘한 깊은 밤이었다.

살아남은 병아리 두 마리는 활발하게 뛰놀았다. 리리가 죽은 병아리를 잊을 만큼이나 팔팔했다. 그런데 어이없는 일이 생겼다. 방안에 꽃을 피워야 할 난초들이 통 꽃소식을 전하려 하지 않았다. 오월 하늘이 눈부신데도 아무런 기별이 없었다.

작년 이맘때면 춘란은 이미 꽃자루가 쏙 빠져나와 몽우리를 머금었어야 할 시기라고 했다. 그에 비해 리리가 가꾸고 있는 꽃밭의 화초들만 다투어 무성하기 이를 데 없었다. 그때야 알았다. 그 집에 발을 들여놓던 날, 리리가 뿌렸던 씨앗은 꽃이 아닌 채소였다는 것을. 어린 싹이 자라 본 모습을 드러냈을 때도 대단히 근사한 꽃이려니 생각했다. 병아리를 사겠다던 일과 같이 그 역시도 터무니없기는 마찬가지였다. 그것은 화초가 아닌 고추였다.

리리가 벌이는 일이란 종잡을 수 없는 일들의 연속이었다. 꽃밭에 그득하게 자라고 있는 고추 모를 어떻게 화초와 연관 지어야 할지 난감했다. 그렇게 자리를 잡은 두어 평 남짓 고추밭은 하루가 다르게 부풀어 올랐다. 앉은뱅이 신세를 면치 못한 그 옆의 화초들은 주눅이 든 탓일까, 갈수록 졸아드는 형세였다.

　리리는 병아리 때문이라고 했다. 자기 방에 있는 난초가 여태까지 꽃을 피우지 못하고 있는 것은. 병아리를 방에 들여놓은 이후로 청소를 번거롭게 했다. 필요 이상의 청소는 날이 갈수록 더했다. 병아리의 깃털이 날리고 불쾌한 냄새까지 진동했다. 그 때문에 리리는 독한 향수를 구해다 뿌리기를 한두 번이 아니었다.

　화초에 대해 아무리 까막눈인 내 상식으로도 그와 같은 리리의 소행이 염려되긴 했었다. 더구나 난초처럼 주변 환경에 예민한 식물이 제대로 꽃을 피우리란 기대는 진작부터 하지 말았어야 했다.

　그 일이 있고부터 병아리에 대한 애정도 시들해진 것일까. 한 마리를 먼저 보낸 탓에 꼭꼭 챙겨 맑은 물을 넣어 주고 좁쌀을 뿌려주긴 했지만, 좁쌀 보시기가 바닥을 드러낼 때도 있었다. 리리가 병아리를 밖으로 내놓지만 않았어도 그런 생각은 하지 않았을 것이다. 그렇다고 병아리에 대한 관심이 싸늘하게 식었다는 말은 아니다. 병아리와의 날들에 익숙해졌기 때문일 거였다.

　리리는 이런저런 이유를 들어가며 병아리를 밖에 풀어놓았다. 고추 모가 제법 가지를 쳐나갈 무렵이었다. 병아리 두 마리는 좀 더 자유롭게 정원을 뒤뚱거리기 시작했다. 어미 닭도 하지 못하는 날갯짓을 흉내 냈고, 삐약삐약 울어대던 울음소리도 변성기를 거친 듯 좀 더 굵고 좀 더 뜸해졌다. 이제야 물을 찍어 들이키면 그럴듯한 하늘을 제대로 올려다볼 수 있을 만큼 뒤뚱거렸다. 리리 방의 사각 무늬 천장이 아닌 뭉게구름이 어엿이 떠가는 드높은 하늘이었다. 철제로 둘러싸인 상자 속의 감금이 아닌 넓고 자유로운 마당을 무대로 하고 있었다.

병아리의 물 한 모금이 하늘을 우러를 때마다 리리의 눈빛도 넓고 자유로운 하늘을 향했다. 하늘은 무지하게 맑았고 꽃밭에 다투어 피기 시작한 꽃들은 고추포기와 함께 그 우아한 하늘을 향해 끊임없이 미소 짓고 있었다.

더위가 쪄 오르기 시작한 유월이었다. 서독으로 먼저 떠난 식구들로부터 소식이 날아왔다. 한국을 떠날 날은 예정보다 훨씬 빨랐다. 가을이 되기 전에 리리와 할머니 모두 서독으로 와 달라는 편지였다. 편지를 받은 할머니와 리리는 덤덤했다.

꽃밭의 고추포기들이 갑자기 시들해졌다. 성한 잎사귀 한 귀퉁이가 떨어져 나가는가 하면, 가을 낙엽처럼 뿅뿅 뚫려 있었다. 벌레가 갉아먹은 것처럼 흉측하게 얽은 잎사귀들이 야금야금 시들어 갔다.

애벌레들이 그랬을 거라는 할머니의 말을 듣고, 집기를 찾아든 리리가 대대적인 벌레 소탕 작전을 벌였다. 벌레가 잎사귀마다 잔뜩 붙어 있었다. 솎아주지 않아서인지 연약하게 솟아오른 두어 평 남짓 고추포기들은 한나절 일감이 되고도 남았다.

이틀 걸러 한 번씩 벌레를 잡아냈지만, 벌레의 습격은 끊이지 않았다. 옆에 있는 화초들도 수난을 당했다. 손으로 한 마리씩 잡아내는 방법으로는 감당할 수가 없었다. 그 숱한 잎사귀를 모조리 뒤집고 헤집는 일이란 어리석기 짝이 없었다.

보다 못한 리리가 밖에 나가 살충제를 사 들고 들어왔다. 조그마한 분무기도 딸려 있었다. 그날 고추포기와 화초, 담쟁이넝쿨까지 약 기운을 듬뿍 뒤집어썼다.

며칠간 화초도 고추포기도 푸릇한 생기로 산들거렸다. 큰 효과를 본 리리는 흐뭇해했다. 이도 잠시, 큰비가 내린 다음 더 많은 벌레들이 번성했다. 또다시 약을 뿌려야 할 판이었다. 리리는 남은 약을 모두 쏟아붓고 한나절 내내 분무기를 들고 다녔다. 흠뻑 약물을 뒤집어쓴 고추밭은 한결 싱싱했다. 그 대신 온 집안이 약 냄새로 진동했다. 할머니는 어지럽다며 방에서 얼굴조차 내밀지 않았다.

다음 날, 병아리 두 마리가 몽땅 잠적해 버렸다. 병아리가 사라지자 리리의 요청이랄 것도 없이 할머니와 나는 병아리 찾기에 분주했다. 내가 겨우 찾아낸 병아리 한 마리는 수챗구멍 깊숙한 곳에 박혀 있었다. 살충제에 쩐 벌레를 쪼아먹었는지 약 기운을 못 이겨 고개를 처박고 몸부림친 흔적이 역력했다. 병아리의 비참한 주검이었다.

나머지 한 마리는 끝내 꽁지조차 보이지 않았다. 할머니가 몰래 꽃밭 깊이 묻어 주었으리라. 리리는 방에 틀어박힌 채 손끝 하나 내밀지 않았다.

그날 밤, 리리가 내 방으로 찾아왔다. 기운이 빠져 버린 축 처진 어깨였다.

"오빠, 나 여기서 잘래."

터져 나올 듯한 웃음을 간신히 참았다. 그날도 리리는 예측하지 못할 애송이 짓을 해왔다. 다 큰 처녀애가 혈기 왕성한 총각 방에서 잠을 자겠다고 베개를 들고 나타난 건 기막히다 못해 소름 끼치는 일이었다. 어딘가 모자라도 한참 모자라 보였다.

아니다. 내가 보아온 리리는 바보도 아니었고 모자라지도 않았다. 사리 분별도 명확할뿐더러 우아하기 나무랄 데 없는 요조숙녀였다. 얼굴 한구석에 내비치는 슬픈 미소 같은 것만 빼고는. 실은 그게 마음에 걸렸다. 언제부터 리리의 표정이 그처럼 굳어 버린 것인지 알 수는 없었지만.

병아리의 죽음이 제아무리 충격이었더라도 리리의 요구를 받아줄 수는 없었다. 어떻게든 돌려보내야 했다. 고민스런 눈빛으로 도리질해 보았지만, 리리의 눈빛은 애원에 가까웠다. 베개를 꼭 끌어안은 리리가 무턱대고 침대 깊숙이 들어앉았다. 마치 수챗구멍에 처박힌 병아리처럼 애처롭기 그지없었다.

얼마나 무안해할까, 얼마나 민망해할까, 매몰차게 내친다면. 리리의 심정을 헤아리지 못하는 매정한 짓이리라. 모든 걸 감수하고 내 방을 찾아왔으련만. 이래저래 변명하거나 말을 돌릴 줄 모르는 리리의 일상을 보아온 나로서는 그녀의 요구를 꺾을 방법이 없었다. 슬픔을 이겨내려는 그녀만의 해법이었으리라.

리리를 이성으로 대한 적은 없다지만 일이 그렇게 되고 보니 적이 당황하는 쪽은 나였다. 내게서 주체하지 못할 감정의 변화가 일었다. 리리를 성숙한 여인으로 대하고 있는 것은 아닐까. 이 혼란스러운 상황에 온 신경이 소용돌이쳤다.

어쨌든 달라질 건 없어야 한다고. 나야 나대로 잠만 몰아 자면 그만이라고. 리리가 병아리의 죽음을 잊을 수만 있다면. 마음을 다독이며 그녀의 심정을 헤아리기로 했다. 그랬다. 모르는 타인처럼 옆에서 뒤척이지 않는 잠만 자면 그만이었다. 설사 할머니가 그 우스꽝스러운 광경을 지켜본다 하더라도 부끄럽지 않을 잠자리를. 생각이 거기에 이르자, 근원 모를 용기가 솟았다.

넓지도 않은 침대에 젊은 남녀가 한 이불을 뒤집어쓰고 있는 꼴이란 영락없는 동침이었다. 멀뚱히 눈만 감고 온 신경은 이불 속으로 쏠렸다. 그런 와중에 속으로 끄윽끄윽 삐져나오는 웃음이란. 이 무슨 별꼴이란 말인가. 리리도 격 없는 자기 행동을 어떻게 설명해야 할지 고민하는 듯했다. 리리의 몸이 자근자근 뒤척이고 있었다. 잠적해 버린 병아리를 잊지 못해 그러는 것 같았다.

빛이 없는 어둠의 시간은 무척이나 더뎠다. 째깍거리는 초침 소리가 또렷했지만, 자정을 넘겼을 법한 괘종시계 종소리는 좀체 들려오지 않았다. 누구든 먼저 말을 풀어놓아야 한다고 생각했다. 적당한 얘깃거리가 잡히지 않았다. 꽃밭 이야기도, 병아리 이야기도, 난초에 관한 이야기도 모두 가슴 아리는 일이었다. 어설픈 말이 리리를 더욱더 슬픔에 빠뜨릴 것만 같았다. 눈을 감으나 뜨나 온 밤은 캄캄하기만 한 어둠. 그때였다. '쿵'하는 천둥소리가 터졌다.

"오빠, 괜찮지?"

라며 리리의 손길이 내 가슴께로 잦아들었다. 소름이 쫙 끼쳤다. 머리가 온통 빠져 버릴 듯한 소금 덩어리만 한 소름. 올 것이 왔다는 절박한 순간. 마치 도깨비에 홀린 기분이었다. 뒷골이 시큰거렸다. 리리가 사내 품을 탐하는 요괴라는 환청이 사방에서 들려왔다. 쿵쿵 천둥소리는 멎을 줄 몰랐다.

"어디, 호흡이 가쁜 거 보니까, 아무래도 오빠아? 맞지? 그렇지? 엉큼한 생각하는 거지? 그래 안 그래?"

'휴―', 한숨을 돌렸다. 주삿바늘이 빠져나간 듯한 안도감. 그제야 말을 꺼내기가 수월해졌다. 장난스럽게 옆구리를 찔러대고 있는 리리가 고맙기까지 했다.

"이 도깨비 같은 여자야! 시집도 못 갈라. 리리가 아니고 이리 다 이리, 으이구."

"뭐 이리라고?"

심각해진 목소리로 리리가,

"오빠, 내일부터 이리 새끼나 데려다 키울래?"

"뭐야? 이 맹추 같은 여자야, 이리를 키우겠다고?"

어린애들 같은 웃음소리가 방 안에 가득 뒤섞였다. 가쁜 맥박의 진동도 점차 수그러들었다.

리리는 다음 날 아침 늦게까지 내 목을 끌어안고 곯아떨어져 있었다. 티 없이 맑은 리리의 얼굴이 중천에 떠오른 밝은 햇살을 받아 마시고 있었다. 주방 쪽에서 부스럭거리는 소리가 들렸다.

"리리, 어디 있니, 리리!"

할머니의 부름이었다. 할머니는 간밤의 그 요란했던 천둥소리를 들었을 리 없었다.

"리리야, 할머니가 부르시잖아?"

하얀 종이가 구겨진 듯한 귀에 대고 리리를 불렀다. 할머니에게 이 난잡한 광경을 들킬 것 같은 두려움 때문이 아니었다. 할머니는 리리가 못 미덥거나 그런 일로 나무랄 위인이 아니었다. 내가 신경 쓰고 있는 것은 고이 잠든 리리의 얼굴을 놀라게 하고 싶지 않은 거였다. 리리의 어깨를 흔들었다.

"리리, 야, 일어나란 말이야!"

"음, 오빠야."

리리의 눈망울이 개운해 보였다. 할머니의 기척이 내 방 쪽으로 다가왔다.

"리리!"

"아 잘 잤다. 할머니이, 나 여기 있어."

방문을 연 할머니의 표정은 놀란 토끼 같았지만, 금세 의심하는 빛이 가셨다. 오히려 아침 햇살처럼 산뜻하게 번지는 인사를 건네 왔다.

"에구구, 다 큰 계집애가 거기서 뭐하는 게야. 에구구, 창피해라. 에구, 저놈의 저 철딱서니 없는 것하고는. 홍 군, 저놈의 저 계집애 언제나 철든다지?"

내 얼굴도 기분 나쁘지 않은 홍조로 물들어 있었으리라. 묘한 밤이었다.

꽃밭의 고춧대가 꽃을 피우고 작은 열매를 맺기 시작할 때였다. 서독에서 편지가 날아왔다. 리리 엄마가 이들을 데리러 온다는 소식이었다. 내게 한 부탁은 미리 출국 절차를 챙겨달라는 것과 집을 세놓아 달라는 것이었다. 이삿짐을 최소한으로 싸 달라는 것도 빼놓지 않았다.

해외 이주 관련 서류와 출국 절차를 알아볼 겸 정빈을 불렀다. 남산 기슭에 있는 독일문화원 서독대사관을 찾아가기로 했다. 리리도 할머니도, 내 처분만 기다릴 뿐 함께 가려고 하지는 않았다.

할머니와 리리의 시무룩했던 표정 때문이었을까, 가짜 병아리 장수를 자처했던 이력 때문이었을까. 옆에서 힐끗힐끗 내 얼굴을 살피며 정빈이 물어왔다.

"리리란 애, 지금도 병아리 키우든?"

괜히 뜨끔했다. 리리도 할머니도 나도, 그 일을 잊고자 한 지 오래였다. 꽃밭에 병아리를 묻은 이후 아무도 그 얘길 먼저 꺼낸 적이 없었다.

"병아리? 오래됐지, 꽃밭에 묻은 게."

이 집 식구들에게는 벌써 까마득한 일로 묻혀 있었다.

"으흠. 그랬구나. 그랬을 거다."

마치 자기 예감이 맞았다는 표정.

"그게 무슨 말이냐?"

"그때, 병아리 장수를 했던 날, 아버지한테 물어봤지. 리리 그 애 어떤 애냐고."

"그랬냐."

나는 별것도 아니란 표정을 짓고 정빈의 얘길 들어주었다.

"그 아저씨 유학 시절에 입양한 애였대. 예전에 그런 애들 많았다잖냐. 외국으로 입양 가는 애들. 그 아저씨가 거두었던 모양이야. 모르고 있었니?"

'아 그랬구나.' 나는 묵묵히 들어만 주었다. 내 얼굴을 살핀 정빈이 말을 이었다.

"그 애, 한국에 들어와서 더 힘들어했다더라. 적응을 못했단다. 그 때문에 다시 서독으로 가는 거라더라."

"음, 으음."

그날 집으로 돌아온 나는 리리를 마주 볼 수가 없었다. 이 땅에서 버림받고 낯선 곳에서 떠돌았을 리리. 다행히 좋은 사람들을 만나 이 땅에 다시 돌아왔건만, 그녀를 반겨주는 이는 아무도 없었다. 버림받아 떠났던 이 땅이 얼마나 미웠을까. 다시 그곳으로 돌아간다 한들 반겨줄 이 또한 누가 있으랴. 리리의 비밀한 내력을 아는 체하고 싶지 않았다. 그게 더 리리를 아프게 할 테니까.

리리는 또 한 번 내 품에서 잠을 자고 갔다. 서독으로 떠나기 전날 밤이었다. 그날 우리는 아무 말 없이 눈만 멀뚱거리며 밤을 지새우다시피 했다.

리리와 할머니는 꽃밭에서 여물어 가는 고춧대를 남겨두고 무거운 발길을 옮겼다. 이 땅을 떠나고 싶지 않다던 그들은 마지못해 짐을 꾸렸다. 리리도 할머니도 데면데면하기는 마찬가지였다. 지난 8월이었다.

한 달가량이나 빈집으로 쓸쓸해 보이는 한남동 집은, 아직도 주인을 만나지 못하고 있었다. 담쟁이넝쿨은 담을 온통 뒤덮고, 꽃밭의 꽃들은 함께 어우러져 서로가 서로를 의지하고 있었다. 꽃밭 옆에는 약 기운에 쓰러진 병아리의 주검이 탐스럽게 익어가는 고춧대를 떠받들고 있었다. 나는 꽃밭에서 이들과 함께 리리를 추억했다.

－『월간문학』(2014년 6월호)에 수록

로타네브와 베나토르

노파는 쉴 없이 빵을 구웠다. 미리 구워 놓을 필요는 없었지만, 손놀림이 재지 않아 그런다. 더러는 급하게 빵을 찾는 이가 있어 미리 구워 놓는 것이다. 이 골목에서 붕어빵을 사 먹는 이가 별로 없다는 것을 노파는 잘 알고 있다.

승헌이 다가가자 반갑게 맞이한다. 3천 원을 받아 든 노파의 손길이 다급해진다. 단골이라 좀 더 따뜻한 빵을 내주고 싶어 새로 구우려는 것이다.

노파의 어눌한 손길을 지켜보기가 머쓱해 목덜미를 쓰다듬는 승헌, 일부러 리어카 옆쪽으로 비켜선다. 주머니 속에서 스마트폰을 꺼낸다. 딱히 통화할 곳은 없다. 습관적인 트위터 접속. 새로 올라온 게시물은 없다. 손길도 눈길도 둘 데가 마땅찮다. 옆으로 비켜선 채 노파의 손길을 훔쳐본다.

주전자의 반죽을 따르고 팥소를 떼어 넣는 손이 잘게 떨렸다. 그래서였을까. 어떤 것은 팥소가 밤알만 하고, 또 어떤 것은 도토리만 하다. 잠시 후, 앞치마에 손을 쓱쓱 문지르는 노파, 긴장한 눈길로 빵틀을 뒤집는다. '덜커덕!' 둔탁하지만, 빵틀 뒤집히는 소리는 늘 정겹다.

며칠 전만 해도 노파의 리어카는 이름이 없었다. 리어카를 두르고 있는 천막에 들어박힌 큼지막한 글자 '가시 없는 붕어빵', 어리숙한 글자체가 가시처럼 성글다. 붕어빵에 가시가 없다니, 기발하다. 초등학생이 쓴 것처럼 삐뚤빼뚤 제멋대로다. 어설프게 보이려고 일부러 그런 것 같다.

왠지 붕어가 들어 있을 법한 붕어빵. 그랬을 붕어빵은 훗날 모양만 본떠 지금의 붕어빵으로 거듭났을 것이다. 이 붕어빵에 가시가 없다는 능청스러운 선언. 그 덕인지 가시 없는 붕어빵은 감칠맛이 제대로다.

노파의 리어카 맞은편, 커피 전문점. 승헌의 아내가 개점한 카페다. 개점 3개월째, 젊은이들로 붐볐다. 자리가 없어 기웃거리다가 돌아서는 손님이 여럿이다. 그의 아내는 돌아서는 손님을 잡지 못해 안달복달 속을 태우고 있으리라.

찬바람이 일고부터, 자리를 먼저 차지한 이들은 일정 시간이 지나도 그네들 자리를 양보할 기색이 없어 보였다. 굼뜬 녀석들이 뒤늦게 엉겨 붙는 바람에 자리만 비좁다. 그들도 승헌처럼 시간 때우기에 골몰하고 있는 듯했다.

허기를 때우는 것보다 더 곤혹스러운 것은 시간 때우기였다. 정비소에서 6시에 퇴근한 승헌, 아내가 문 닫는 10시께까지 기다려야 한다. 무작정 기다려야 한다. 할 일이 없으므로 지루하다. 그뿐이랴. 기대할 것 없는 길고 긴 날들은 더더욱 가혹했다. 어제, 오늘, 내일이 같은 꼴로 멎은 일상은 더디기만 할 뿐, 10년을 더 흘려보낸다 해도 승헌의 삶은 달라질 게 없었다.

하우스 채소처럼 세상도, 인생도, 시름도 속성으로 재배할 수만 있다면, 지루한 세월을 시나브로 흘려보낼 수만 있다면. 승헌은 모든 것을 빨리 흘려보내고 싶었다. 고등학생 아들도 한순간에 대학에 붙어 졸업하고, 아파트 대출금도 세월이 훌쩍 지나 다 갚아지고, 혹 같이 매달려 있는 각종 보험료며 할부금이며, 이 모든 것을 다 떼어버릴 수만 있다면. 어기적어기적, 붕어빵으로 허기를 채운다.

달라진 게 있다면, 서울 직장생활을 청산하고 지방 근무를 신청한 오늘이 그랬다. 오늘만큼 어수선한 날도 없었다. 아내에게 말을 꺼내지는 못했다. 언제, 어떻게 말을 꺼내야 할지 기회만 엿보고 있다.

친구를 부를까 하다, 고개를 젓는다. 귀찮다. 술을 마셔야 하고, 화젯거리를 찾아야 하고, 입씨름을 해야 하고. 생각할수록 귀찮다. 헬스장도 골프장도 흥미가 멀어졌다. 어기적어기적, 식어 가는 붕어빵을 씹는다.

엊그제, 그는 아내로부터 가게 접근 금지령을 받았다. 기름때 묻은 족속이 드나들면 매장 품격이 떨어진다나. 아내와 말다툼한 이후로 눈길 한 번 마주친 적이 없다. 수험생 아들은 밤늦게나 돌아올 터, 혼자 집구석에 처박혀 있기는 적막하다. 꼼짝없이 10시까지는 이 골목을, 아내의 가게 주변을 서성일 수밖에 없다. 어기적어기적, 가시도 없는 붕어빵은 깔깔하기만 하다.

어둠이 몰아친 골목, 사람들이 점점 몰려든다. 서로를 찾고 부르고 떼 지어 카페로 술집으로 몰려간다. 어둠이 짙어갈수록 골목은 점점 더 밝아온다. 찬란한 형광 불빛 속에 승헌의 눈길을 사로잡는 반가운 입간판, 로또다. 족히 30분은 때울 수 있다.

편의점으로 향하는 승헌, 거리의 숫자들을 모으기에 바쁘다. 저 멀리 보이는 지하철역 출구 번호, 골목을 오가는 자동차 번호, 간판에 나붙은 전화번호, 남은 붕어빵의 개수….

눈에 띄는 모든 숫자가 다 노다지다. 45를 넘어가는 수는 나누거나 가르고, 자릿수가 큰 수는 도리짓고땡. 끊임없이 숫자들을 조합한다. 이 얼마나 뜻깊은 숫자더냐. 이날을 기념하고자 들고 있던 스마트폰으로 술렁이는 도심의 숨결을 카메라에 담는다.

음식점에 둘러앉은 무리와 무리, 갈비 타는 냄새와 쏟아지는 담소, 취해가는 골목의 표정들을 바라보는 가로등, 한껏 부풀어 오른 보름달.

감동으로 가득한 밤하늘을 올려다보며 하느님 앞에 공손히 손을 모으고, 조상님 앞에 머리를 조아리고, 순국선열의 넋을 불러 그 위업을 기리며 빌고 또 빌었다. 식구들의 생일과 조부모의 제삿날과 아끼고 아끼던 행운의 숫자까지 동원하며. 돈벼락을 맞자고, 팔자 한번 고쳐 보자고, 인생 역전을 되뇌며.

승헌은 아내의 가게가 조금 멀어 보이는 편의점에 들어가 간이 테이블에 자리를 잡는다. 컵라면에 끓는 물을 받아 놓고 로또 번호를 마킹한다. 지갑도 폰도 남은 붕어빵도 탁자 위에 올려놓는다. 아예 눌러앉을 태세다.

다시 폰을 집는다. 습관적인 트위터 접속. 앗! 로타네브(Rotanev)다. 화면을 들여다 본다.

"고즈넉한 황혼입니다. 행복하소서."

짧은 문구 아래, 서해 바닷가의 일몰 영상이 잔잔하게 깔려 있다. 요 며칠 사이 로타네브의 출입이 시시때때로 잦다. 얼마나 다행인가. 한동안 그의 활동은 뜸했다. 그 탓에 모임방 〈엉겅퀴〉가 흔적도 없이 사라질까 불안했었다.

서해 바닷가에 산다는 로타네브. 트윗 창 그의 얼굴은 승헌과 비슷한 40대 후반이지만, 그의 정체는 철저히 가려져 있다. 서해

안 어느 소도시의 회사원 아니면 공무원쯤으로 보였다. 딱 봐도 농부나 어부의 얼굴은 아니었다. 까무잡잡하지만 거친 티가 없었다. 회원들은 그를 엉겅퀴 당주로 모시고 있다.

트윗 모임방 엉겅퀴는 한때 70여 명이 드나들던 곳이다. 시간이 흐르며 트윗질에 흥미를 잃은 사람들은 아이디만 남기고 떠났다. 이제 남은 회원이라야 고작 넷. 산과 들 어디에서나 쉽게 찾아볼 수 있는 엉겅퀴처럼 어디에 살든, 무슨 일을 하든, 누구나 들어올 수 있다는 규약 아닌 규약. 묻지도 따지지도 않는 이 시대 최고의 덕목 아래, 초기 멤버는 다 떠나고 객꾼들만 남아 있다.

경주 박물관 근처에서 식당을 한다는 'GJ_monday', 그는 박물관이 쉬는 월요일을 기념하여 monday란 아이디를 썼다.

언제고 시간만 되면 들락날락 야단인 '베나토르(Venator)', 팍팍한 서울살이를 못 견디고 서울 근교로 밀려난 친구다. 요즘 같아서는 이 친구가 당주 같다.

그리고 도심의 무기력한 일상에 갇혀 어디론가 탈출을 꿈꾸는 'Runaway' 승헌, 이렇게 넷이 전부다. 그중 최고참이 로타네브다.

승헌은 로타네브의 말을 절대 신봉한다. 미래를 꿰뚫어 보는 예리한 안목, 시대를 진단하는 날카로운 통찰력, 자신의 논리를 촘촘하게 전개하는 응집력. 그 무엇 하나 빠지는 게 없다. 로타네브는 때때로 친구가 되어 주기도 하고, 상황에 따라 멘토가 되어

주기도 한다. 승헌을 반갑게 맞이하는 로타네브,

"오늘도 혼잔 모양임돠."

덩달아 반가운 승헌의 리트윗,

"앗ㅎㅎ, 늘 그렇지요."

"집사람하고는 화해하셨지염."

목덜미를 두어 번 쓸어내리는 승헌,

"앗, 아직요."

어제저녁 털어놓았던 고민을 잊지 않고 염려해 주는 그가 한 없이 고마울 따름이다. 덤으로 그는, '여자는 한 번 토라지면 군 은살 깎아내듯 평생을 깎아내야 한다'라는 조언까지도 아끼지 않 았다.

승헌 부부의 말다툼은 매장을 늘리자는 아내의 요구에서 비롯 되었다. 열맷 평이나 되는 매장을 얼마나 더 늘리려는지. 승헌의 불만은 아내에 대한 증오로까지 번졌다. 아내는 터무니없이 통 이 컸다. 옆 가게 양품점을 인수하여 트면 매출이 지금보다 3배 는 더 뛸 거라고. 10년 고생할 일 3년 만에 끝을 보자고. 아내의 셈법대로라면 임대료와 양품점 권리금까지 어마어마한 금액이 필요했다. 승헌의 퇴직금을 중간 정산하여 해결하자는 게 아내의 셈속이었다.

그놈의 노후 자금이 발단이었다. 작년까지만 해도 아내는 평

범한 주부였다. 그랬던 그녀가 보험설계사와 어울리기를 한동안. 처음엔 보험설계사로 나설 아내를 상상하기만 해도 기꺼웠다. 드디어 함께 버는구나! 그의 마음은 한결 가벼웠다. 그러한 기대감은 금세 혹 덩어리로 들러붙었다.

어느 날부터였던가. 활기 가득한 그의 아내는 후회하지 않을 노년을 설계해야 한다며 호들갑을 떨었다. 나이 60에 들어서면, 현금 억대는 손에 쥐고 있어야 한다는 것과, 반듯한 전원주택 한 채라도 있어야 한다는 것과, 여차여차 자식한테 아쉬운 소리 할 것 없이, 노후 자금을 마련해야 한다며 강변하고 나섰다.

반듯한 전원주택이라! 승헌에게도 솔깃한 제안이기는 했다. 그렇게 해서 시작한 것이 커피 전문점. 운영 3개월 만에 더럭 욕심을 내는 것이다.

노후 자금 마련, 퇴직 후 생활 보장. 말 많고 탈 많은 국민연금만 바라보는 바보가 아닌 다음에야. 솔깃하게 들려왔다. 보험설계사들만 외치고 다니는 게 아니었다. 방송과 신문에서도 떠들어 댔고, 주변 동료들도 소란을 피웠다.

10년 후의 삶, 20년 후의 삶을 대비해야 한다는 것이다. 자그마치 5억 이상은 쌓아놓아야 한다니. 무슨 수로 그 많은 돈을 꿍쳐놓으란 말인지. 도무지 기가 찰 노릇이었다. 내일 당장 어떤 일이 일어날지도 모르는 참에 10년 후, 20년 후를 대비하라니. 나올

길 없는 억지 돈을 벌어 놓으라니.

조금이라도 젊었을 때 판을 벌여 보자는 게 아내의 해법이었던 반면, 뾰족한 대책도 수완도 없는 승헌으로선 그런 일은 그때 가서 생각하자며 아내의 꿈을 달랬다.

"님 오래 끌면 곪아염."

"그렇잖아도 오늘은 꼭 화해할 겁니다."

화해뿐만 아니라 지방으로 근무지를 신청한 것도 털어놓을 작정이었다. 승헌은 괜한 가정사만 떠벌리는가 싶어 화제를 돌릴 셈으로, 방금 전, 골목을 지나오며 담았던 사진 몇 장을 뽑았다. '생동하는 도심 골목 1, 2, 3'이라 명명하고 트위터에 올린다. 사진을 받아 본 로타네브의 리트윗,

"구신 붙은 밤이로군염."

그의 응답에 고개를 갸우뚱하는 승헌,

"귀신이요?"

"흠…, 놀이 구신이 사람들을 홀렸군염."

"ㅎㅎㅎ, 보기에 좋잖아요. 낮에 열심히 일하고 밤에 신나게 놀고, 하느님 보기에도 얼마나 좋을까요?"

"켁! 낮하고 밤이 갈리듯, 일하는 이와 노는 이도 갈려염."

"아하 예에, 그런 것 같기도 하네요."

오늘따라 말본새가 까칠한 로타네브. 심기가 불편한 양 톡톡

쏘아댄다. 목덜미를 쓸어내리는 승헌.

"일하는 사람은 점점 줄고 노는 사람은 점점 늘고, 그처럼 놀이에 빠져드는 놈팽이들은 점차 할 일이 없어지지염."

"아하 예에, 그렇군요."

승헌은 그의 말에 수긍할 뿐, 토를 달지는 않았다.

"쿨럭쿨럭, 그저 제 생각여염. 셔블 발기 다래 밤드리 노니다가…."

승헌에게는 술과 노래와 불빛으로 달아오른 아름다운 밤이었건만, 로타네브는 어슴푸레한 옛 노래 한 소절을 읊조리며 홀연히 사라진다. 얼마 전부터 말끝을 '−염, −염' 맺는 투가 베나토르의 약 올리는 듯한 어투 '−용, −용'과 흡사했다.

우연찮게도 로타네브가 나간 그 순간, 막둥이 베나토르가 들어왔다.

"안냐세용, away 성님."

엉겅퀴 회원들은 승헌을 away라 불렀다.

"에구, ro 방금 나갔구만, 진작 들어오시지 않구."

그러고 보니, 로타네브와 베나토르가 엉겅퀴에서 함께 대화를 나눈 적은 한 번도 없었다. 성향이 워낙 다르기 때문일 터였다. 로타네브가 의젓한 맏이라면, 베나토르는 응석받이 막내 같았다. 로타네브가 근엄한 도덕군자라면, 베나토르는 장바닥 모리배라고나 할까.

강남으로의 입성을 꿈꾸는 베나토르는, 시중에 유행하는 명품이란 명품은 죄다 꿰고 있었다. 어리벙벙한 어투에 철없이 까불대는 꼬락서니란 어느 알 수 없는 별에서 떨어진 별똥별이라고나 할까.

"나만의 재규어, 온一리 재규어! 요것이 가끔 시동이 꺼져용. 어케 해용?"

막둥이가 끌고 다닌다는 외제 중고차 재규어, 승헌도 들여다보지 못한 차였다.

"증상이 어떻지요?"

"엉, 저속 드라이브 때 시동이 갑작 꺼져용. 다른 건 잘 몰겠고용."

"아하 그러면, 연료 필터나 점화플러그 때문일 텐데 정비센터에 꼭 들러보시게."

태반의 운전자가 그랬다. 자기가 몰고 있는 차의 증상을 제대로 말하는 이는 드물었다. 운전대만 잡을 줄 알았지, 자동차의 상태를 점검하고 판단하는 데는 무지했다. 차의 떨림이나 소음의 강도, 그 이상을 말하지는 못했다. 승헌의 진단도 고작해야 정비소를 찾아야 할지 말아야 할지를 판단해 주는 선에서 그쳤다. 자동차를 직접 몰아보지도 않고 차의 상태를 점검해 주는 일은 위험한 일이었다.

"이거 걍 팔아버릴까용. 아직 똥값은 아닌데용."

듣느니 반갑고도 반가운 말이었다. 미련 없이 그 즉시 처분해 주기를 바랐다. 막둥이에게 외제차는 어울리지 않았다. 영업상 꼭 필요하다고는 했지만, 사업을 하는 것도 아니고, 일개 제약회사 영업 사원인 그에게 외제차는 과해 보였다. 중고라고는 하지만, 격에 맞지도 않는 그런 사치스런 차를 굴릴 이유가 없었다.

"암, 암, 아라쩌용 away 성님. 쌩유 쌩ㅡ유."

그리고 홀쩍 나가버렸다. 라면 국물은 일찌감치 식었고 남은 면발은 퉁퉁 불었다. 더 앉아 있기 민망했다. 승헌은 마킹한 로또 번호를 점원에게 맡겼다. 가지런히 정리되어 돌아나온 복권 번호가 미쁘다. 복권을 지갑 속 깊이 챙긴다.

편의점에서 나온 승헌. 여전히 시간은 더뎠고 골목의 불빛은 점점 달아오른다. 취한 채 흐트러진 발길들, 우르르 몰려가고 우르르 몰려오는 무리와 무리. 떠들썩한 웃음소리가 한데 어우러진 골목. 고기 타는 냄새, 타오르는 불빛 점점 짙어간다.

'서블 발기 다래 밤드리 노니다가….' 로타네브가 읊조린 옛 노래를 다시 읊조려 보았다. 이어서 그다음 소절을 얼버무리고 말았다. 생각나지 않는다.

골목의 불빛과 아우성을 헤집고 큰길로 나선 승헌, 달리 갈 곳이 없다. 시간 때울 곳이 마땅찮다. 얼굴, 머리, 목덜미를 차례차례 쓸어내린다. 좀 떨어진 곳에 보이는 대형 마트 불빛. 그래, 마트다. 승헌의 발길에 힘이 실린다.

마트 입구에 다다른 승헌, 잠시 멈칫. 쇼핑카트가 필요할까, 과일이라도 좀 사 갈까 하다 이내 고개를 저었다. 그의 아내는 늘 못마땅해했다. 과일이나 빵과 같은 먹거리를 사 간 적이 있었다. 그때마다 아내는 물어보지도 않고 사 나른다며 핀잔하기 일쑤였다. 아내의 허락 없이 살 수 있는 것은 맥주나 안줏거리 등속에 불과했다. 집안 살림에 소용되는 것은 모두 아내의 허락을 받아야만 했다.

아들도 그랬다. 작년 생일 때였던가. 선물이랍시고 자전거를 건넸더니, '오토바이도 아닌 것이…'라며 떨떠름한 표정으로 뇌까렸다. 남편으로서, 아빠로서의 존재감이란 게 겨우 그런 거였다. 이래저래 시간 때우기에 충실하기로 한 승헌, 레저용품 매장부터 훑어보기로 한다.

스키 장비 코너에서

겨울의 길목, 때가 이른지 썰렁하다. 그래도 원색의 스키 장비는 요란하게 널려 있다. 어울림 직한 스키복을 골라 입고 거울 앞에 선다. 좀 헐하다. 지퍼를 잡아 올린다. 몸이 딴딴해지는 느낌, 마치 스키장에 온 것 같다.

거울 속, 눈발이 흩날리는 설원이 펼쳐지고 스키 플레이트에 빨간 부츠가 카본 재질의 스키폴과 잘 어울린다. 아니다. 왠지 어설프다. 휘휘 매장을 둘러보던 승헌, 진열대 끝에 걸려 있는 고글을 가져온다. 고글을 낀 세상은 온통 샛노랗다. 다시 분홍색으로, 은백색으로 세상을 바꾸어 본다. 제법 그럴듯하다.

매장 점원이 저쯤에서 미소 짓는다. 어색해진 승헌, 괜히 쪽팔린다. 주섬주섬 장비들을 제자리에 갖다 놓는다. 점원이 또 미소 짓는다. 기분이 더 언짢다.

옆에서 참견하지 않기를 천만다행이다. 제품 소재가 어쩌고저쩌고 떠들어댄다 해도 건성으로 흘려들었을 것이다. 애당초 작정하기를, 둘러보려고 들어왔지 뭘 사려고 온 것은 아니었기 때문이다. 슬그머니 옆 매장으로 발길을 옮긴다.

낚시 장비 코너에서

지난 봄, 여름, 정비소 동료를 따라 남한강에 두어 번 나갔던 출조出釣. 견지낚시에 흠뻑 빠진 동료는 오로지 주말만을 기다렸다. 비 오는 날에도 강가로 달려 나가던 동료의 열정, 그 열정에 끌려 낚시에 취미를 붙여 볼까 했었다.

장비를 구입하지는 못했다. 몇 번이나 갈까, 장비만 구입하고 트렁크에 모셔두는 건 아닐까. 동료의 그 높은 경지에 미치지 못하는 열정을 탓하며 끝내 장비를 구하는 데 실패하고 말았다.

커다란 누치를 치켜들고 폼 잡던 동료의 사진 속으로 '우지끈 후두두둑' 견지대의 줄을 풀며 당기며 찌릿해 올 손맛을 떠올린다. 구명조끼와 바지 장화, 수장대, 구더기가 득실거리던 설망, 그 느낌이 스멀스멀 기어오른다. 장비는 생각보다 비싸지 않았다. 내친김에 낚시채비를 꾸려 봄을 기다리는 것도 괜찮으리라.

골프용품점 앞에서

낚시의 손맛과 골프의 손맛은 어떻게 다를까. 낚시가 당기는 맛이라면 골프는 쳐내는 맛이 아닐까. 강태공과 아놀드 파머의 대담이라고나 할까. 더 멋진 말이 없을까. 다른 말들을 잇대어 본다. 낚음과 때림, 당김과 밀어냄, 당밀, 밀당? 남녀 관계도 부부 관계도 끊임없는 밀당에서 시작하여 끊임없는 밀당으로 끝나는 걸 보면, 골프와 낚시에 매료되는 사람들의 심리를 알 듯도 했다.

7번 아이언을 꼽아 든 승헌, 스크린 앞에 선다. 힘껏 휘두른다. 나이스 샷. 오늘따라 공이 짝짝 달라붙는다. 이토록 유쾌하다니. 제대로 맞아주는 이 손맛이라니. 이런 날은 드라이버 샷을 날려도 좋다. 다시 우드 드라이버를 꼬나들었다. 역시 감이 좋다. '피융!' 경쾌하게 공 날아가는 소리, 통쾌하다. 느낌만으로 가늠할라치면 300야드는 날아간 것 같다.

그래, 그렇게 멀리 날아가는 거야. 아주 멀리, 보이지 않을 만큼 말이다. 그러나 공은 스크린을 맞고 '폭!' 떨어진다. 이게 현실인가. 멀리멀리 아주 멀리 날아가고 싶었지만, 바로 앞에서 뒹굴 수밖에 없는 현실. 기운이 쪽 빠진다.

전자제품 코너를 서성이며

누가 뭐래도 마트의 꽃은 전자제품이다. 백색 가전이란 말은 이미 빛바랜 지 오래. 갖은 색감에 세련된 S라인 D라인, 쿨한 메탈의 감촉. 손에 넣고 싶은 게 한둘이 아니다. 점점 얇아지는 폰, 각종 멀티미디어 기능이 장착된 카메라, 한 손에 쏙 들어오는 태블릿 PC. 이것들이 지향하는 진화의 끝은 어디일까.

스티브 잡스의 말처럼 소비자는 무엇을 원하는지 자기도 모르는 채, 이것들은 진화와 번식을 거듭한다. 점점 더 넓어지는 냉장고, 점점 더 깊어지는 김장고, 점점 더 빨라지는 세탁기, 점점 더 강력해지는 에어컨. 이것들은 더 빠르게 더 커져만 간다. 아내의 욕심만큼이나.

아이쇼핑에 지친 승헌, 텔레비전 매장 앞에서 3D 안경을 챙겨든다.

'뚜-뚜-뚜-' 전자 음향에 실린 셔플댄스, 아이돌 그룹의 현란한 몸짓에 온몸이 들썩인다. 이어지는 걸그룹의 황홀한 율동, 썰렁하기만 한 거실에 당장 옮겨놓고 싶다.

'일하는 사람은 점점 줄고 노는 사람은 점점 는다'라는 로타네브의 말처럼 사람들은 놀이 귀신에 홀려 헤어날 줄 모르는 것일까. 정말 그런가 보다. 그 때문에 일거리는 점점 줄어들고 놀 거리와 볼거리는 점점 늘어나는 게 아닐까.

예전 사람들이 일하는 데 매달렸다면, 지금 사람들은 놀 거리에 빠져 있다는 말이겠지. 일하려는 사람이나 시간보다, 즐기려는 사람이나 시간이 더 많아졌다는 그런 뜻이겠지.

밤마다 불을 밝히는 것도 일을 하기 위한 것이 아니라 놀이를 즐기기 위한 것이리라. 그렇다. 밤 문화는 일 문화가 아니라 놀이 문화여야 한다. 문명의 발달은 일로부터 해방되어 여가를 누리기 위한 문화로 발전해 오지 않았던가? 학자들처럼 조리 있게 근거를 잇댈 수는 없지만, 왠지 그럴 것 같다. 로타네브의 식견에 대적할 수 있을 것 같은 자신의 논리에 어깨가 들썩인다.

다시 폰을 집는 승헌,

"어서 들오소."

GJ_monday의 환영사. 어느새 또 들어왔는지 막둥이 베나토르와 붙어 있다.

"아아호 아아호, 그램서 어케 됐송?"

대화 속에 한참 빠져든 막둥이의 궁금증에,

"어라어라, 초싹대지 말그래이. 글찮아도 ro가 들올까 무섭대이."

242

"아 성님, ro는 오늘 안 들와용. 프리하게 말씀합숑."

막둥이는 지금, GJ_monday의 이야기 속에 흠뻑 빠져 엉겅퀴 당주 로타네브의 존재를 무시하고 있는 것이다.

"니가 어케 아노. 들올지 안 들올지."

"아 글쎄 안 들온다니까용."

GJ_monday는 막둥이의 조급증을 뜸들일 차, 둘이 나눴던 이야기의 경과를 승헌에게 되옮긴다. 이야긴즉슨, 쉬는 월요일에 포항엘 갔었고, 거기서 한 여자를 만났고, 러브텔의 밀회가 한껏 달아오를 참이었다.

"뭣이 두렵겠노, 온밤을 홀딱 지샜제."

"우후훗, 나이스 킹.왕.짱."

"재주도 참 좋습니다."

막둥이의 감탄과 맞장구, 승헌의 탄성까지.

"아이고마, 넘무넘무 멋진 밤이었능기라."

"그 담은용?"

"엥, 그기 뭐꼬?"

"애프터 말여용."

"야는, 요즘 아들 쿨하대이. 일 끝나몬 남남이대이."

"성님은 참 좋겠숑. 테크닉 좋아숑. 아 요거를 어따 퍼나를까용?"

장난기 발동한 막둥이의 조롱에,

"뭣이라 뭣이라. 니 죽이쁜다."

"ㅋㅋ큥. 힘 쪼은 성님, 백마는 안 타보셨송?"

"야가야가 와이카노. 콩글리시 좋아하는 니나 다 쳐묵어라잉."

"ㅎㅎ, 그만들 하십시다. 10시 다 돼갑니다. 먼저 나갈랍니다."

10시, 승헌 아내가 카페 문을 닫을 시간이었다.

"벌써 그리됐뿄나. 시간 참 빠르대이. 내도 파장할 시간 아이가."

"away 성님, 또 보아용."

"그럽시다."

　두 사람을 엉겅퀴에 남기고 마트를 빠져나온 승헌, 오늘따라 밤바람이 상쾌하다. 얼굴도 모르는 사람들과 거리낌 없이 갖은 얘길 나눌 수 있다는 흐뭇함에, 엉겅퀴의 가식 없는 소통에 감사하고 감사하며, 로타네브를 비롯하여 이들 모두가 언제까지라도 남아주길 바랐다.

　함께 일하는 동료보다도 부담 없고, 같이 사는 아내보다도 스스럼없는 이들이기에. 정작 가까이 있는 사람은 경계하게 되고, 멀리 떨어져 있는 사람과는 스스럼이 없는 것일까. 어째서 가까이 함께한다는 것은 불편하기만 한 것일까. 가깝다는 이유로 끊임없이 받아 달라고 요구하기 때문이리라. 상대에게 꼬치꼬치 간섭하려 하기 때문이리라. 그래서 사람들은 먼 곳을 응시하나 보다. 먼먼 하늘 위 구름 한 점이 더 아름답고, 아스라이 잊혀져 가는 옛사랑이 더 애틋하듯이.

지방에서 근무하기로 한 결정이 정말 잘한 일이라고 생각했다. 멀리 떨어져 살다 보면 참견하는 일 없이 서로를 찾게 될 테니. 서로가 서로를 애타게 찾고 부르겠지. 늘어날수록 팽팽히 당겨지는 고무줄의 속성처럼. 못을 박아야 할 때도, 장바구니가 무거울 때도 남편이 그리워지겠지. 아들도 시간이 지날수록 아빠가 그리울 테고. 엄마 몰래 덤으로 찔러주던 용돈이 곶감만큼이나 달콤했음을.

오늘로 아퀴짓자. 승헌은 각오를 다졌다. 와중에 아내의 표정이 궁금해졌다. 당황할까, 아니면 기뻐할까. 내심 아내의 당황하는 얼굴을 그려보고 있다. 어느 날 갑자기 가장이 집을 나간다는데 누군들 태연하랴. 아들 또한 적잖이 당황할 거라는 즐겁고도 통쾌한 상상.

큰길 옆, 골목길. 과연 밤 문화는 놀이에 빠져 허덕이고 있었다. 더더욱 짙어진 불빛, 처마 밑 후미진 곳까지 점령한 술꾼들의 환호성. 골목 끄트머리를 올려다보니, '좀 더 유흥거리를 달라'던 네로의 로마 거리가 떠올랐다.

'서블 발기 다래 밤드리 노니다가…', 여전히 그다음 소절은 생각이 날 듯 말 듯. 붕어빵 할머니는 어느새 종적을 감췄고 리어카는 한쪽 구석에 비켜서 있다.

아내의 카페에는 아직도 두 팀이나 버티고 있었다. 아내는 주방에, 주방 맞은편 구석에는 남녀 한 쌍이 오롯이 남아 있고, 골목 가게답게 동네 아줌마 셋이서 뭉친 느긋나긋한 시간이 흐르고 있었다.

"왔어요?"

아내가 남아 있는 객꾼들에게 눈을 흘겼다. 장시간 죽치고 앉아 있는 모양새다. 손님 탓하는 기색을 빌미 삼아, 요 며칠 새 승헌과 골 깊게 파인 감정을 누그러뜨리려는 듯 아내가 묻는다.

"저녁은 요?"

습관적인 인사치레가 언짢다. 퉁명스러운 속내를 애써 누르며, 손짓을 내저었다.

"그만 들어갑시다아."

라며 아내에게 보내는 화해의 제스처. 손님들이 충분히 깨쳐들을 수 있을 정도의 톤이었다. 그러거나 말거나 그들은 아랑곳하지 않았다. 그런 손님들이 흔했다. 커피 한 잔에 두세 시간은 족히 개기는 족속들. 마감 시간이 됐는데도 일어설 줄 모른다. 하는 수 없이 한쪽 구석 빈 테이블에 자리를 잡았다.

다시 폰을 집는 승헌, '서블 발기 다래', 폰 검색 창을 두드린다. 그렇지, 그러면 그렇지. '처용가'였다. 신라 헌강왕 때 유행했다는 향가. 밤늦게까지 놀다 집에 들어가 아내를 탐하는 역신을 물리쳤다는 처용. 막돼먹은 역신이 처용의 너그러운 마음에 감복하여 물러났다니. 좀체 이해되지 않는 대목이었다. 학창 시절에도 무슨 말인지 모르는 채 넘어갔던 것 같다. 이게 사악한 마귀를 물리치고 복을 비는 노래라고? 어째서일까?

누군가의 댓글처럼 흥청망청 망가져 가는 신라의 밤 문화일뿐, 그저 퇴폐적이고 망국적인 노래로 들리건만. 온갖 설이 난무하는 논조의 정글, 치고받고 설왕설래 매달린 댓글들이 어지럽기만 하다. 로타네브의 읊조림을 되뇐다.

서블 발기 다래
밤드리 노니다가
들어사 자리 보곤
가라리 네히어라
둘흔 내해엇고
둘흔 뉘해언고
본디 내해다마란
아사날 엇디하릿고

아내는 주방에서 하루 매상을 마감하고 있나 보다. 무어라 말을 꺼낼까. 또다시 고민스럽다. 로타네브의 조언이 절실했다. 엉겅퀴를 기웃거린다. 아무도 없다.

뜬금없이 '나 다음 주부터 지방에서 근무해'라고 말할 수도 없잖은가. 겨우 상한 속을 풀고 화해하려는 아내에게 생뚱맞은 말일 터.

'여보, 나하고 얘기 좀 합시다'라고 뜸을 들이면 어떨까. 도대체 아내와 말문을 틀 묘수가 없다. 그러다 문득, 문자 메시지를 떠올린다. 그렇다. 괜찮은 방법이다. 말로 맞닥뜨리기보다 문자로 걸러 가는 게 훨씬 더 부드러울 것 같아서다.

"나 지방 발령"

문자를 찍고 보니 무뚝뚝하기 짝이 없다. 지운다. 다시 쓴다.

"나 지방 근무 신청. 다음 주에 내려갈 예정"

메시지를 날렸다.

건너편 아내 폰에서 메시지 수신음이 들린다. 장부를 정리하던 아내, 하던 일을 멈춘다. 폰을 든다. 문자를 읽는 모양, 아내의 표정을 살핀다. 고개를 돌려 물끄러미 승헌을 쳐다본다. 아내와 마주친 눈. 한동안 서로를 바라보고만 있다. 시선을 먼저 떨어뜨린 승헌, 다음 문자를 보낸다.

"1년이야. 퇴직금 중간 정산도 신청했어."

1년이 될지 10년이 될지 승헌도 알 수 없다. 순간적으로 1년을 계약했다고 했다.

아내를 올려다본다. 아내는 밖을 내다보고 있다. 이어 보낸 문자 메시지 소리도 울린다. 열어보지 않는다. 역력히 당황해하는 아내.

승헌의 예상은 적중했다. 아내의 당황하는 모습에서 희열을 맛보려던 승헌. 그 예상은 보기 좋게 빗나갔다. 안쓰럽게 밖을 바라보고 서 있는 아내 때문이었다.

'왜 그랬냐?'고 물어오기라도 할 것이지. 아내는 여전히 말이 없다. 가게 안은 승헌과 아내의 무거운 침묵이 손님들의 수다와 엇섞어 돌았다.

승헌은 엉겹퀴에 들어가 누군가가 들어오기를 기다린다. 아무도 들어오지 않는다. 11시가 다 되어서야 막둥이 베나토르가 들어왔다. 다급한 승헌,

"혹시 ro 안 들어왔었나?"

"먼 일 있어용? away 성님?"

"으음, 물어볼 게 있어서리."

"아아호 그래용."

말없이 폰 화면만 바라보는 맹한 순간. 승헌의 동태를 살피기라도 하는 걸까. 막둥이도 말이 없다. 멀뚱멀뚱, 가라앉은 승헌,

"그만 나가야겠네."

"ro가 없어서 그래용."

"아하, 미안. ro에게 긴히 상의할 게 있어서 그래."

"그래용. 제가 불러볼까용?"

"어ㅡ. 엉? 당신이? 당신이 어떻게? 서로 잘 모르잖아?"

"에, 엥, 그렇지용. 잘 모르지만 그래도 엉겅퀴 멤버 아닙니까용."

그러고 그는 휘리릭 나가버렸다.

얼마 지나지 않아 로타네브가 들어왔다. 어찌 된 영문일까. 승헌은 머리를 흔들었다.

"ro!"

하고 불렀다. 다시 묻는 승헌,

"어떻게 된 겁니까?"

"뭐가염."

"오늘은 자주 들어오네요. 게다가 제가 찾을 때마다."

"허허 그래염. 간절히 원하면 이루어지지염."

이상하다. 어떻게 베나토르와 로타네브는 서로 잘 알지도 못하면서 연락이 닿고, 엉겅퀴에 들고나는 것까지 아귀가 맞는 것일까. 신통한 일이었다.

매장에 있던 남녀 한 쌍이 가게를 먼저 빠져나간다. 아줌마들의 수다만 빙빙 도는 카페. 그들의 수다도 아내의 어둑한 표정과 함께 잦아드는가 싶더니, 한 아줌마가 기지개를 켠다. 얘깃거리가 동난 것일까. 드디어 옷가지와 가방을 챙긴다.

이제 매장 안은 아내와 승헌, 단둘이 남았다. 야릇한 침묵과 정적이 감돈다.

"그만 들어가요."

아내가 말문을 뗐다. 승헌의 두 번째 문자를 열어보기라도 한 걸까. 생각보다 목소리가 차분하다. 승헌은 서둘러 엉겁결을 나와야 했다.

"ro, 나 지금 집에 들어가야 합니다. 그럼."

"허허, 허허. 그래염, 그래용. 그럼 낼 보아용."

왠지 모를 로타네브의, 아니 베나토르의 조롱조, '—용, —용'. 엉겁결을 나오는 승헌의 등덜미가 찝찝하다.

아내가 문단속하는 사이 승헌은 주차장으로 갔다. 목덜미를 감싸 쥐고 희멀건 하늘을 올려다보며 뇌까린다. '막둥이? 그 막둥이가 로타네브?'

온 머리통을 감싸 쥔다. 이 녀석이 로타네브의 아이디를 가로챈 걸까. 아니면, 애초부터 로타네브가 베나토르고 베나토르가 로타네브였단 말인가.

집으로 가는 길

베나토르—로타네브—베나토르—로타네브—베나토르—로타네브⋯ 이 둘이 자꾸 머릿속에 엉켜 들었다.

아내가 다소곳이 물었다.

"상의 좀 하고 결정하지 그랬어요."

충격을 삭힌 덕분일까. 목소리가 한결 부드러웠다.

"음, 으음. 상의한다고 뾰족한 수가 있는 것도 아니고…."

"최소한 나한테 먼저 얘기는 했어야지욧!"

움찔, 운전대가 흔들렸다. 부드러웠던 아내의 말투에 날이 숨어 있었다. 앙칼진 목소리에 승헌의 목덜미가 서늘하다.

한참을 침묵. 더는 아내와 충돌하고 싶지 않았다. 두 번째 문자는 아내가 보지 못했을 거라는 생각에, 날이 잔뜩 선 아내를 온전하게 달래야겠다는 생각에 말을 꺼냈다.

"1년만 내려가서 살아볼게. 당신 고생되겠지만 그렇게 해 보자. 퇴직금 중간 정산도 신청해 놓았어. 그걸로 당신 계획 꾸려 봐."

돌아오는 말 없이 서늘한 기운만 감싸고 돌았다. 승헌과 아내는 맨송맨송 집으로 돌아왔다.

아들은 자기 방에서 나올 생각이 없나 보다. 인기척도 없다. 승헌의 아내가 들여다보고 과일을 깎아다 주었다.

그날 밤, 승헌의 아내는 그의 가슴에 얼굴을 묻고 훌쩍였다. 남편과 떨어져야 하는 안타까움 때문이었을까. 아니면 자금을 마련해 줘 고맙다는 뜻이었을까. 그것도 아니라면 매장 확장 계획을 접기라도 하겠다는 것일까.

알 수 없었다. 막상 아내의 눈물 앞에 가슴이 아린 승헌. 연신 목덜미를 쓸어내리며, 서울을 떠나려는 그의 계획은 밤과 함께 깊이깊이 잠들어 갔다.

승헌 역시 아내와 같이 허상에 사로잡혀 있었으리라. 가시 없는 붕어빵을 씹으며 내로라하는 노후를 꿈꾸었으리라. 아내 몰래 전원주택 잔디밭을 가꾸고 있었으리라. 그러나 붕어빵은 허상이라고, 세상은 온갖 곳에 가시를 은폐하고 사람들을 기만하고 있다고.

　악몽을 꾸고 있는 것이었을까. 눈앞에 로타네브가 어른거렸다. 아니, 베나토르가 나타났다. 이 둘이 엇갈려 나타나기도 하고 함께 달라붙기도 했다. 세상사를 잣대질하며 질책하던 로타네브는, 강남 입성을 꿈꾸던 베나토르는 로타네브를 본뜬 붕어빵이었다. 그와 동시에 화려한 가출을 감행한 승헌이, 승헌의 목을 틀어쥔 승헌을 바라보고 있었다. 헛것은 여전히 어두운 방을 서성이며 물러설 줄 모른다.

―『시에』(2015년 봄호)에 수록

해설

외출을 위한 연장
—김영범 소설집『불온한 외출』

장두영(문학평론가)

1. 불온한 연장

김영범 소설집의 표제작 「불온한 외출」은 시종 읽는 이의 마음을 불안하고 불편하게 만든다. 지하철 2호선에 탑승한 주인공 '나'가 들고 있는 가방 안에는 온갖 연장들이 가득하다. '나'는 연장을 휘둘러 누군가를 해치기로 작정하였다. '타깃' 운운하면서 폭력 행사를 시뮬레이션하는 '나'는 극도로 불안정한 심리 상태를 보인다. 같은 열차에 탑승한 승객들과 날카로운 신경전을 벌이고, 가방 안에 든 연장들이 언제든 튀어나올지 모른다는 불길한 예감에서 비롯하는 긴장감이 펼쳐진다. 틀림없이 눈에는 핏발이 서 있을 것 같은 이 인물이 왜 그런 독기 어린 분노에 가득 차 있는지 궁금하기만 하다.

누군가를 해칠 수도 있는 '불온한 연장'의 실마리는 '불온'과

'불법'으로 규정되는 전단지에서 찾아볼 수 있지 않을까? 연장 가방에는 '박종철 고문 살인 규탄'과 '호헌 철폐'를 내건 전단지 한 묶음이 들어 있다. 미순이 때문에 '불온한 돌멩이'를 전경들에게 던졌던 기억이 회상된다. 5.18 광주민주화항쟁 때 가족을 잃었다는 그녀, 낮에는 공장에서 일하고 밤에는 야간학교에 다닌다던 그녀, 잔 다르크처럼 시위대를 진두지휘하는 그녀의 모습이 떠오른다. 불의에 맞서 분노를 쏟아내던 미순이의 환영에 '나'는 홀린 듯 끌려다닌다. 현재 서초동이나 광화문에서 연일 벌어지는 시위·집회가 전경화되는 이 작품에서 지극히 불안정해 보이기만 하는 '나'의 심리적 상태가 단순한 개인적 분노가 아니라 정치적·사회적 공분과 연결되어 있다는 심증이 강하게 든다.

그러나 여전히 모호하다. 이 작품에서 무언가 뚜렷하게 제시되는 것이 없다. 특히 왜 그런 분노가 발생했는지에 관해서는 불분명하다. 표면적으로는 정원사인 '나'에게 실컷 일을 부려 먹고 임금을 떼먹은 구청장 때문이라고 하지만 구청장네 정원 2층 창가에서 '나'를 지켜보고 있던 것 같은 미순이의 환영이 환기시킨 과거의 기억이 원인인 것 같기도 하고, 아니면 조금 더 거슬러 올라가 걸핏하면 월남전 참전 이력을 내세우면서 가부장적 권위로 온 가족을 내리찍던 아버지에 대한 반항이 더 근본 원인인 듯도 싶다. 더구나 휘두르는 연장이 향하는 '타깃'이 아직 분명히 정해지지 않았다는 점에서 무엇이 분노의 원인인지 더욱 모호해진다.

지하철 2호선 시청역과 교대역을 통해 단적으로 보여준 상반된 양쪽 시위대에 관한 입장 역시 모호하다. '나'의 분노는 광화문 태극기 부대 노인을 향해 폭발할 뻔했다. 가부장적이고 권위적인 아버지를 연상하게 하는 노인을 보면서 마음속으로 가방 속 연장의 날카로운 끝을 매만졌다. 얼핏 보면 '나'의 정치적 입장은 광화문 쪽은 아닌 듯싶다. 그러나 그렇다고 해서 서초동 시위에 참석하는 부부의 얼굴에 서려 있는 '역사의 현장에 동참한다는 비장감'에 공감하는 것은 전혀 아니다. "역사적 현장이라. 모를 일이다. 역사적 현장일지, 정치적 쇼일지 그 누가 알랴."라는 냉소가 이를 뒷받침한다. 광화문 시위도 혐오하고 동시에 검찰청 시위에도 냉소를 보내는 '나'의 입장은 모호하기만 하다.

소설의 결말에 이르러 '나'는 상상 속에서 망치와 칼을 꺼내 들고 분노가 폭발한다. 상대는 지하철의 무뢰한이다. 그러나 그러한 상상은 아무런 현실적 영향력 없는 일시적 분노의 번뜩임에 불과하다. "에잇, 재수 없어."라고 내뱉는 무뢰한의 한마디에 다시 무기력한 상태로 되돌아올 따름이다. 결국은 불안하기만 하던 유혈 사태가 발생하지는 않았으니 다행이라고 할지 모르겠다.

그러나 돌이켜 생각해 보면 작품 속에서는 제법 많은 일들이 일어났다. '나'는 상대방을 향해 날 선 분노를 발산하는 정치의 광풍 속에 온 나라가 휘말려 드는 모습을 목격하기도 했다. 그러한 관찰의 결과에 대한 '나'의 판단과 입장이 분명치 않았을 뿐,

그 몫은 고스란히 독자에게로 미루어진다. 이렇게 본다면 이 작품은 상대방을 향한 분노가 비정상적으로 끓어오르는 오늘날의 사회적 분위기를 송곳 같은 연장을 든 채 지극히 불안정한 심리 상태를 보이는 '나'라는 사내를 통해 소설적으로 표현한 것으로 해석할 수도 있다. 이에 이르면 작품 내내 펼쳐진 '나'의 분노는 구체적인 어느 개인의 분노가 아니라 오늘날 우리 사회의 혐오와 분노에 관한 비유가 될 수도 있다. 이처럼 모호하기 그지없는 이 작품에 관한 궁금증을 해소하기 위해서는 같은 작품집에 수록된 다른 작품들을 좀 더 살펴볼 필요가 있다.

2. 상상력이라는 연장

분노에 가득찬 「불온한 외출」의 '나'가 들고 있던 가방 속에 정원사가 사용할 만한 여러 가지 연장이 들어 있었다면, 이 작품집에 수록된 여러 작품을 쓴 소설가가 주로 사용하는 소설가의 연장은 과연 무엇인지 궁금해진다. 대개 소설가마다 즐겨 사용하는 연장이 있는 법, 그 연장을 어떤 식으로 능수능란하게 사용하는가가 소설가의 개성과 특징을 만들어내기 때문에 소설에 사용된 연장 중 가장 눈에 띄는 것을 살펴보는 것은 이번 작품집에 수록된 여러 작품을 점검하는 첫걸음이 된다.

소설가의 연장 사용법이 돋보이는 작품을 꼽자면 「위대한 노보 씨」와 「서부영화를 보는 시간」이 있다. 둘 다 개성적인 작가의 상상력이 단편소설의 미학에 걸맞게 형상화된 작품이다. 정원사가 평소 나무를 가꾸는 데 사용하던 연장이 순간 폭발적 위력을 지닌 '불온한 무기'로 탈바꿈하였듯, 소설가가 즐겨 사용하는 상상력이라는 연장이 작품의 주제와 맞물려 소설적 위력을 발휘한다.

공상과학소설(SF)로 분류될 수 있는 「위대한 노보 씨」는 인공지능과 로봇 기술이 고도로 발달한 미래의 세계를 다룬다. 작품 속에서는 고도로 발달된 인공지능을 탑재한 로봇들이 한 마을에 모여 살고 있다는 설정이 펼쳐지는데 전형적인 공상과학소설의 분위기를 물씬 풍긴다. 그러나 이 작품은 보통의 공상과학소설과는 다른 점이 기술의 진보와 발전된 미래상에 대한 경탄이나 신기함을 피력하는 대신 토머스 무어 스타일의 고전적인 유토피아론을 꺼내 든다는 것이다. 최신의 유행이나 미래로의 지향이 아니라 정반대의 인문학적 상상력, 인간과 사회의 본질에 관한 고전적 주제라는 것이다.

모든 것이 철저히 계산되어 한 치의 오차도 없는 세계, 아무런 부족함과 아쉬움이 없는 세계에서 살고 있지만 결정적인 어느 하나가 빠져 있음을 문득 깨닫게 되는 주인공 노보 씨. 그것은 송사리 떼의 유영, 손에 쉽게 잡히지 않는 그래서 의도와 목적을 쉬이 벗어나는 지극히 자연적인 생명력이다. 설계에 따라 모든 것이 정해진 상태에서 비롯하는 갑갑함과 지루함과는 상반된 신선함, 로봇과 인공지능이라는 기계적인 것의 극단이 자아내는 특유의 차가움을 누그러뜨리는 작은 따뜻함이 송사리 떼의 편대비행에서 감지된다. 이에 주정뱅이, 도둑 부부, 무당이라는 새로운 주민을 투입시키는 일로 완벽한 로봇 마을에 우연과 빈틈을 집어넣자 비로소 생명력 비슷한 모습을 갖추게 된다. 결국 소설가의 상상력은 숨 막힐 듯 한 치의 오차도 없이 돌아가는 마을의 일상에 숨구멍을 틔워 주는 일, 어쩌면 송곳 비슷한 것인지도 모르겠다.

「서부영화를 보는 시간」에서 발휘되는 상상력은 또 어떠한가. 이번에는 인공지능과 로봇의 미래 세계가 아니라 오늘날의 번잡한 도시 속 새벽 두 시의 편의점을 배경으로 삼았다. 로봇을 설계하고 관리하는, 다분히 첨단 기술 사회의 테크노크라트의 비유로 짐작되는 노보 씨 같은 인물이 아니라 회사에서 밀려나 명예퇴직한 후 편의점 알바를 하는 인물이 주인공이다. 마을 전체를 설계하고 관리하는 노보 씨가 '위대한'이라는 형용사에 어울리는 인물, 인간 세계를 다스리는 왕이나 신의 입장에 가까운 인물이었다면 편의점 알바인 '그'는 그러한 위대함과는 한참이나 거리가 먼 인물이다. 게다가 위대하지 않은 우리의 편의점 알바는 인공지능이나 로봇 기술과는 미래를 향해 서 있지 않고 발표된 지 70년도 넘은 옛날 서부영화 「하이 눈」의 서부 개척 시대에 푹 빠져 있다.

서부의 총잡이들처럼 바코드 건을 뽑아 들어 레이저를 발사하고 다시 휘돌려 바코드 거치대에 올려놓는 숙련된 기술에서 내심 뿌듯함을 느끼고, 그 자부심 찬란한 바코드 찍는 기술로 폐기 처분되는 삼각김밥을 골라내어 한 입 베어 무는 그의 모습은 중년 남자의 속화된 로망이 자아내는 짠함이 한 스푼 얹혀 다분히 희화적 장면을 연출한다. 물론 그가 단순히 바코드 건을 돌리는 데만 자신의 롤모델을 윌 케인을 따라 한 것은 아니다. 회사에서 마찰이 생기고 결국 밀려나서 쓸쓸한 고독감을 느껴야 했던 일이 마을에서 외톨이가 되어 홀로 최후의 결투에 나서게 되는 윌 케인의 뒷모습과 똑같이 닮았다는 데서 중년 남자의 고독한 비애를 물씬 풍긴다. 쓸쓸한 인생 경험을 맛본 자가 자기 경험에서 건져 올린 듯한 인생 조언들, 이를테면 "다가오는 시간은 사람을 긴장시키지만, 흘러가는 시간은 사람을 방심하게 한다"라든가 "돈을 쉽게 버는 법은 틈을 보는 것이다. 틈을 노려 한 방을 터트리는 것이다"라는 격언 비슷한 말들이 작품 곳곳에 삽입되어 있어 고독한 서부의 총잡이 윌 케인과 작품의 주인공 그가 제법 비슷하다는 인상도 자아낸다. 옛날 서부영화를 새벽 두 시 도심의 편의점과 엮어 놓고, 사내 정치에서 밀려난 중년 남자의 인생 이야기를 풀어놓는 상상력이라니, 제법 오래된 미국 드라마에 나오던 '맥가이버칼'(스위스아미 나이프)과 같은 다재다능한 연장 사용법이다.

3. 일상으로부터의 탈주

작가 김영범의 연장이 무엇을 위해 사용되는지를 들여다보기 위해서는 「라스코 동굴로 가는 길」과 「로타네브와 베나토르」를 좀 더 집중적으로 살펴보아야 한다. 미리 밝혀두자면 두 작품에서는 현실적인 일상 세계를 뚫는 송곳과 여러 일상적 소재를 중년 남자의 로망과 엮어서 짠하면서도 무게감 있는 이야기를 만드는 맥가이버칼이 동시에 사용되고 있다.

「라스코 동굴로 가는 길」에서도 명퇴자가 주인공이다. 그가 지금 편의점 알바를 하는 것은 아니지만 아내에게 구박받으면서도 하루 종일 집에서 무료하게 빈둥거리는 모습을 보자면 머지않아 용돈벌이를 위해 편의점 알바로 나서게 될지도 모른다. 명퇴자에게 남는 것은 시간, 신문을 정독하다 태국의 어느 유소년 축구팀 선수와 코치가 실종된 사건을 접한다. 동굴 수색 작업이 펼쳐진다는 기사 내용은 동굴, 흔적, 벽화, 라스코 동굴을 연상하게 하고, 어느새 혈거인의 생활로 주인공의 상념을 이끌어 간다. 여러 일상적 소재를 엮어서 활발한 상상력의 전개를 보여주는 맥가이버칼이 활용된 결과이다.

주인공이 상상하는 혈거인의 구석기 시대의 생활이란 자유로움 그 자체다. 답답한 일상과는 대조적인 세계가 상상 속에서 펼

처진다. '뻗쳐오르는 남근'의 세계는 아내에게 구박받으며 설거지하는 현재의 일상적 세계에서 벗어난 자유의 세계다. 답답한 현실을 자극하고, 그 경계에 자그마한 구멍을 뚫어주는 작업은 온전히 상상력의 몫이며, 답답한 일상에 작은 숨구멍을 뚫어주는 작업에서 소설가의 상상력은 분명 송곳에 해당한다.

송곳의 상상력은 한 걸음 더 나아간다. 작품의 결말에 나오는 실종 사건이 그러한 송곳같은 상상력이 작동하는 방식을 단적으로 예시한다. 갑갑한 일상에서 벗어나고 싶은 욕망, 세상에서 사라지는 것 곧 그가 꿈꾸는 '잠적'은 작품 속에서 '의도적 실종'이라 명명된다. 라스코 동굴을 상상하면서 "동굴의 안쪽과 바깥쪽, 그 경계 어디쯤에서 안절부절못하고 있"던 주인공은 당산철교 아래 낚시터에서 생긴 지극히 우발적인 사고와 맞닥뜨리면서 자기 일생일대의 모험을 벌인다. '의도적 실종' 스스로 완벽한 실종자가 되겠다는 결심. 드디어 동굴 밖으로 탈출하는 첫 발걸음을 내딛는 개인사적 순간. 동굴로 가는 길에 대한 상상은 현실의 제약과 굴레에서 벗어나는 탈주의 욕망이 발현된 결과이다. 이에 소설가의 연장은 갑갑한 벽에 구멍을 내고 급기야 깨부수는 송곳과 망치가 된다.

「로타네브와 베나토르」에서도 집에서 구박받는 남편이 주인공으로 등장한다. '남편으로서, 아빠로서의 존재감'에 관한 회의, 직장 동료들과의 관계에서도 겉돌기만 하는 생활, 갑갑하고 답답

264

한 일상의 동굴 속에 갇혀 있기는 매한가지다. 여기에 아내의 물질적 욕망은 주인공을 더욱 옥죈다. 아내는 최근 개업한 카페에 정비소 기름 묻은 작업복 차림의 남편이 접근하는 것을 금지하였다. 가족에 대한 보살핌이나 애정이 아니라 가게 매출이 줄어들 것을 걱정하는 계산속이 엿보인다. 더욱이 아내의 욕심은 점점 더 커져서 남편의 희생으로 가게를 더 확장하고 싶은 욕심만 앞선다. 돈이 최고라는 물질적 욕망의 과잉 상태가 불러온 오늘날 우리 사회의 희비극이다.

이 작품에서는 우연한 실종 같은 상상력의 발산보다는 실제적인 일상의 스케치에서 발견하는 상상력에 더 비중을 둔다. 그러한 대표적 예시가 트윗 모임방 '엉겅퀴'이다. 가족들이나 직장 동료들과의 소통이 부재한 상태에서 주인공은 "얼굴도 모르는 사람들과 거리낌 없이 얘길 나눌 수 있다는 흐뭇함에, 엉겅퀴의 가식 없는 소통에 감사하고 감사"한다. 견고한 동굴 감옥 벽에 생긴 작은 숨구멍 하나. 트위터에서 대화명도 도심의 무기력한 일상에 갇혀 어디론가 탈출을 꿈꾸는 그의 '로망을 담은 Runaway'다. 일상의 스케치를 통한 소재와 소재의 연결은 맥가이버칼이고, 탈주의 욕망에 관한 소망은 송곳과 같은 상상력의 소산인 셈이다.

「로타네브와 베나토르」에서 발휘되는 연장 사용법은 '의도적 실종' 같은 우발적이고 백일몽 같은 방식과는 거리가 멀다. 그 자리를 씁쓸한 환멸이 채우고 있다. 물질적 욕심에 들뜬 아내가 원하는 대로 퇴직금 마련을 위한 지방 근무를 선택했음을 아내에게 알렸을 때 아내가 보이는 미묘한 반응에 다시 한번 씁쓸함을 느낀다. 애초에 아내에게는 큰 기대를 하지 않았던 터라 실망이라고 할 것도 없다. 가족과 직장의 단절감을 보상받을 수 있었던 트윗 모임방에서 또 다른 미묘한 배신감을 맛보는 것, '로타네브'와 '베나토르'가 실제로는 동일 인물이었음을 뒤늦게 깨닫게 되는 것이 또 하나의 씁쓸함을 안겨준다. 위안을 준다고 믿었던 작은 공동체가 허위였음을 알게 되었을 때 느끼는 실망감은 특정 사람에 대한 배신감의 차원에 국한되는 것이 아니라 이 세상에서 유일하게 기댈 곳이라 믿었던 정신적 휴식처의 상실에서 오는 당혹감에 가까운 것이리라.

승헌 역시 아내와 같이 허상에 사로잡혀 있었으리라. 가시 없는 붕어빵을 씹으며 내로라하는 노후를 꿈꾸었으리라. 아내 몰래 전원주택 잔디밭을 가꾸고 있었으리라. 그러나 붕어빵은 허상이라고, 세상은 온갖 곳에 가시를 은폐하고 사람들을 기만한다고.

악몽을 꾸고 있는 것이었을까. 눈앞에 로타네브가 어른거렸다. 아니, 베나토르가 나타났다. 이 둘이 엇갈려 나타나기도 하고 함께 달라붙기도 했다. 세상사를 잣대질하며 질책하던 로타네브는, 강남 입성을 꿈꾸던 베나토르는 로타네브를 본뜬 붕어빵이었다. 그와 동시에 화려한 가출을 감행한 승헌이, 승헌의 목을 틀어쥔 승헌을 바라보고 있었다. 헛것은 여전히 어두운 방을 서성이며 물러설 줄 모른다.(「로타네브와 베나토르」)

당혹감은 환멸로만 이어지지 않고 새롭지만 뒤늦은 깨달음에 대한 희미한 암시로 이어진다. 아내의 욕심에 거부감을 느끼던 주인공 자신도 아내와 다름없이 허상에 사로잡혀 있었다는 것, 겉으로는 반대처럼 보이던 로타네브와 베나토르가 결국 하나였다는 것이다. 「불온한 외출」에서 "광화문에 나가도 정치하는 것들이 빨아가고, 검찰청에 나가도 정치색에 말려드는 꼴이지 않은가. 까놓고 보면, 권력에 눈먼 자들의 살바싸움이 아니던가"라고 달라 보이지만 결국 허상이라는 것은 동일하다고 이미 말하지 않았던가. 그리고 갑갑한 동굴 벽이라든가 빈틈없이 움직이는 로봇과 같은 세상도 결국 자기 자신을 둘러싼 허상의 한 종류가 아닐까. 맥가이버칼과 송곳은 외출의 욕망 혹은 탈주의 욕망을 집요하게 다루는 작가 김영범의 대표 연장이라는 생각에 이른다.

4. 닿을 수 없는 그리움

그렇다고 소설집 『불온한 외출』에 수록된 모든 작품이 유용한 연장들로 만들어 낸 것만은 아닌 듯싶다. 「우물가의 삽화」, 「리리의 꽃밭」, 「흔들 머리 된다고」 등의 작품은 누군가에 대한 회상의 형식으로 잔잔하게 빚어낸 작품들이다. 이들 작품에서는 공통적으로 어린 시절의 기억, 대학생 시절의 기억, 결혼 무렵의 기억을 더듬어 그리운 누군가의 초상을 그려낸다. 어느 부분에서는 실제 작가의 추억과 경험이 묻어나는 것 같기도 하지만 소설이란 기본적으로 허구적 상상력의 산물이라는 사실을 다시 상기한다면 굳이 작가의 자전적 체험과 연결 지을 필요는 없다. 성희 누나, 리리, 그리고 어머니는 독자 누구에게나 엇비슷한 누군가가 있을 법한 그런 인물들이기도 하기 때문이다.

「우물가의 삽화」는 성희 누나와 민아라는 인물을 대상으로 주인공 소년이 그리워하는 두 인물에 관한 내용이 대부분을 차지한다. 소년의 첫사랑이라고 할 수 있을 만한 두 여성 인물에 대한 묘사가 잔잔하게 펼쳐진다. 이러한 잔잔함이란 근본적으로 회상이라는 형식이 안고 있는 시간적 격차에서 비롯하는 안타까움의 정서와 연결된다. 특히 이들 두 인물은 소문의 희생양으로 설정됨으로써 소년의 능력으로는 그들을 돕거나 구조할 수 없다는 죄책감 비슷한 것까지 섞여서 좀 더 끈적이는 듯한 속성을 지니게 된다. 이 작품은 황순원의 「별」이나 「소나기」를 연상케 한다는 점에서 참신함의 측면에서 아쉬움이 남지만, 황순원의 작품이 그러하듯 소년이 그리워하는 인물에 대한 스케치가 선명히 그려진다는 점에서는 흥미를 끈다.

「리리의 꽃밭」에서도 특정한 인물에 대한 스케치에 역점을 두고 있다는 점은 동일하다. "나는 꽃밭에서 이들과 함께 리리를 추억했다"라는 작품의 마지막 문장이 가리키듯 이 작품은 누군가를 향한 추억 이야기다. 작품 속에는 그다지 사건다운 사건이라 할 만한 것도 부족하고 오직 리리라는 여성 인물에 대한 인상만이 남는다. 이 작품에서 회상은 그리움과 동격이다. 서독이라는 이름이 나오는 것으로 봐서는 벌써 30년 넘은 과거의 일에 대한 회상이다. 시간이 흐르는 동안 자그마한 상처나 부끄러움, 원망은 희미해지고 남게 되는 것은 그 누군가를 향한 닿을 수 없는 그리움이 아닐까. 첫사랑이라고 보이는, 그렇다고 사랑이라고 부르기는 한참 부족한, 그럼에도 시간의 격차를 통과하면서 분명 그리움의 존재로 미화되는 리리라는 인물에 관한 이야기가 이채로운 첫사랑 이야기의 외관을 통해 그려져 있다.

　「흔들 머리 된다고」는 그야말로 자전적 색채가 물씬 풍긴다. 소설가란 결국 자기 이야기를 하는 것이라 볼 수밖에 없다. 어머니에 관한 추억이야말로 작가가 하고 싶은 자기 이야기일 터다. "그만큼 하루하루가 팍팍했으리라"라고 생각하거나 '처절한 분투'라고 평가하는 것은 성인이 된 주인공이 어머니에 관한 추억을 회상하면서 덧붙일 수 있는 판단이다. 어린 시절에는 미처 헤아리지 못했던 어머니의 마음을 회상이라는 형식을 거치면서 뒤늦게 그 흔적을 짚어볼 수 있게 된 것이다. 어머니의 마음을 헤아리면서 그것을 추억하는 문장은 한편의 추도문이 될 수밖에 없을 터다. "엄마 노발대발 흔들 머리 된다고."라는 노래 가사는 허구적 상상력의 연장이 닿기 이전의 영역에 속해 있는 것이기에 이야기를 꾸미는 대상이 아니라 기록에 가까운 인용의 형식으로만 남을 수 있다. 상상력의 연장을 잠시 내려놓고 그리운 당신을 글로 옮기기에 최선을 다하는 진심이 독자의 마음에 와닿는 그런 유의 작품이다.

한편 「길 위의 길」은 인물의 스케치에 충실하면서도 그리움의 감정이 적절히 조절된 상태에서 나온 결과물로 보인다. 다분히 앞선 자전적 색채가 강한 작품과는 달리 허구성에 더욱 충실한 작품에 해당하는 「길 위의 길」에서는 다시금 상상력의 연장이 제 실력을 발휘한다. 물론 작업의 완성도는 명퇴한 중년 남성이 주인공으로 등장하는 좀 더 일상생활에 밀착한 유형의 작품에서 더 높은 것은 사실이다. 허구적 이야기를, 즉 자기가 아는 범위를 넘어서는 이야기를 다루는 경우 부족한 부분을 채우기 위해서 채워 넣는 상상력으로 인해 여분과 넘침의 흔적이 이 작품에서 제법 보이기 때문이다. 그렇지만 외롭게 살고 있는 장 씨, 기구하게 살아온 여자라는 두 인물에 관한 인물 묘사는 중편에 가까운 분량에서 소화할 만한 무게감을 곳곳에서 보여주기도 한다.

특히 '여자'라는 인물은 동정의 대상이라는 점에서 '성희 누나', '민아'(「우물가의 삽화」), '리리'(「리리의 꽃밭」)에서 묘사했던 여성 인물들과 닮은 구석이 많다. 불행한 여자를 향한 동정과 연민은 「불온한 외출」에서 미순을 향한 '나'의 심리와도 닮아있 기에 작가의 독특한 인장과도 같은 표지로 읽을 수도 있다. 작품 의 표면에 드러나 있는 여자에 관한 인물 묘사는 양적으로 따졌 을 때 크게 부족하지만, 전적으로 여성 인물에 관한 묘사에 주력 한 「우물가의 삽화」나 「리리의 꽃밭」에 근접하는 생생한 인상, 아니 더 강렬한 인물의 초상이 그려지게 되는 것은 사실 '장 씨' 와 '동네 길고양이', 그리고 '여자' 이렇게 세 존재가 사실상 하나 의 이미지로 통합되기 때문이다.

"여자는 사람들이 무서웠을 거였다." 여자뿐만 아니라 장 씨가 그랬고, 길고양이가 그랬다. 다른 사람들과 눈을 마주치기 어려 워하는 상태, 세상으로부터 단절되어 있다는 고독감에 깊이 침잠 해 있던 주인공 장 씨가 여자를 만나고, 또 길고양이를 만나면서 서서히 벽의 중압감을 견딜 수 있는 위로를 얻는다. 상대방의 눈 빛이 두려운 장 씨에게 길 위에서 만난 여자는 서로 마주 보는 것 이 아니라 같은 방향을 보면서 이야기를 나누는 심야의 동행자로 다가왔다. 작품 초반부에는 눈빛의 대결 상대로 등장했던 길고양 이 역시 자기와 비슷하게 사람들로부터 무수한 상처를 당한 존재 임을 확인하면서 도망하거나 내쫓을 생각이 없게 된다.

「길 위의 길」의 마지막 장면은 지금까지 사람의 눈길을 피하 기만 하는 삶을 살았던 장 씨에게 선택의 순간이 주어진다. 여자를 추적하는 사채업자와의 대면을 회피할 것인가, 아니면 문을 열고 그들과 대면할 것인가. 똑똑 소리가 나는 문 앞으로 다가가는 장 씨의 발걸음은 아마도 문을 열고 그들의 눈을 피하지 않으면서 여자를 위해 무언가를 할 것 같다. 여자의 행적에 관해서 거짓말을 하든, 사채업자들의 돈을 대신 갚아주든, 아니면 그들과 맞서 싸우든 여자를 보호하기 위한 그러한 행동을 선택하게 될 것 같은 '희망'. 이번 소설집에 수록된 여타의 작품에서 주인공이 자기 자신을 둘러싼 벽과 굴레에 맞서서 구멍을 내고 깨부수는 결말이 많았기에 가져보는 희망이다. 여기에는 송곳이라는 연장이 지닌 잠재력이 생각보다 큰 것이기를 바라는, 그래서 작품 속 여러 주인공이 저마다의 로망이나 그리움에 가 닿을 수 있기를 바라는 응원이 담겨 있다.

5. 외출의 목적지

지금까지 표제작 「불온한 외출」에 나오는 모호함에 관한 궁금증을 해결하기 위해 작품집에 수록된 여러 작품을 훑어보았다. 한 작가가 쓴 여러 작품을 관통하는 발상이나 주제가 있다고 가정한다면 그것은 무언가 답답한 상태에서 벗어나려고 하는 시도가 아닐까 싶다. '외출'이라든가 '가출', '탈출', '의도적 실종' 등이 가리키는 바가 그런 것이다. 이것은 비단 공간적인 이동을 의

미하는 것만은 아니다. 반복되는 편의점의 일상에 파문을 일으키는 사건, 주정뱅이나 도둑 혹은 무당이 등장하여 마을의 질서가 흐트러지는 사건, 다른 사람의 눈을 피하고만 살던 인물이 문을 열고 대결하겠다는 의지를 암시하는 결말 역시 지금까지 누군가를 가로막고 있던 벽에 구멍을 내고 그 벽을 부수는 작업의 시작이 될 수 있다.

벽에 균열을 내고 부수기 위해서 사용되는 연장은 다양하다. 송곳이나 망치만 사용되는 것은 아니다. 때로는 오래된 드라마 속 맥가이버가 그랬던 것처럼 주변의 일상적 소재들을 한데 모으고 멋진 허구적 이야기를 꾸며내는 맥가이버 칼이 필요하다. 또 때로는 그리운 누군가를 향한 그리움을 스케치하는 연필도 능수능란하게 사용해야 한다. 어떤 때는 결투에서 쓰러진 혈거인 사내가 쥐고 있던 돌도끼를 다시 주워들어야 할 때도 있다.

김영범의 이번 소설집 『불온한 외출』은 그런 다양한 소설가의 연장이 담겨 있는 연장 가방에 가깝다. 작가는 가방 속 연장들을 꺼내서 로망과 그리움이 잔뜩 묻어나는 작품을 만들어 냈다. 「불온한 외출」에서 '불온한 가방'을 들고 외출한 주인공은 작가의 자화상일지도 모른다는 생각이 자꾸만 든다. 연장 가방을 둘러맨 작가 김영범의 다음번 외출이 향하는 곳은 어디일지 무척 궁금하기만 하다.

작가의 말

「불온한 외출」

학창 시절, 소위 말하던 '언더서클'에 가입한 적이 있다. 아름다운 세상, 행복한 세상을 꿈꾸며. 시간이 흐르면 세상은 점점 더 살기 좋아질 것이라고. 그건 착각이었다. 세상은 갈수록 더 불순해졌다. 아니다, 세상은 애초부터 그랬을지도 모른다. 왜 미처 몰랐을까. 온갖 중상과 모략, 배신과 암투, 탐욕과 허세. 정치 또한, 서울 또한 그랬다.

「서부영화를 보는 시간」

서부영화를 좋아했다. 말을 타고 황야를 달리는 총잡이, 미녀를 두고 벌이는 결투, 황금을 좇는 인간 군상…. 거칠고 무모한 사내들의 도전과 모험이 압권이었다. 서부극의 서사와 주제는 명쾌하다. 주인공이 악당을 물리치고 정의를 실현하거나 사랑을 쟁취한다. 변하지 않는 공식이다. 좋아하는 배우 '게리 쿠퍼'를 소환하여 이야기를 전개했다.

「위대한 노보 씨」

인공지능 로봇끼리 결혼하여 새로운 생명을 탄생시킬 수 있을까? 인공지능 로봇이 지배하는 미래 사회를 그려보았다. 기술 문명이 발전할수록 로봇은 인간을 닮고 싶어 할 것이라고. 사람처럼 생각하고 사람처럼 느끼기 위해 끊임없이 변신을 시도할 것이라고. 인간의 위대함, 생명의 신비를 떠올리며 인간이 되고 싶어 하는 로봇이 되어 보았다.

「길 위의 길」

텔레비전 뉴스에 포착된 '박카스 아줌마'. 시청자로서 보기에 몹시 불편하고 또 민망하기에 그지없었다. 저같이 음성화된 성매매가 우리 사회의 민낯을 보여 주는 것 같아서였다. 비록 인륜에 거스르고 부도덕한 상행위라 할지라도 거리로 내몰릴 수밖에 없었던 저들의 사정이 안타까웠다. 어리석은 자가 일별하기에도 세상은 참 불공평하다.

「흔들 머리 된다고」

숟가락이 몇 개인지 알 정도로 형제처럼 지내던 친구가 있었다. 그 친구가 입대한 후, 그의 어머니를 자주 찾아갔다. 어머니는 내게 노래를 불러주었다. 일제 강점기와 육이오, 산업 사회를 거치며 남편 셋을 사별한 어머니는 일곱 명의 자식을 혼자 힘으로 키워냈다. 적적할 때마다 부른다는 친구 어머니의 노래를 작품 속에 옮겨놓았다.

「라스코 동굴로 가는 길」

사는 게 뭔지? 느닷없이 찾아온 허탈감. 백일하에 벌거벗은, 한없이 초라해진 신세. 일도 가족도 친구도 다 버리고 어디론가 잠적해 버리고 싶은 그런 날이 있었다. 아무도 찾지 않는 컴컴한 동굴 속에 처박히고 싶었다. 삶의 동력을 잃는다는 건 쥐약보다 더 치명적인 일이었다. 막다른 골목에 내몰린 심약한 성정을 서사로 구현해 보았다.

「우물가의 삽화」

학동이 되기 전, 또래 친구들과 뛰노는데 괴이한 소문이 들려왔다. 건넛마을에 시집온 새색시가 우물에 빠져 죽었다고. 꼭두새벽에 소복을 입고 우물에 뛰어들었다고. 섬찟한 장면이 뇌리에 박혔다. 무슨 일로 그랬을까? 그 사연은 끝내 밝혀지지 않았다. 그때의 충격이 아직도 생생하다. 그 장면을 떠올리며 스토리를 입히고 상상력을 펼쳤다.

「리리의 꽃밭」

꽤 오래전이다. 한 여자를 두고 친구 몇몇이 치열한 공방을 벌였다. 우리 젊은 날의 뮤즈였다고나 할까. 말괄량이 과의 예측 불가능한, 감히 범접할 수 없었던 그 여자. 어느 날 한밤, 나는 쓰던 논문을 팽개치고 그녀를 '리리'로 불러냈다. 밤새 연필이 손을 붙들고 놔 주지 않았다. 훗날 원고를 손질하여 신인상에 응모했고 등단작이 되었다.

「로타네브와 베나토르」

어느 날 퇴근길에서 '가시 없는 붕어빵'을 만났다. 가시가 없다는 발칙함에 상상력이 발동했다. 이야기를 전개하다 별 하나를 또 만났다. 돌고래자리에서 가장 밝은 별, 로타네브. 로타네브(Rotanev)는 베나토르(Venator)의 철자를 거꾸로 쓴 별 이름이다. 별에 자기 이름을 붙이고 싶어 했던 한 사내의 소행이 별로 반짝였다. 그 사내가 가여웠다.

불온한 외출

초판 1쇄 인쇄 2024년 8월 28일
초판 1쇄 발행 2024년 8월 30일
저   자 김영범
발행인 박지연
발행처 도서출판 도화
등   록 2013년 11월 19일 제2013-000124호
주   소 서울시 송파구 중대로34길 9-3
전   화 02) 3012-1030
팩   스 02) 3012-1031
전자우편 dohwa1030@daum.net
인   쇄 유진보라
ISBN 979-11-92828-59-6 *03810
정가 13,000원

도화道化, fool는
고정적인 질서에 대한 익살맞은 비판자,
고정화된 사고의 틀을 해체한다는 뜻입니다.